Clara Journot

Lügenglück

Kriminalroman

Bibliografische Information der Deutschen Nationalbibliothek: Die Deutsche Nationalbibliothek verzeichnet diese Publikation in der Deutschen Nationalbibliografie; detaillierte bibliografische Daten sind im Internet über http://dnb.dnb.de abrufbar.

© 2021 Clara Journot und Petra Lallinger

https://www.clarajournot-literarisches.com

Umschlaggestaltung: Götz Schaffrin-Schneider

TWENTYSIX – Der Self-Publishing-Verlag
Eine Kooperation zwischen der Verlagsgruppe Random House und BoD – Books on Demand

Herstellung und Verlag:
BoD – Books on Demand, Norderstedt

ISBN: 978-3-7407-7285-7

Die Idee zu diesem Kriminalroman entstand aus einem Schreibprojekt der Schreibgruppe, die ich leite.

Vielen herzlichen Dank an die Co-Autorin Petra Lallinger, die die Figur der Sofie erschaffen und gestaltet und sie in unvorhergesehene Abenteuer geschickt hat.

Personen der Handlung

Hauptpersonen:

Sofie Bergmann liest gerne Kriminalromane, vor allem seit ihr Mann Gustav vor drei Jahren gestorben ist

Ida Wirtz recherchiert gerne und löst ungeklärte Kriminalfälle, passionierte Privatermittlerin

Vertreter der Ermittlungsbehörden:

Klaus Gastner	Kriminalhauptkommissar
Hans-Peter Walkraft	Pathologe

Familie Klein:

Emma Klein	Leiterin des Krimi-Lesekreises
Johann Klein	Ehemann von Emma Klein
Marius	gemeinsamer Sohn von Emma und Johann Klein
Oliver	Sohn von Emma Klein aus erster Ehe
Eduard Stoneheart	Ex-Ehemann von Emma Klein

Teilnehmerinnen des Krimi-Lesekreises:

Angelika Brettschneider   Immer schick gekleidet
Stefanie Fabius   Studentin
Maria Steinhardt   literarisch gebildet

Nebenfiguren:

Herr Brommer   Hausmeister an einer Schule
Frau Freitag   Eine Nachbarin
Herr Feinstein   Ein Nachbar

PROLOG

»Warum sind es immer Schriftsteller?« Ida knabberte nachdenklich an ihrem Keks. Nie aß sie – einen noch so kleinen Keks – auf einmal. Das führte unweigerlich zu Krümeln. »Oder Journalisten«, ergänzte sie. Ihr Ton war schärfer geworden. Sie saß aufrecht am Küchentisch.

»Es sind ja auch Kommissare und …«, begann Sofie.

»Ja, ja«, sagte Ida gedehnt, »ich meine natürlich, wenn es keine Detektive und Kommissare sind, sind es Schriftsteller – immer.« Sie wurde energischer, so wie Sofie sie kannte, ungeduldig und resolut.

»Und ich denke auch nicht nur an Krimis. Es sind Leute in einer Krise, Schaffenskrise, Lebenskrise, Sinnkrise oder ähnliches. Und sie sind unbeteiligt. Ganz einfach so geraten sie in ein Abenteuer. Sie wollen es noch nicht einmal.«

Ida hatte Recht. Wie so oft. Es waren häufig Schriftsteller, von denen in Romanen die Rede war. In jedem künstlerischen Metier beschäftigen sich die Künstler mit sich selbst, begutachten sich, als ob niemand von außen dazu in der Lage wäre. Es falsch machen würde.

Die Preise werden intern vergeben. Ob in der schreibenden, malenden oder musikalischen Zunft.

Am Ende eines trüben Herbsttages hatte Sofie dann auch eine Antwort. »Es würde einfach nichts passieren, wenn du jemanden in den Mittelpunkt stellen würdest, der einen normalen Job hat. Es würde auch kaum gehen, er muss zur Arbeit, kommt müde nach Hause. Was soll er noch unternehmen oder erleben?«

»Ach, komm hör auf, als ob alles so realistisch sein müsste.« Ida war gereizt. »Jedem kann alles Mögliche passieren, in jedem Job«, belehrte sie Sofie.

»Schriftsteller haben Freiraum, zeitlich gesehen. Sie laufen durch die Stadt, können tagsüber Leute treffen, haben keine festen Termine. Sie können vieles als Recherche tarnen, wenn sie Leute befragen. Entweder sind sie bekannt und können in gewisse Kreise gelangen oder sie sind unbekannt, dann kämpfen sie noch ums Überleben. Das macht es spannend. Sie brauchen die Story, in die sie hineingeraten sind, weil sie eben eine Story ist, die sie sich nicht ausdenken konnten. Deshalb sind Schriftsteller ideale Hauptpersonen. Außer Detektive natürlich. Für Krimis gesehen.«

Ida sah sie interessiert an. »Du hast Recht. Dazu das romantische Bild von einem Schriftsteller. *Ein* Buch und *ein* Erfolg. Oder der arme, junge Mann, der erst durch eine gute Story zum Erfolg kommt, sich vorher durchschlagen musste.«

Ida nahm einen letzten Schluck Kaffee, der bestimmt schon kalt geworden war.

Sofie sah die vielen Krümel auf dem Tisch und fühlte sich wie eine Taube, die sie nachher aufpicken würde. An diesem Tag war es die Diskussion über Hauptpersonen, Protagonisten literarisch ausgedrückt, am letzten Freitag war es der Schauplatz der Geschichte gewesen. Und alle 14 Tage dienstags war es im Lesekreis immer die Frage, wie fesselnd ein Kriminalroman war. Dieser Lesekreis befasste sich mit Krimis. Aber Sofie kannte noch einen anderen Kreis, den für Liebesromane, einmal im Monat samstags. Für ernsthafte, zeitgenössische Literatur gab es keinen. Literatur fanden sie hier nur in der örtlichen Bücherei und nur weil eine Bücherei zu einer Gemeinde gehörte.

Idas Philosophie von schien oft einfach, aber dabei immer voller Energie und Logik. Ida war geschult im logischen Denken. Sie war Administratorin in der EDV-Abteilung einer Großbank gewesen.

Dass Ida so schlau war und so folgerichtig dachte, machte die Teilnehmerinnen des Krimi-Lesekreises oft wahnsinnig. In jedem zweiten Krimi strotzte es nur so vor Logikfehlern. Sie hatten im Laufe der Zeit eine Übereinkunft getroffen, dass Ida ihre Bedenken erst äußern durfte, wenn andere Themenbereiche besprochen waren. Ida hatte lange Diskussionen mit der Lesekreisleiterin geführt. Obwohl Sofie die letzte, die nur zwischen Ida und Frau Klein stattgefunden hatte, nicht miterlebt hatte, schien es ihr so, als ob Ida nur knapp einem Rauswurf entgangen war.

Sie trafen sich freitags zum Kaffeetrinken, bei Sofie, bei Ida oder im Café. So wurde ihr Geist auch durch die wechselnde Umgebung, das Ambiente, angeregt. Das Café war aber eher ein Vorwand, um auch über andere Menschen sprechen zu können, wirkliche Menschen, nicht Romanfiguren. Außer im Lesekreis hatten sie nämlich keine gemeinsamen Bekannten. Zum einen lag es daran, dass Sofie mit ihrem Mann sehr zurückgezogen gelebt hatte und zum anderen, daran, dass Ida zu ungeduldig mit anderen Menschen war. Ida war über zehn Jahre jünger als Sofie, aber ab einem gewissen Alter verschwimmen Unterschiede.

Kennengelernt hatten sie sich beim Bestatter. Sofie hatte ihren Mann verloren und war verzweifelt, Ida hatte dort irgendwelche Recherchen betrieben. Richtig erzählt hatte sie es ihr nie. Sofie wäre ihr sicherlich auch nicht aufgefallen, hätte sie damals nicht zufälligerweise ein Buch in der Hand gehabt. Es war der Roman *Lila, Lila* von Martin Suter, dessen Protagonist ein Schriftsteller war oder gerne gewesen wäre. Sie war noch nicht bis zu der Stelle vorgedrungen, an der jemand stirbt, sonst hätte sie es nicht gelesen. Aber damals lenkte es sie im Bus ab, weil es irgendwann peinlich geworden wäre zu weinen. Obwohl sie sich nie geschämt hat dafür.

So war es gewesen, vor drei Jahren, ein Buch hatte sie zusammengebracht und viele Bücher waren als Bindeglied inzwischen hinzugekommen.

1

Den Ort, den Handlungsschauplatz, den hatten sie schon diskutiert und nicht nur einmal. Sofie hatte den Schauplatz in den Büchern, die sie las, immer nur als Beiwerk gesehen. Etwas, das die Autoren zwangsläufig in die Geschichte einflochten, weil es eben passte.

Und jetzt saß sie hier und die zwei Männer vorne auf dem Podium diskutierten über den Handlungsschauplatz. Wie wichtig es wäre, dass die Straße genau so beschrieben war, wie sie wirklich aussah. Der Autor erzählte, dass er Leserzuschriften von Anwohnern bekam, wenn etwas nicht stimmte. Sie nahm sich vor, einen seiner Krimis zu lesen.

Die Buchhandlung in der Stadt veranstaltete öfter Lesungen regionaler Autoren. Vor der Lesung gab es ein kleines Interview über den Werdegang des Autors. Aber es war nicht der Autor, ein großer, gewichtiger Mann mit dröhnender Stimme, der ihr aufgefallen war. Der Mann neben ihm, schlank und drahtig mit verschmitztem Lächeln, war es gewesen. Er hatte eine intensive Ausstrahlung. Er war der Moderator, der dem Publikum den Autor vorgestellt hatte. Er war selbstsicher durch den Laden zum Podium gegangen. Sofie hatte diesen Lesesaal noch nie betreten, obwohl sie schon öfter die Buchhandlung besucht hatte, wenn sie gerade in der Stadt Besorgungen machen musste. So wie heute.

Der Mann hatte sie an Gustav erinnert und sie war ihm in die Buchhandlung gefolgt und hatte eine Karte gekauft und nun saß sie hier und lauschte der Lesung eines Autors, den sie nicht kannte und dessen Geschichte ihr nichts bedeutete.

Der Moderator stellte danach seine Fragen wohlwollend, aber gezielt, es wirkte nicht abgesprochen. Er hatte graumeliertes Haar und war leger gekleidet. Er hätte von einer längeren Fahrradtour durch Europa wiedergekommen sein können. Vor Jahren hatten Gustav und sie viele solcher Diavorträge besucht. Sie hatten geträumt und gestaunt. Aber sie hatten nie eine so lange Reise gemacht.

In der folgenden Diskussion mit dem Publikum rief ein Interessierter hinter ihr, es sei doch Fiktion. Er meinte wohl, dass man den Ort nicht so genau nehmen müsse, es gäbe ja die dichterische Freiheit. Sofie stimmte innerlich zu, genau das war es, was sie eben nicht in Worte hatte ausdrücken können.

Das Bedeutende eines Schauplatzes war in ihren Augen nie, dass alles auch so aussah wie in der wirklichen Welt, sondern, ob und inwieweit es zu der Geschichte passte. Inwieweit der Ort das Innenleben der Figuren ausdrückte oder die Figuren von ihm beeinflusst waren. Die Äußerungen des Autors waren ihrer

Meinung nach nur oberflächlich und allgemein. Aber dann sagte er den Satz: »Schreiben Sie doch darüber.«

Eine grauhaarige Frau in der vorderen Reihe hob die Hand. Sie hatte eine Frage, die sich als Kommentar entpuppte. In der Stadt hätte sich in den letzten Jahren so viel verändert und es wäre doch interessant, dies in einem Krimi zu lesen. Sie war hinzugezogen und las die Krimis des Autors, um mehr über die Stadt zu erfahren. Die Veränderungen, das wäre eine interessante Facette, gab der Autor zu bedenken. »Aber schreiben Sie doch darüber.«

Zu Hause setzte Sofie sich an den Küchentisch und griff zu ihrem kleinen Einkaufsblock. Die Worte flossen aus ihrem Stift auf das Papier:

Dieser Mann hatte eine intensive Ausstrahlung. Er hatte sie beeindruckt, keine Frage. Er war ein Mann, den man für lange Zeit nicht vergessen würde. Er war ein Mann, an den man sich erinnerte und der einen an jemanden erinnern konnte. Er erinnerte sie an ihren Mann, an ihre große Liebe, an ihren Verlust, an ihr früheres Leben und sie sah dabei ihr jetziges Leben. Es war eigenartig, weil sie sich doch tagtäglich an ihn erinnerte und daran, dass er nicht mehr da war. Sie hatte sich nicht daran gewöhnt alleine zu sein. Sie stellte zwar keine zwei Teller mehr auf den Tisch und im Badezimmer hing nur noch ihr Handtuch, aber das sind nur Äußerlichkeiten. Woran merkt man, dass man vergessen hat?

Sie legte den Stift beiseite, sah ihre geschriebenen Worte. Ihre geschwungene Schrift von früher war einem zittrigen Aneinanderreihen von Buchstaben gewichen.

Sie schluckte, ihre Kehle war trocken. Ihre Hand hielt noch immer den stumpfen Bleistift. Sie hatte nicht nur gelesen in ihrem Leben. Sie hatte auch geschrieben, aber niemand hatte es gelesen.

Am Freitag war Ida bei Sofie, um ihr den neuen Krimi von Anne Gold zu zeigen, den sie aus Basel vom Literaturfestival mitgebracht hatte. Sie schaute nur kurz auf den Titel und legte das Taschenbuch dann achtlos auf den Küchentisch, neben einen kleinen Einkaufsblock, dessen oberstes Blatt vollständig mit einer schnörkeligen Handschrift bedeckt war. Bisher hatte Sofie nie die Finger von einem neuen Krimi lassen können, hatte immer sofort begeistert darin geblättert, hätte am liebsten mit Ida den Handlungsaufbau oder den Spannungsbogen besprechen wollen. Doch dieses Buch schien sie nicht zu interessieren. Sie grummelte nur, dass sie keinen Krimi zu lesen bräuchte, um mehr über eine Stadt zu erfahren.

Als sie den Kaffee zubereitete, schnappte Ida sich in einem unbeobachteten Augenblick den kleinen Einkaufsblock. Sie hatte die Schrift von ihrem Platz aus nicht lesen können, da der Text mit einem weichen stumpfen Bleistift hin gekritzelt worden war. Sofie hatte also angefangen zu schreiben. Ida hatte sich schon lange gefragt, wann für sie der Zeitpunkt kommen würde, selbst zu schreiben anstatt immer nur darüber zu reden.

Ida las, was auf dem Blatt stand. Verlust und Trauer über ein verlorenes, früheres Leben. Dass sie sich daran gewöhnt hätte, alleine zu leben. *Woran merkt man, dass man vergessen hat?* Nach Idas Meinung müsste Sofie erst einmal anfangen zu trauern, bevor sie mit dem Vergessen begann. Aber vielleicht irrte sie sich auch. Vielleicht waren diese eilig auf das erstbeste greifbare Papier niedergeworfenen Zeilen ein Zeichen dafür, dass sie allmählich in eine andere Trauerphase überging? Dass sich diese Bedrücktheit und Niedergeschlagenheit, die sie umgab, auflösen würde?

Sofie war immer noch wortkarg, fast griesgrämig, als sie sich Ida gegenüber an den Tisch setzte. Als sie bemerkte, dass diese den Block in der Hand hielt, weiteten sich ihre Augen vor Schreck. Dann stieg eine flammende Röte ihren Hals hinauf.

»Schreiben Sie doch darüber, hat er gesagt. Der Krimiautor, auf dessen Lesung ich war. Und dann sind die Wörter einfach so aus mir herausgeflossen.«

Sie schlug die Augen nieder und griff nach der Tasse, die vor ihr stand, nicht um sich daran zu wärmen, sondern so, als suche sie Halt.

Ida rührte in ihrem Kaffee, der Löffel zog gleichmäßige Kreise, schlug dabei an die Innenseiten des Porzellans und erzeugte einen monotonen hellen Klang. Dann legte sie den Löffel beiseite, griff nach einem dieser köstlichen krümeligen Kekse, die Sofie immer bereitstellte, und biss genüsslich hinein.

Sofie trank vorsichtig einen kleinen Schluck des heißen Getränks und schaute sie über den Rand ihrer Tasse fragend, fast ängstlich an.

Ida ließ sie noch eine Weile zappeln und kaute erst einmal zu Ende. Dann nahm sie einen Schluck Kaffee. Nachdem sie die Tasse wieder hingestellt hatte, beugte sie sich vor. Sie konnte ihr Lächeln nicht mehr unterdrücken. Auf diesen Augenblick hatte sie lange gewartet. »Lass uns gemeinsam etwas schreiben!«

Nachdem Ida gegangen war, räumte Sofie mechanisch das Kaffeegeschirr vom Tisch. Als das Wasser ins Spülbecken lief, hielten ihre Gedanken an. Sie war aus Gewohnheit sehr vorsichtig mit ihrem Porzellan und deshalb hatte sie sich auch angewöhnt, diese Handlungen, Abspülen und Abtrocknen, bewusst zu tun ohne andere Gedanken. Es war eine eigentümliche Art der Meditation.

Erst im Wohnzimmer, als sie sich in den Sessel gesetzt hatte, liefen sie weiter. Was hatte Ida gemeint? Zusammen schreiben. Früher hatte Sofie geschrieben, sie hat es niemandem erzählt, außer Gustav natürlich, aber es war mehr ein Zeitvertreib gewesen. Wie viele junge Mädchen schrieb sie Tagebuch, weil sie sich in der Welt unverstanden fühlten. Später wurden aus ihren Aufzeichnungen über das alltägliche Leben kleine Essays ungeordneter Gedanken über das Leben an sich, über verschiedene Aspekte des Lebens, wie die Menschen werden, die sie sind.

Ein Buch lag aufgeschlagen auf dem Wohnzimmertisch. Sie hätte noch einiges zu lesen gehabt, aber sie musste an Frau Klein denken, die Lesekreisleiterin. Sie ging ganz in den Krimis auf, redete über Figuren und

Motive und Hinweise und spielte am liebsten selbst Detektiv, dabei hatte sie ein so sicheres Leben mit ihrem Mann und den erwachsenen Söhnen, wie man es sich nur vorstellen konnte. Viele Menschen haben sichere Leben und man denkt nie darüber nach, bis man herausgerissen wird.

Am Sonntag nach dem Treffen mit Ida hatte Sofie sie im Park gesehen. Frau Klein ging mit ihrem Mann Arm in Arm, wie es nur noch ältere Ehepaare tun. Sie grüßte Sofie und sie grüßte höflich zurück und schritt schnell vorbei. Aus dem Augenwinkel bemerkte sie ein kurzes Zögern in ihrem Schritt, aber vom Arm ihres Mannes wurde sie sanft wieder in das gleichmäßige Voranschreiten geführt. Sie dachte an Gustav. Hatte er sie auch so durch ihr Leben geleitet? Sie waren gleichberechtigte Partner gewesen, so hatte sie es immer gesehen. Die Momentaufnahme sagte nichts aus, schalt sie sich sofort selber. Sie sollte keine unnützen Mutmaßungen anstellen.

»Lass uns zusammen schreiben«, hatte Ida gesagt, aber sie hatte nicht gesagt, worüber. Als Anfang wäre Frau Klein doch ideal. In Sofies Kopf tauchten Gedanken auf, rauschten Ideen, ein Krimi. Frau Klein taugte nur für einen Krimi, sollte sie die Leiche sein?

Seufzend erhob sie sich aus dem Sessel und schlug den Krimi zu, den sie kaum angesehen hatte, machte sich einen Kaffee und setzte sich an den Küchentisch mit dem Briefblock, der jahrelang in der Schublade gelegen hatte, eine Nummer größer als der kleine Einkaufsblock, und schrieb.

Frau Klein als Leiche, wer sollte sie ermordet haben und vor allem warum? Das Motiv musste zuerst klar sein. Eigentlich war sie nicht gut im Konstruieren. Einfach schreiben, sagte sie sich. Zu diesem Zeitpunkt konnte sie nicht wissen, dass ihr tatsächlich schon sehr bald der erste Tote in ihrem Leben begegnen würde, der nicht eines natürlichen Todes gestorben war.

2

Wer wir sind, was wir waren, schwangen die Worte des Liedermachers Klaus Hoffmann in Idas Ohren, begleitet von den leichten Moll-Akkorden seiner akustischen Gitarre. Noch als sie am Sonntagabend in der S-Bahn saß, auf dem Weg nach Hause, klang das Konzert in ihr nach, fühlte sie sich eins mit dem Barden, dessen Chanson-Stimme sie fast ihr ganzes Leben begleitet hatte. Lieder von Sehnsucht und dem Drang, aus der kleinbürgerlichen Enge auszubrechen, der Mittelmäßigkeit zu entkommen.

Wie die Menschen werden, die sie sind, diese Frage hatte sie schon ein Leben lang beschäftigt und Klaus Hoffmann gab die Antwort darauf. *Um zu werden, wer ich bin*, lautete das simple und doch so tröstende Fazit.

Ich war schon immer Ich, stand für Ida fest. Von Anfang an. Und alle Versuche aus dem herkömmlichen konventionellen Lebenskonzept auszubrechen, waren Ausdruck ihrer hilflosen Suche nach ihrer wahren Identität. Es zog sich wie ein roter Faden durch ihr Erwachsenwerden. Als kleines Mädchen wollte sie, dass alle erkennen, wie klug sie war, dann, auf der

Schwelle zum Jugendalter, dass sie kein Kind mehr war, später, dass sie eine erwachsene, überaus intelligente Frau war, die sich keinem Mann unterordnete. Und die deshalb auch immer alleine lebte.

Fast immer. Denn hin und wieder fand sich ein Mann, der sich auf ihre direkte und ungeschminkte Art einlassen konnte. Ihre Liebschaften waren jedes Mal nur von kurzer Dauer. Sie verliebte sich sofort und intensiv und litt heftig, wenn der Mann bald darauf nichts mehr von ihr wissen wollte, weil sie sich so schnell auf ein sexuelles Abenteuer eingelassen hatte, ohne dass er große Anstrengungen hatte unternehmen müssen, sie zu erobern. Immer war sie willig, dabei dominant, nicht verschämt. Eigentlich war sie diejenige, die verführte. Dabei ging sie bestimmt und zielstrebig vor, ohne die Ziererei und scheinbare Schamhaftigkeit, die andere Frauen anwendeten.

Keiner blieb für ewig.

Wer wir sind, was wir waren.

Ida wäre so gerne Staatsanwältin geworden. Die äußere Erscheinung hätte sie mitgebracht, um die nötige Dominanz und Autorität, Entscheidungsfreudigkeit und Willensstärke auszustrahlen. Kräftiger Körperbau, groß gewachsen, kastanienbraune Haare, einen breiten Mund, tiefe Stimme.

Aber sie war in die falsche Familie hinein geboren worden. Ihr Vater war ein kleiner Beamter und ihre Mutter als Teilzeitkraft in der städtischen Bibliothek tätig gewesen, das Geld reichte nicht für eine langwierige Ausbildung. Also ging Ida zu einer Großbank in die IT-Abteilung und setzte dort ihre Fähigkeit zum logischen Denken ein.

Aber Kriminalgeschichten verfolgte sie weiterhin mit großem Interesse. Fast zwanghaft las sie Bücher und Berichte über ungeklärte Kriminalfälle und versuchte sie zu lösen. Sie spielte Kriminalfilme nach und wollte herauszufinden, welche Fehler die Täter, aber auch die Ermittler gemacht hatten. Sie wollte das perfekte Verbrechen aufdecken. Es war ein Denksport.

Bis sie begann, selbst Krimis zu schreiben. Bissige kurze Geschichten über alltägliche Grausamkeiten und die dunklen Schattenseiten gewöhnlicher Menschen. Bisher hatte sie sich noch nicht daran getraut, einen Roman zu schreiben. Nun aber hatte sie Sofie gefunden. Eine Gleichgesinnte. Sie hatte sich so ausführlich und gründlich mit Krimis und mit dem Schreiben beschäftigt, dass sie wirklich Ahnung hatte. Nur musste sie es endlich umsetzen.

Deshalb konnte Ida es am folgenden Dienstag kaum erwarten, Sofie vor dem Raum des Krimi-Lesekreises zu treffen. Sie wollte ihr erzählen, wieso sie keine Lust mehr hatte, nur noch Krimis zu lesen und darüber zu sprechen. Sie wollte schreiben. Zusammen mit Sofie schreiben.

Doch als sie am Gruppenraum ankam, war alles anders. Frau Klein war immer vor ihnen da gewesen. So war es auch an diesem Dienstag. Nur, dass sie diesmal nicht mehr lebte. Frau Klein war tot.

Der Gruppenraum befand sich ebenerdig in einem Pavillon auf dem Schulgelände des hiesigen Gymnasiums, einer Nebenstelle der Volkshochschule. Als Ida eintraf, wartete Sofie schon auf sie und die Tür war verschlossen, und das, obwohl sie beide für ihre Verhältnisse spät dran waren. Aber unter der Türritze schimmerte Licht hindurch. Und als Ida von außen um das Haus herumgegangen war und durch das Fenster in den Seminarraum schaute, sah sie Frau Klein am Pult sitzen, die Unterarme auf der Tischunterlage abgelegt, die Hände gefaltet. Ihr Kopf lag in der Kuhle, sie hatte das Gesicht zur Seite gedreht. Ihre Unterarme bildeten eine Höhle, einen geschützten Raum. Ihre halblangen, dunklen Haare mit den grauen Strähnen waren ihr über das Gesicht gefallen, so dass sie es nicht erkennen konnte. Es sah aus, als ruhte sie sich einen Augenblick lang aus. Als sei sie eingenickt, eingeschlafen für einen kurzen Sekundenschlaf.

Ida lief zur Eingangsseite zurück, wo Sofie auf sie wartete.

»Wir müssen den Hausmeister holen.«

»Stimmt etwas nicht?«

»Frau Klein. Ich weiß nicht, was mit ihr ist. Sie sitzt im Gruppenraum und rührt sich nicht.«

Sofie begann, wie wild gegen die Tür zu hämmern. »Frau Klein!«, brüllte sie. »Frau Klein, machen Sie die Tür auf!« Allmählich wurde sie hysterisch.

»Was ist denn hier los?« Der Hausmeister war aus dem Nachbarpavillon aufgetaucht. Sofie hatte ihn mit ihrem Geschrei herbeigerufen.

Ida erklärte ihm die Situation und er suchte hektisch an einem klimpernden Bund nach dem passenden Schlüssel für den Gruppenraum.

Die Luft in dem Raum roch abgestanden und schal und säuerlich nach Schweiß. Die Heizung war voll aufgedreht. Es war zu heiß. Das war ungewöhnlich, denn üblicherweise öffnete die Kursleiterin immer das Fenster zum Lüften, *damit das Gehirn Frischluft bekommt.*

Frau Klein reagierte nicht auf Ansprache. Sofies Gesicht war weiß geworden. »Das kann doch nicht sein!«, stammelte sie immer wieder.

Sie schnappte nach Luft und wollte einem Instinkt folgend die Fenster aufreißen. Aber Ida hielt sie davon ab. Alles sollte so bleiben wie es war.

Der Hausmeister war unsicher. »Soll ich die Polizei rufen? Oder besser den Krankenwagen? Vielleicht schläft sie nur. Oder ob sie einen Schlaganfall hatte?«

Ida hob vorsichtig eine Strähne von ihrem Gesicht. Ihre Augen waren geöffnet und starrten blicklos ins Leere. Es sah aus, als hätte sich ein Film über ihre Pupillen gelegt.

»Wir müssen die Polizei rufen«, sagte Ida. »Frau Klein lebt nicht mehr.«

3

Frau Klein war tot. Der Hausmeister hatte die Polizei gerufen. Ida machte einen gefassten Eindruck, während die anderen, die inzwischen eingetroffen waren, verwirrt und betroffen aussahen. Geschockt fassten sie sich an den Hals, die Augen aufgerissen, wie Frau Brettschneider, oder saßen zusammengesunken auf den an der Wand stehenden Stühlen, möglichst weit weg vom Pult, und schüttelten nur langsam den Kopf wie Frau Fabius und die alte Frau Steinhardt.

Es war still geworden, nach den vielen *Oh Gott, Meine Güte* und *Wie schrecklich*. Sie dachten an einen Herzinfarkt oder an einen Schlaganfall. Ein Sekundentod. Ach wie schön, wenn er nicht zu früh käme und ach wie grausam für die Angehörigen.

Im Zimmer war es heiß, kein Fenster war gekippt, aber es sollte alles so gelassen werden, wie es war, wie Ida und Sofie es vorgefunden hatten.

Die Rettungssanitäter trafen gleichzeitig mit den uniformierten Polizisten ein. Sie konnten nur noch den Kopf schütteln. Der junge blonde Polizist mit dem Grübchen am Kinn sah Sofie direkt an, der einzelne

Stern auf seiner Schulter hob sich hell von der Jacke ab. Er fragte, ob sie alle zur VHS gehörten.

Der zweite Polizist, kleiner und stämmiger, schaute ziemlich verdutzt in die Runde. Er dachte sicherlich, warum die Frauen nur alle hierblieben. Aber hier waren die Stühle, nicht draußen, im Dunkeln.

Ida fragte den Sanitäter, woran Frau Klein gestorben sei, aber der zuckte nur mit den Schultern.

»Das klärt die Autopsie«, tönte eine dunkle Männerstimme. Ein Mann mittleren Alters mit grauem Haar und kurzen grauen Bartstoppeln betrat den Raum und riss die Aufmerksamkeit an sich. Er stellte sich den beiden Polizisten als Kommissar Gastner von der Kripo vor, aber seine Stimme war laut genug, dass Ida und Sofie es ebenfalls hören konnten. Dann nahm er die Polizeikollegen beiseite und kurz darauf ertönte ein kurzes Lachen.

»Ein Krimi-Lesekreis, na, das passt ja wie die Faust aufs Auge.« Sie sollten es hören. Ida runzelte missmutig die Stirn.

Sofie zuckte zusammen, sie überkam der dringende Wunsch mit Ida allein zu sein, mit ihr zu reden und ihr von den drei Seiten auf ihrem Briefblock zu berichten. Nervös blickte sie wieder zu dem Stuhl, auf dem Frau Klein gesessen hatte und auf den Boden darunter. Kein Blut. Sie atmete tief ein. Es war zu heiß, ihr wurde schwindelig. Gedanken wirbelten in ihrem Kopf umher, es gab kein Blut, kein Messer. Sie schluckte, die Luft war zu trocken, staubig. Frau Klein hatte einen Herzinfarkt. Bestimmt. Schicksal.

»Ida, glaubst du ...«, aber der Kommissar unterbrach sie. Er sprach zu ihnen allen, sie sollten die Personalien angeben.

»Zunächst einmal handelt es sich nur um einen ungeklärten Todesfall«, sagte er mit ironischem Unterton.

Sofie folgte Idas Blick, die beobachtete, wie Frau Brettschneider sich von einem zweiten Sanitäter ein Beruhigungsmittel geben ließ. Frau Brettschneider, relativ jung noch, immer schick gekleidet, immer zu viel geschminkt. Im Lesekreis gab es zurzeit keinen männlichen Teilnehmer, das war in ihren Augen wohl ein Manko, aber kein Grund sich nicht zu stylen.

Der Kommissar hielt in der Mitte des Raumes seine kleine Ansprache. Er fragte nach den genauen Umständen des Auffindens. Auf Sofie wirkte seine Handlung nicht sehr durchdacht. Sollte die Polizei nicht zuerst mit jedem einzeln sprechen und die Ergebnisse sammeln? Den Hausmeister hatte sie vorhin schon mit einem der Polizisten reden gesehen.

»Hat jemand die Frau berührt oder in ihre Tasche gesehen?«

Sofie sah zu Ida und sie zu ihr. Frau Kleins Tasche stand neben dem Pult und war geöffnet.

»Warum sollten wir?«

»Vielleicht brauchte sie bestimmte Medikamente?« Der Kommissar sprach wie mit Kindern. »Hatte sie Beschwerden? Wissen Sie von bestimmten Krankheiten?«

Sie schwiegen. Anscheinend bestand seine Ermittlungsarbeit darin, ins Blaue hinein zu fragen.

»Frau … äh, ihre Dozentin …«

»Frau Klein«, sagte Ida bestimmt und bekam einen sehr ernsten Blick von Kommissar Gastner. Immerhin war er jetzt zum Profi geworden, denn er fuhr ungerührt fort.

»Ja, genau. Frau Klein kommt also immer als Erste und erwartet Sie, richtig?«

»Das stimmt«, antwortete Ida knapp.

Einige Männer in Overalls betraten den Raum. Gastner ging ihnen entgegen.

Sofie sah Ida an. »Du, das ist ein Klassiker«, flüsterte sie aufgeregt.

Ida sagte nichts, aber Sofie merkte, dass sie verstand, dass sie genauso dachte. Der Klassiker: der geschlossene Raum.

Die Tür zum Unterrichtsraum war verschlossen gewesen und Kommissar Gastner hatte noch nicht einmal gefragt, wo der Schlüssel war. Frau Klein hatte ihn immer auf das Pult gelegt, damit ihn sich die Teilnehmerinnen nehmen konnten, wenn sie zur Toilette wollten. Die Toiletten befanden sich auf der gegenüberliegenden Seite des Schulhofs in einem überdachten Nebengebäude. Die Türen waren abgesperrt.

»Der Schlüssel lag nicht auf dem Pult«, stellte Ida fest. Sie war mit zu Sofie nach Hause gegangen. Nun saßen sie in ihrer Küche und tranken eine Tasse Kakao. Sofies Hände zitterten, als sie den heißen Becher umfasste. Sie musste einen kleinen Schock erlitten haben. Auf dem Weg hatte sie ununterbrochen geredet. Alle

Eindrücke und Gefühlsregungen waren unreflektiert aus ihr herausgesprudelt. Nun war sie still und bibberte vor sich hin. Immerhin hatte ihr Gesicht wieder etwas Farbe bekommen.

»Er war auch nicht in Frau Kleins Handtasche.«

»Woher weißt du das?« Sofie schaute sie mit großen erstaunten Augen an.

»Du hast doch sicher auch bemerkt, dass die Tasche geöffnet auf dem Boden neben dem Pult stand.«

Sofie nickte zustimmend.

»Ich brauchte nur einen Blick hineinzuwerfen. Geldbörse, Handy, Notizbuch. Mehr war nicht drin.«

»Jemand muss Frau Kleins Schlüssel benutzt haben.«

»Oder eine Person hat den Raum betreten und wieder verlassen, die selbst einen Schlüssel besaß«, ergänzte Ida. »Wer hatte einen Schlüssel zu dem Raum?«

Sie hatte Sofies Neugierde geweckt. »Frau Klein, der Hausmeister, jemand von der Schule muss auch noch einen Schlüssel besitzen, zumindest einen Generalschlüssel«, zählte sie auf.

»Was ist mit Frau Brettschneider?«, fragte Ida. »Hatte sie nicht auch einen Schlüssel gehabt, als Frau Klein im Oktober krank war und wir uns ohne sie getroffen haben?«

»Wir müssen herausfinden, ob Frau Klein ihr ihren Schlüssel geliehen hatte oder ob sie ein eigenes Exemplar bekommen hat.«

Sofie nickte eifrig.

»Weiter! Was fällt uns noch auf?«

»Es war viel zu heiß in dem Raum«, rief Sofie aus. »Mir ist fast übel geworden, weil die Luft so abgestanden und stickig war.«

»Die Heizungen waren voll aufgedreht«, ergänzte Ida. »Für gewöhnlich hatten wir es eher zu kühl in dem Raum. Wenn wir eine Weile in der Runde saßen und diskutierten, wurde einigen von uns zu kalt.«

Sofie hatte Feuer gefangen: »Frau Brettschneider«, warf sie ein. »Immer schick und modisch gekleidet, aber viel zu dünn für die Jahreszeit.« Schon wieder war der Name Brettschneider gefallen. »Sie musste sich vom Sanitäter ein Beruhigungsmittel geben lassen«, erinnerte sich Sofie.

»Welche Personen haben wir noch?«

Sofie runzelte die Stirn, während sie überlegte: »Was ist mit Frau Steinhardt und Frau Fabius?«

Ida schüttelte nachdenklich den Kopf. Frau Steinhardt war eine alte Dame, noch älter als sie oder Sofie, eine pensionierte Deutschlehrerin, sehr gebildet, wohlerzogen und korrekt, wenn auch etwas bissig in ihren Kommentaren, Frau Fabius eine junge Studentin, die erst vor kurzem in die Kleinstadt gezogen war und Kontakt suchte. Sie war an diesem Dienstag erst das zweite Mal dabei und dann gleich dieses schreckliche Erlebnis!

»Ich glaube nicht, dass sie ein Motiv hätten.«

Kaum hatte Ida den Satz ausgesprochen, wurde Sofie grau im Gesicht. »Denkst du, sie wurde umgebracht?«

Ida glaubte nicht, dass Frau Klein eines natürlichen Todes durch Herzinfarkt oder Schlaganfall gestorben war. Dann wäre sie gestürzt und hätte nicht so – scheinbar – friedlich am Schreibtisch gesessen.

»Was wäre, wenn es niemand aus unserem Kreis war, sondern jemand anderes, der sie kannte? Jemand, der ihr nahestand? Zum Beispiel ihr Ehemann?« Und Sofie erzählte von der Begebenheit, als sie Frau Klein und ihrem Mann im Park begegnet war. Arm in Arm waren sie gegangen. Sofie schien etwas verlegen, als sie erklärte, weshalb sie aus seiner Geste auf ein bevormundendes Verhalten geschlossen hatte.

»Ich wunderte mich, dass Frau Klein zögerte, um stehenzubleiben und sich mit mir zu unterhalten. Aber ich kann mich auch irren«, beendete sie zaghaft den Satz.

»Wir sollten ihn auf jeden Fall mit einbeziehen«, erwiderte Ida.

Sofie fasste zusammen: «Der Täter muss ein Motiv, das Mittel und die Gelegenheit haben.«

»Über das Mittel wissen wir noch gar nichts.«

»Es gab kein Blut«, stellte Sofie fest. »Es wird schwierig werden, an die Informationen von der Polizei heranzukommen.« Sie zog die Stirn in Falten. »Irgendwie kommen wir jetzt nicht weiter.«

»Schreib alles auf, was wir bisher zusammengetragen haben«, schlug Ida vor. »Dann können wir alles dokumentieren, was passiert ist und eine Strategie entwickeln.«

Sofie sprang begeistert auf. »Ich hole nur schnell meinen Block. Ich habe ihn, glaube ich, im Wohnzimmer abgelegt.«

Als sie mit dem Schreibblock in der Hand in die Küche zurückkehrte, hatte sich ihr Gesichtsausdruck verändert. Sie sah aus, als hätte sie einen erneuten Schock erlitten. Entsetzen hatte ihre Wangen und ihre Mundwinkel nach unten fallen lassen. Alle Energie schien aus ihr geglitten zu sein. Sie hatte das oberste Blatt des Schreibblocks angehoben und starrte auf das Geschriebene.

»Ich habe sie umgebracht«, sagte sie. »Ich habe Frau Klein getötet.« Und sie hielt Ida den Block hin.

4

Frauen morden bevorzugt mit Gift. Das ist ihre Art zu töten, es erfordert keine Kraft, keine direkte körperliche Gewalteinwirkung, und der Tod ist unblutig. In den meisten Geschichten von Agatha Christie, der *Old Lady of Crime*, war das Opfer durch Gift getötet worden und der *Modus Operandi* deutete auf eine weibliche Täterin hin. Auf eine Giftmischerin. Man könnte es auch anders herum formulieren: Giftmorde sind Frauensache, Morde aus Leidenschaft und aus Lust am Töten, hinterhältig und heimtückisch.

Sie hatten im Lesekreis den Krimi *Morphium* von Agatha Christie gelesen. Frau Klein hatte ihnen bis ins kleinste Detail dargelegt, förmlich seziert, dass Frauen meist aus Eifersucht oder Habgier töten und dass ihre Opfer immer die Ehemänner oder nahe Verwandte sind. Tatsächlich ist das Motiv in *Morphium* Habgier, und der Mord wurde von einer Frau verübt. Aber auch das Opfer ist eine Frau und deshalb stimmten Frau Kleins Ausführungen nicht. Auch Männer haben zahlreiche Giftmorde begangen. Nur richtet sich das öffentliche Interesse immer auf die Taten von Frauen, weil es spektakulärer ist.

Ida stellte sich die Frage, ob Frau Klein vergiftet worden war. Äußerlich war die Todesursache nicht festzustellen gewesen. Kein Blut. Keine erkennbare Waffe. Also schloss sie auf eine innere Einwirkung.

Sofie hatte Frau Klein nicht umgebracht. Sie hatte sich eine fiktive Geschichte ausgedacht, in der die Kursleiterin mit einem Messer erstochen worden war. Ida beruhigte sie, so gut es ging. Aber Ida wollte die Bestätigung, dass tatsächlich ein Fremdverschulden vorlag. Sie hatte auch schon eine Idee, wie sie an das Ergebnis der Autopsie herankommen könnte.

Aber vorher wollten sie sich über Frau Klein informieren und mehr über ihre Person und über die Hintergründe ihres Todes erfahren. Ida schlug Sofie vor, sie solle die Familie Klein aufsuchen, dem Ehemann ihre Anteilnahme aussprechen und bei dieser Gelegenheit die Familie befragen und etwas im Haus herumschnüffeln.

»Zu dir hatte sie ein freundlicheres Verhältnis als zu mir«, brachte sie zur Begründung vor. »Vielleicht kann sich ihr Mann an dein Gesicht erinnern. Dann hast du einen guten Einstieg ins Gespräch.«

»Sollten wir nicht lieber zusammen hingehen? Vier Augen sehen mehr als zwei.«

»Ich werde mich in der Zwischenzeit anderweitig umschauen. Wir müssen herausfinden, woran genau sie gestorben ist.«

Sofie schaute sie skeptisch an. »Willst du wieder irgendwelche ominösen Recherchen anstellen?«

Obwohl sie sich seit nahezu einem Jahr nicht mehr gesehen oder gesprochen hatten, erkannte Hans-Peter Idas Stimme sofort am Telefon. Er schien erfreut zu sein von ihr zu hören. Und er hatte überhaupt nichts dagegen, sie in der Kantine des gerichtsmedizinischen Instituts zu treffen.

Seit ihrer letzten Begegnung war er noch hagerer geworden, was bei seiner Länge deutlich hervortrat. Er kam mit leicht geneigter Körperhaltung, den Kopf nach vorne gestreckt wie ein Geier, auf Idas Tisch zu. In seinen Händen hielt er ein Tablett mit einem dampfenden Pastagericht. Nach der Menge an Mahlzeiten zu urteilen, die er täglich zu sich nahm, hätte er mindestens den doppelten Körperumfang haben müssen. Wahrscheinlich lag es daran, dass er täglich unzählige Tassen Kaffee trank, die ihn in eine nervöse und aufgekratzte Stimmung versetzten.

»Ida!« Er setzte sich auf den Platz gegenüber und grinste sie mit einem schiefen Lächeln an. »Ich kann mir schon denken, weshalb du hier bist.«

Ida kannte Hans-Peter von einer ihrer früheren Recherchen für einen Kriminalfall. Er war Pathologe und Handlanger des berühmten Rechtsmediziners Professor Hübner, in dessen Schatten er stand. Obwohl Hans-Peter einen Großteil der gerichtsmedizinischen Untersuchungen im Auftrag des Professors durchführte, war er nie selbst zu Ruhm gelangt. Daher war er zugänglich für Schmeicheleien und Komplimente und kleine Liebesdienste, die in leicht perversen Sexspielchen bestanden. Er war leicht zu befriedigen. Im Gegenzug gab er bereitwillig von seinem Wissen preis. Seinem erwartungsvollen Grinsen konnte Ida entnehmen, dass er voller Vorfreude auf eine weitere Kostprobe ihrer vielfältigen Liebeskünste war. Zuvor aber erwartete sie Informationen von ihm.

Ida beugte sich vor, so dass ihr Gesicht dem seinen näher kam und er ihrem fixierenden Blick nicht ausweichen konnte. »In Lindenburg ist eine Lehrerin tot aufgefunden worden, Todesursache unklar. Deshalb hat die Polizei sie zur Autopsie hierher bringen lassen.« Das gerichtsmedizinische Institut der Universität in der Bezirkshauptstadt war für alle Untersuchungen aus den Kleinstädten der Umgebung zuständig.

Hans-Peter wich ihrem Blick aus, nahm einen großen Schluck Kaffee und machte sich dann über sein Mittagessen her. »Du weißt, dass ich dir keine Auskünfte geben darf, Ida«, antwortete er kauend.

Sie lehnte sich wieder zurück und griff nach ihrem Wasserglas. »Ich verlange von dir nicht, dass du deine Schweigepflicht verletzt. Aber allgemeine Fragen kannst du mir doch sicher beantworten.«

Er blickte sie über den Rand seiner Kaffeetasse hinweg prüfend an. »Was verbindet dich mit der Toten?«

»Sie war die Leiterin meines Lesekreises.«

»Krimi-Lesekreis? Ich verstehe.«

»Ich habe sie gefunden.«

Hans-Peters Augenbrauen hüpften in die Höhe. Sie hatte sein Interesse geweckt.

»Im Gruppenraum, Türen und Fenster waren verschlossen, die Heizung voll aufgedreht.«

»Das könnte der Grund dafür sein, dass wir keine Verfärbungen der Haut an der Leiche gefunden haben«, platzte er heraus. Er bereute sofort, dass er etwas gesagt hatte und nahm einen weiteren Schluck Kaffee.

»Was für Verfärbungen?«

Hans-Peter sträubte sich, weitere Angaben zu machen und verschlang mit gesenktem Kopf seine Nudeln.

»Nur ganz allgemein gesprochen: Nehmen wir an, an einer Leiche findet man keine äußeren Spuren von Gewalteinwirkung. Würde dann nicht der Verdacht nahe liegen, dass die betreffende Person etwas zu sich genommen hat, was ihren Tod verursacht hat? Beispielsweise Gift?«

Hans-Peter hörte auf zu kauen und schaute sie erstaunt an.

»Welche Untersuchungen würdet ihr durchführen?«

Er schluckte laut und trank schnell noch etwas Kaffee hinterher.

»Auf welche Verfärbungen hin würdet ihr eine Leiche untersuchen?«

»Nur rein hypothetisch, ja? Bei einer Vergiftung, etwa durch Blausäure oder E 605, würde sich typischerweise eine hellrote Färbung der Haut zeigen, wegen der unzureichenden Bindung von Sauerstoff im Blut, und in der Folge leuchtend rote Leichenflecken.«

»Und ihr habt nichts dergleichen an Frau Klein gefunden?«, hakte sie nach.

»Die roten Flecken entstehen aber gar nicht erst, wenn man den Prozess beschleunigen würde.«

»Etwa, indem man den Raum sehr stark heizt«, fuhr Ida fort.

»Die Hitze im Zimmer kann dazu beitragen, dass das Gift sich schneller im Körper verteilt«, bestätigte Hans-Peter. »Schweißbildung fördert den Aufnahmeprozess des Giftes.«

»E 605, ist das nicht das Pflanzenschutzmittel, mit dem die Serienmörderin Christa Lehmann in den 1950er-Jahren berühmt wurde? Ernst Klee hat ein Buch darüber verfasst.«

Hans-Peter nickte begeistert mit dem Kopf. »Es ist danach zum regelrechten Modegift geworden. Es war als Tötungsmittel ideal, farblos und fast geruchsneutral konnte es unter jede beliebige Speise gemischt werden. Und es war kaum nachzuweisen. Schließlich ist man aber dazu übergegangen, es einzufärben und zu vergällen, so dass es jetzt eine sehr auffällige und geruchsintensive Substanz ist.«

Ida leerte ihr Wasserglas und beobachtete Hans-Peter dabei, wie er seine Pasta auslöffelte und dann den Teller von sich schob. »Es muss aber nicht unbedingt ein klassisches Gift gewesen sein«, gab er zu bedenken. »Vergiftungen treten häufig durch Arzneimittel ein.«

Ida musste daran denken, wie Kommissar Gastner gefragt hatte, ob Frau Klein Medikamente einnahm.

»Bei älteren Opfern ist es oft schwierig einen Giftmord nachzuweisen, wegen ihrer Multimedikation. Wenn viele Abbauprodukte von Arzneimitteln im Körper zu finden sind, lässt sich kaum feststellen, welche Substanz letztlich zum Tod geführt hat.« Hans-Peter war nun in Fahrt gekommen. Wenn er einmal anfing zu fachsimpeln, war er kaum zu bremsen.

»Es wäre also möglich, dass Frau Klein regelmäßig mehrere Medikamente zu sich genommen hat und dass es dadurch zu einer Überdosierung kam.«

Hans-Peter nickte zustimmend. »In einem solchen Fall ist es kompliziert, die Todesursache herauszufinden.«

Ida streckte ihre Hand aus und legte sie auf Hans-Peters Unterarm, begann, die Härchen auf seinem Handrücken und über dem Gelenk zu streicheln. Sie richteten sich unwillkürlich auf.

»Nun kommt es vermutlich auf das Ergebnis der toxikologischen Untersuchung an.«

Hans-Peter überlief ein Schauer. Er zog seine Hand zurück.

»Das wird einige Zeit in Anspruch nehmen.«

»Diese Zeit können wir sinnvoll nutzen«, schlug Ida vor.

Hans-Peter nahm einen letzten gierigen Schluck aus seiner Kaffeetasse und erhob sich. »Wo?«

»Wo du möchtest.«

Ida antwortete nicht sofort. Sie war gespannt, was Sofie in der Zwischenzeit in Erfahrung bringen würde.

5

Während ihrer Überlegungen und Gedanken zu ihrem bevorstehenden Auftritt im Hause der Familie Klein wurde Sofie immer nervöser. Am Morgen direkt nach dem Erwachen beschloss sie, einfach nur an Frau Klein zu denken, wie sie im Lesekreis gewesen war, welches immense Wissen über die Kriminalliteratur sie gehabt hatte und wie sie ihr persönlich begegnet war.

Als Sofie um die Häuserecke in ihre Straße einbog, sah sie Frau Brettschneider den Weg durch den Vorgarten eines Einfamilienhauses Richtung Gehweg nehmen. Es musste das Haus der Familie Klein sein, aus dem sie gekommen war. Sie schien sehr niedergeschlagen zu sein. Hatte sie gerade ihr Beileid ausgedrückt? Wie würde es aussehen, wenn Sofie nun ebenfalls auftauchte? Sie machte kehrt und wanderte die Straße zurück. An der Hauptstraße blieb sie unschlüssig stehen. Ida erwartete von ihr, dass sie mehr über Frau Kleins persönliches Umfeld erfahren sollte. Irgendwie.

Schließlich fasste sie sich ein Herz. Nach einer halben Stunde, die sie für angemessen hielt, ging sie zurück und hob ihre zitternde Hand zum Klingelknopf.

Herr Klein war bleich und schaute Sofie aus kleinen Augen gleichgültig an. Seine beige Stoffhose saß perfekt und sein weißes Hemd schien frisch gebügelt. Ihr leichter Mantel bot dazu einen ärmlichen Kontrast, sie hatte gut gewählt.

Sie sprach ihm ihr Beileid aus. Herr Klein blickte teilnahmslos, er schien sie nicht zu erkennen.

»Ich war im Lesekreis bei Ihrer Frau«, erklärte sie umständlich und ihr fiel auf, dass sie automatisch schon die Vergangenheitsform verwendete. Ihr wurde heiß.

»Ich danke Ihnen für Ihre Anteilnahme«, sagte er sehr förmlich. »Leider kann ich Ihnen noch keinen Beerdigungstermin nennen.« Er räusperte sich, dann verstummte er.

Sofie nickte verständnisvoll. Das Schweigen war keine Verlegenheit auf seiner Seite. Er war ein Mann, der die gesellschaftlichen Regeln kannte. Und sie musste so tun, als ob sie unbeholfen war. Leider war sie tatsächlich verlegen. Ihr Gesicht schien zu glühen.

»Ich würde sehr gerne kommen. Ihre Frau ist mir eine große Hilfe gewesen, nachdem mein Mann gestorben war. Sie hatte so viel Verständnis und Wärme.« Sofie senkte den Kopf, dabei schwankte sie leicht und hielt sich mit einer Hand am Mauervorsprung fest. Er konnte nicht anders. Er zog die Tür weiter auf und bat sie hinein.

»Wenn ich mich nur einen kleinen Augenblick setzen dürfte. Danke sehr.«

Dass ihr das Alter ihr einmal einen Vorteil verschaffen würde, hätte sie nicht geglaubt. Sie erinnerte sich an die vielen Male, in denen ältere Menschen etwas unterschwellig gefordert hatten, einen Sitz im Bus, einen Platz weiter vorne in der Schlange, mehr Aufmerksamkeit von der Verkäuferin, der Sprechstundenhilfe. So wollte sie nie werden. Und so verschaffte sie sich jetzt Zutritt.

Ein junger Mann in Sporthose trat aus einem Zimmer in den Flur. Er war groß und schlank. Sofie stellte sich vor und drückte ihr Beileid aus. Sie spielte etwas vor und war eine Heuchlerin, obwohl es ihr wirklich leid tat, dass Frau Klein tot war, besonders jetzt, als sie ihrem Sohn, er hieß Marius, gegenüberstand. Der Sohn nickte.

»Möchten Sie ein Glas Wasser?«, fragte er. Sie verneinte.

Das Wohnzimmer war geräumig, ein Panoramafenster zeigte eine Terrasse und den dahinterliegenden Garten. Die Möbel waren weder modern noch altmodisch, alles wirkte normal und erinnerte an Frau Klein. Vorsichtig ließ sie sich in einem Sessel nieder. Eine wohltuende leise Klaviermusik ertönte. Das Handy von Herrn Klein. Er entschuldigte sich und ging hinaus.

»Ich bin froh, dass meine Mutter etwas hatte, was ihr Freude machte. Sie hatte es nicht leicht im Leben. Diese ständigen Sorgen, sie sind lebensverkürzend. Aber sie hat immer so freudig von den Krimis erzählt, die sie besprochen hatte. Sie liebte sie.« Der Sohn hielt inne und blickte zur Terrasse hinaus. Zwei Kübel mit Engelstrompete und Oleander standen rechts und links und rahmten wie auf einem Gemälde die Aussicht in den Garten. »Ich habe ihr oft nicht zugehört«, sagte er leise.

Sofie schluckte, ein Kloß saß in ihrem Hals fest. Jemand hatte ihr einmal gesagt, sie würde mütterlich wirken und darum verwunderte es die Leute immer, wenn sie erfuhren, dass sie keine Kinder hatte.

»Sie liebte auch die Gerechtigkeit. Sie hat immer alles gerecht aufgeteilt zwischen mir und Oliver. Aber Oliver hat das nie erkannt. Jetzt ist er weiß Gott wo und schafft es wahrscheinlich noch nicht einmal rechtzeitig zur Beerdigung.«

»Das würde ihm bestimmt leidtun.«

»Ich weiß nicht, ob ihm das viel ausmacht. Auf jeden Fall könnte er dann meinem Vater Vorwürfe machen und hätte seinen Auftritt.« Er brach ab. »Mein Bruder steht gerne im Mittelpunkt«, erklärte Marius jetzt sachlicher. Dabei ging er zögernd an ihr vorbei zum Fenster.

»Haben Sie noch Verwandte, die …, ich meine, wenn es etwas gibt, das ich tun kann …«, Sofie wusste selbst nicht, wie sie hätte helfen können, aber das waren Floskeln, die man sagte.

»Danke, das ist nett. Aber ich bin heute Morgen erst angekommen. Ich weiß noch nicht, was zu tun ist. Vater und ich müssen erst noch einiges besprechen.«

»Heute Morgen«, wiederholte sie unwillkürlich. Beide Söhne lebten nicht mehr zu Hause und waren nicht hier gewesen, als ihre Mutter starb, notierte sie in Gedanken.

Er drehte sich um. »Ich studiere in Freiburg, Tiermedizin, und ich bin gerade wegen einer Forschungsstudie in Schottland.«

»Das klingt interessant.«

Seine Augen leuchteten kurz auf. Er sah wieder in den Garten. »Die Highlandrinder sind außergewöhnlich. Aber sie haben dort oben mit Maul- und Klauenseuche zu kämpfen und es gibt noch nichts dagegen. Es ist unser Ziel, ein Mittel dagegen zu finden. Das ist jedenfalls ein Teil meiner Forschung.« Er stockte. »Irgendwie scheint es jetzt banal.«

»Ihre Mutter war bestimmt sehr stolz auf Sie. Nein, ganz sicher. Sie hat mir erzählt, dass ihre Söhne beide studieren.«

»Das hat sie gesagt?«

»Ja, aber ich habe vergessen, welche Fachgebiete.« Sie ließ es wie eine Frage klingen.

»Mein Bruder hat Wirtschaftswissenschaften studiert. Er ist bereits fertig. Er ist im Moment irgendwo zwischen Singapur und Hawaii. Vielleicht auch Fiji.« Marius Stimme war voller Bitterkeit und er bemerkte es. Er zog die Schultern hoch und mimte Gleichgültigkeit.

»Er wird bestimmt kommen«, sagte Sofie beschwichtigend. Ihre Gedanken waren so voller Mitleid gewesen, dass sie es fast überhört hätte: Er hatte *meinem* Vater gesagt. So leise wie möglich, um nicht neugierig zu wirken, fragte sie nach: »Eben sagten Sie, *Ihr* Vater, sie meinten ...«

»Mein Vater ist nicht Olivers Vater. Aber Mama hat uns immer gleich behandelt.«

Interessanter wäre es zu erfahren, wie Herr Klein seinen Stiefsohn behandelt hat, dachte sie. Sie schniefte unwillkürlich, offensichtlich hatte sie sich leicht erkältet, Marius nahm es anders wahr und sie stellte es nicht richtig. Sie bat darum, das Bad benutzen zu dürfen. Er zeigte ihr den Weg entlang eines schlanken Flures. Sie hörte eine gedämpfte Stimme aus der Küche, Herr Klein telefonierte noch.

Dann stand sie im Gäste-WC. Die Kacheln waren glänzend weiß, alles war sauber und unbenutzte Handtücher lagen auf einem Beistelltisch. Es war seltsam steril in dem Haus.

Nach einem Augenblick öffnete sie vorsichtig die Tür und horchte, dann machte sie sich auf den Weg, das Badezimmer zu suchen. Sobald sie die Treppe betreten hatte, würde sie unmöglich behaupten können, sie hätte das Wohnzimmer nicht mehr gefunden, denn es war definitiv nicht oben gewesen. Trotzdem ging sie Stufe für Stufe hinauf. Ihr Herz klopfte laut und würde sie verraten. Aber da war noch etwas anderes, Aufregendes. Das Leben sah ihr ins Gesicht und sie sagte ihm leise, *ich muss es tun – Frau Klein verdient es.* Für einen Augenblick glaubte sie die Geschichte, die sie eben erzählt hatte.

Plötzlich stand sie vor der Badezimmertür. Sie öffnete sie langsam und leise. Jeden Augenblick konnte Herr

Klein sein Telefonat beenden. Direkt geradeaus neben dem Fenster befand sich das Medizinschränkchen, rechts die Badewanne, links das Waschbecken, darüber ein Spiegelschränkchen, überall weiße Kacheln. Sie schloss sich ein. In dem Spiegelschränkchen befanden sich die üblichen Cremes und Rasierutensilien eines Mannes.

Das Medizinschränkchen, blass elfenbeinfarben, wirkte seltsam fremd. Medikamente gegen Erkältung und Kopfschmerzen, jemand im Hause musste Schuppenflechte haben, es gab Fungizide, Cremes bei Hauterkrankungen aller Art, Johanneskraut-Dragees, aber nichts Ungewöhnliches. Sofie musste alles weit von sich weghalten, die Lesebrille heraus zu kramen hätte zu lange gedauert. Diesmal verfluchte sie das Alter. Mit den lateinischen Namen auf den Packungen konnte sie auch nichts anfangen.

Also kurz und gut: kein Gift. Oder besser: kein offensichtliches Gift. Gift ist für jeden etwas anderes, Frau Klein könnte eine Allergie gehabt haben, dann wären Nüsse schon giftig gewesen. Soweit Sofie wusste, litt Frau Klein aber an keiner Allergie und hatte keine Krankheit. Ihre Gedanken sprangen wieder hin und her. Sie atmete tief ein, öffnete die Tür und spähte hinaus. Dann ging sie vorsichtig wieder hinunter.

Das Wohnzimmer war leer. Marius und Herr Klein waren nicht da. Sofie schwitzte und bekam kaum Luft. Ihr Mund war trocken.

»Wo haben sie gesteckt?« Herr Klein stand plötzlich im Raum.

»Ich … ich habe eine Weile aus dem Fenster gesehen, der Garten ist so wunderschön. So … groß.« Ihr fiel nichts Besseres ein.

Herr Klein zog ein wenig verächtlich die Mundwinkel herunter. Aber er hatte keinen Verdacht, nur Verärgerung war zu sehen.

Sofie atmete innerlich auf. Unwillkürlich schlüpfte sie wieder in die Rolle der alten Frau. »Entschuldigen Sie, Sie müssen wissen, Ihre Frau war so nett zu mir gewesen.«

»Ja, meine Frau war immer sehr nett zu ihren Mitmenschen.« Das schien ihn zu verärgern.

»Sie hatte mir erzählt, dass der Garten ihr viel bedeutete.«

»Sie hat viel gepflanzt, ich habe ihr freie Hand gelassen.«

Das Gespräch verlor sich in Smalltalk. Sofie wollte nicht zu viel Zeit in Anspruch nehmen und verabschiedete sich mit gemessenen Worten.

Marius kam aus der Küche und gab ihr die Hand. »Ich bringe Sie zur Tür«, sagte er freundlich und wohlerzogen. Wie mochte wohl sein Bruder sein?

6

Am Mittwoch hatte noch nichts in der Zeitung gestanden. Doch als Ida am Donnerstagvormittag nach dem Frühstück den Laptop anschaltete und wie gewohnt die Website der regionalen Zeitung öffnete, las sie ganz oben auf der Nachrichtenseite: *Lehrerin tot aufgefunden! Polizei geht von einem Verbrechen aus.*

Viele Informationen enthielt der Artikel nicht, aber Ida erfuhr, dass die Todesursache noch nicht feststand und dass nun auch die Polizei von einem nicht natürlichen Tod ausging. Die Staatsanwaltschaft hatte die Ermittlungen aufgenommen.

Sofort griff Ida zum Telefonhörer und wählte Sofies Nummer. Vergeblich. Sie war den ganzen Vormittag nicht zu erreichen. Und ein mobiles Telefon besaß sie nicht, weil sie nicht *Sklavin* eines Handys sein wollte.

Als Nächstes rief Ida Hans-Peter an. Sie musste lange warten, bis er an den Apparat ging, er war wohl gerade mit einer Untersuchung beschäftigt. Nein, das toxikologische Ergebnis lag noch nicht vor. Und weshalb die Polizei nun eindeutig von einem Verbrechen ausging, konnte er ihr auch nicht beantworten. Sein

Ton war sehr angespannt und Ida vermutete, dass er nicht allein in der gerichtsmedizinischen Abteilung war. Also verabschiedete sie sich schnell wieder.

Sie kam nicht weiter. Die Kriminalpolizei musste Informationen haben, die ihr und Sofie nicht bekannt waren. Wenn die Nachricht heute in der Zeitung stand, dann hatte die Polizei schon am Mittwoch gewusst, dass Frau Klein umgebracht worden war. Aber bei der Autopsie hatten sie die Todesursache nicht feststellen können und auch das toxikologische Ergebnis stand noch aus. Es musste einen anderen eindeutigen Hinweis darauf geben, dass Frau Klein getötet worden war. Aber welchen? Ida wollte unbedingt dahinter kommen.

Sie setzte sich wieder an den Schreibtisch im Wohnzimmer und scrollte im Internet die Seiten der anderen Zeitungen durch. Aber überall stand nur derselbe kurze Bericht. Wahrscheinlich handelte es sich um eine Pressemitteilung. Doch dann fiel ihr die Telefonnummer unter dem Zeitungsartikel auf, die die Kriminalpolizei mit der Bitte um Mithilfe angegeben hatte. Ohne zu zögern tippte sie die Ziffernfolge in ihr Telefon ein und überlegte, wie der Name des Kommissars lautete, der am Dienstagabend mit ihnen gesprochen hatte. Gärtner oder Ganter ... Gastner. Schon meldete sich eine nüchtern klingende Stimme am anderen Ende der Leitung. Ida verlangte, zu Herrn Gastner durchgestellt zu werden. Sie wollte einen Termin mit ihm vereinbaren.

Kommissar Gastner stand umständlich von seinem Schreibtisch auf und streckte ihr die rechte Hand entgegen. »Sie sind Frau ...«

»Wirtz, Ida Wirtz.«

Sie setzten sich einander gegenüber und der Kommissar begann in einer Akte zu blättern. »Sie haben die Leiche gefunden?«

»Ich hatte damit gerechnet, dass Sie mich viel früher befragen würden.«

»Wir haben vorgestern am Tatort Ihre Personalien und Ihre Angaben aufgenommen. Das reicht vorerst.«

Ida rückte etwas auf dem Stuhl nach vorne. »Aber benötigen Sie nicht noch weitere Aussagen von uns Zeugen?«

Der Kommissar lehnte sich zurück und verschränkte die Arme vor der Brust. Seine grauen Augen blickten scheinbar desinteressiert. »Gibt es etwas, was Sie uns vorgestern nicht erzählt haben?«

»Ich habe einen Blick in Frau Kleins Tasche geworfen, die am Boden stand. Ich habe sie nicht angefasst, aber sie war offen und ich konnte hineinschauen. Darin befand sich kein Schlüssel. Er lag auch nicht wie üblich auf dem Pult.«

»Das haben wir bereits vermerkt.«

»Eine Person muss den Raum betreten und wieder verlassen haben. Dabei hat sie entweder den Schlüssel von Frau Klein benutzt oder selbst einen Schlüssel gehabt.«

Der Kommissar zog ironisch die rechte Augenbraue hoch. »Wollen Sie jetzt selbst Ermittlungen anstellen?

Der Krimi-Lesekreis befähigt Sie nicht automatisch zur Privatdetektivin.«

»Ich möchte Ihnen nur die Hinweise geben, die Sie für Ihre weiteren Ermittlungen benötigen.« Ida öffnete ihre Jacke, die sie bisher nicht abgelegt hatte, und ließ den Beamten einen Blick auf ihre weit ausgeschnittene Bluse werfen.

»Und die wären?«

»Frau Brettschneider hatte auch einen Schlüssel zu dem Gruppenraum.«

Der Kommissar zog nun beide Augenbrauen zusammen und beugte sich vor, um wieder in der Akte zu blättern, allerdings nicht, bevor er einen Blick auf Idas Dekolleté geworfen hatte. Sein Mienenspiel war beeindruckend.

»Im Oktober war Frau Klein erkrankt und wir trafen uns ohne sie. Frau Brettschneider hatte von der Volkshochschule einen Ersatzschlüssel bekommen.«

Gastner zog ein leeres Blatt aus einem Papierstapel und machte sich eine handschriftliche Notiz. Sie hatte sein Interesse erlangt.

»Ist Ihnen sonst noch etwas aufgefallen?«

»Frau Klein hatte keine blauen Lippen. Also scheidet Herzinfarkt als Todesursache aus.«

Wieder dieser prüfende graue Blick. »Haben Sie eine medizinische Ausbildung?«

»Ich habe recherchiert. Für meine Krimis. Ich schreibe Kurzgeschichten.«

»Sie sind also nicht nur Hobby-Detektivin, sondern auch Hobby-Schriftstellerin«, knirschte er zwischen den Zähnen hervor.

»Sie selbst haben in Betracht gezogen, dass Frau Klein Medikamente einnahm. Ich gehe also davon aus, dass eine Vergiftung als Todesursache nicht ganz fern liegt.«

Nun traf sie sein stahlharter Blick mit voller Wucht. Schnell sprach sie weiter: »Frau Klein zeigte keine Spuren von äußerer Gewalteinwirkung, es gab kein Blut, der Raum war überhitzt und jemand hatte die Tür von außen verschlossen. Sie wissen sicher, dass Hitze dazu beitragen kann, dass sich Gift schneller im Körper verteilt.«

Gastner unterbrach sie: »Ziehen Sie Ihre Schlussfolgerungen. Aber Sie werden verstehen, dass ich Ihnen keine Informationen über unsere Ermittlungen geben darf.«

»Aber die Informationen in der Zeitung sind an die Öffentlichkeit gerichtet. Sie verraten mir also kein Geheimnis, wenn Sie mir bestätigen, dass Frau Klein durch Dritteinwirkung gestorben ist.«

Der Kommissar lehnte sich wieder abwehrend zurück. »Was wollen Sie? Mein Dr. Watson sein? Oder lieber gleich selbst Sherlock Holmes spielen?«

Auch Ida rückte auf ihrem Stuhl nach hinten, schaute ihrem Gegenüber dabei aber offen ins Gesicht. »Frau Kleins Tod war ein Schock für uns alle und ich möchte gerne wissen, was geschehen ist. Wir leben in einer

Kleinstadt, in der die Menschen Anteil am Schicksal Anderer nehmen.«

Gastner entspannte sich wieder. Er atmete hörbar aus und fuhr sich dann mit den Händen durch das struppige graue Haar. »Wir wissen auch noch nichts Genaues. Daher kann ich Ihnen leider nicht mehr sagen.« Dann hielt er noch einmal ihren Blick fest: »Aber Sie liegen mit Ihren Vermutungen zur Todesursache tatsächlich nicht ganz falsch. Und wir werden der Sache mit dem Schlüssel nachgehen.«

Er räusperte sich, während er sich von seinem Stuhl erhob. »Vielen Dank für Ihre Mithilfe.« Nun war er wieder förmlich und nüchtern. »Wir haben Ihre Telefonnummer. Falls wir weitere Fragen an Sie haben, werden wir Sie kontaktieren, Frau Wirtz.«

Er wollte ihr die Hand schütteln, aber Ida war noch nicht bereit zu gehen. »Wie kann ich Sie erreichen, Herr Gastner, falls mir noch etwas einfällt, was Sie bei Ihren Ermittlungen weiterbringen könnte?«

Er griff nach einem Kästchen auf seinem Schreibtisch und holte eine Visitenkarte hervor. »Hier steht meine Durchwahl im Büro.« Er suchte nach einem Kugelschreiber und kritzelte etwas auf die Rückseite der Karte. »Und hier ist meine Handynummer. Aber bitte nur in dringenden Fällen anrufen.«

Ida nahm die Visitenkarte entgegen, wobei sich ihre Hände beinahe berührten. Er trug keinen Ehering. Sie blickte noch einmal in seine grauen Augen. »Sie können sich auf mich verlassen, Herr Kommissar.«

Als sie aus dem Polizeigebäude trat, war es bereits später Nachmittag und Ida beschloss, in einem Bistro eine kleine Mahlzeit zu sich zu nehmen. Als sie gegessen hatte, holte sie ihr Handy heraus und wählte noch einmal Sofies Nummer. Diesmal hatte sie Glück und Sofie antwortete nach dem dritten Klingeln.

Ihre Stimme klang verzagt: »Ich war bei Herrn Klein. Ach, wärst du doch mit mir gekommen, Ida. Du kannst das bestimmt besser beurteilen als ich.« Sie holte tief Luft. »Ich glaube nämlich, dass sie sich näher kennen, Frau Brettschneider und Herr Klein.«

»Frau Brettschneider?«, fragte Ida erstaunt. »Das musst du mir erklären.«

Fast widerwillig berichtete Sofie von ihren Nachforschungen. Es war erstaunlich, was sie in der kurzen Zeit im Haus der Kleins ausfindig gemacht hatte.

Sie trugen die Fakten zusammen, die sie bisher ermittelt hatten: Möglicherweise war Frau Klein vergiftet worden, aber die genaue Todesursache stand noch nicht fest. Sofie hatte keine Medikamente im Badezimmer von Frau Klein gefunden, aber es konnten sich trotzdem Rückstände von Arzneimitteln oder anderen Substanzen im Magen oder im Blut befinden. Herr Klein kannte Frau Brettschneider. Was machte er eigentlich beruflich? Wie verbrachte er seine Freizeit? Warum traf er sich mit Frau Brettschneider? Sie mussten mehr über sie und ihre Besuche bei Herrn Klein in Erfahrung bringen, sie möglicherweise beobachten. Nicht zu vergessen: Hatte Frau Brettschneider noch den Schlüssel zu dem Gruppenraum? Und dann war da noch der Sohn Oliver. Über ihn wussten sie noch nicht viel. Vielleicht ließ sich über Google, Facebook und andere Internetseiten mehr über ihn herausfinden.

Als sie ihre Informationen zusammengetragen hatten, fragte Ida: »Hast du alles aufgeschrieben, Sofie?«

»Ich habe mir während des Gesprächs Notizen gemacht.«

»Schreib darüber, Sofie, schreib alles auf! Daraus wird ein richtiger Krimi!«

Sie hörte am anderen Ende der Leitung Papier rascheln, Sofie schlug sicher gerade die Blätter ihres Blockes um.

»Und wir müssen an der Sache dran bleiben.«

7

Sofort, nachdem Sofie aufgelegt hatte, klingelte das Telefon wieder. Ida musste noch etwas eingefallen sein.

»Ja«, sagte sie darum nur kurz und war ganz verwirrt, als sie nicht Idas Stimme hörte.

»Frau Bergmann?« Die Stimme zitterte ein wenig. »Hier ist Maria Steinhardt. Störe ich Sie?«

»Nein, ganz und gar nicht. Es ist furchtbar, was passiert ist«, beeilte sie sich zu sagen.

»Weshalb ich anrufe«, begann Frau Steinhardt umständlich, »es hat in der Zeitung gestanden, dass es sich um ein Verbrechen handelt. Schrecklich.«

»Die Polizei weiß noch nichts Genaues«, sagte Sofie und dachte an ihr Gespräch mit Ida und daran, dass sie die Zeitung nicht gelesen hatte.

»Sie war noch nicht da. Die Polizei.«

»Wo? Bei Ihnen?«

»Ja, wollten sie nicht jeden befragen?«

Wenn alte Menschen so umständlich werden, dann war Sofie noch nicht so alt. Auf jeden Fall wurde sie ungeduldig. »Bei mir war sie auch noch nicht. Wir haben aber schon unsere Aussagen an dem Abend gemacht, an dem wir sie gefunden haben.«

»... gefunden haben«, wiederholte die alte Steinhardt tonlos. »Ich bin auch da gewesen. Als der Hausmeister gerade kam, ich war dabei, als er die Tür aufschloss.«

Sofie erinnerte sich an Frau Steinhardt und an Frau Fabius.

»Aber es kann doch gar nicht abgeschlossen gewesen sein.«

»Was meinen Sie damit, Frau Steinhardt?«

»Ich hätte es der Polizei sagen sollen, aber ich war wie gelähmt, als ich sie gesehen habe.«

»Was hätten Sie sagen sollen?«

»Es sind doch meine Fingerabdrücke darauf.«

Sofie war hellwach und noch mehr verärgert, weil sie nichts verstand. Das lag aber an Frau Steinhardts umständlicher Art, sie musste sich beherrschen. »Worauf sind Ihre Fingerabdrücke?«

»Auf dem Schlüssel, deswegen habe ich ihn nicht gezeigt.«

»Sie haben den Schlüssel? Meinen Sie den Schlüssel für den Unterrichtsraum?«

»Ja sicher. Ich war schon vorher da und musste noch einmal zur Toilette und da der Raum geöffnet war und der Schlüssel dort lag, habe ich ihn genommen.«

»Frau Klein war schon da?«

»Nein, niemand war in dem Raum. Er war offen.«

»Frau Klein ist somit in einen geöffneten Raum gegangen, ohne den Schlüssel zu benutzen«, sagte Sofie mehr zu sich selbst als zu Frau Steinhardt.

»Ich wusste wirklich nicht, warum sie sich eingeschlossen hat. Ich war so geschockt. Und dann lag da nicht der Schlüssel von Frau Klein. Wenn ich den Schlüssel hingelegt hätte, wären darauf meine Fingerabdrücke darauf und wenn ich der Polizei gesagt hätte, dass er da vorher gelegen hatte, dann hätten sie gedacht, ich hätte Frau Klein eingeschlossen. Aber ich habe die Tür nicht abgeschlossen, noch nicht einmal zugemacht.« Sie schluchzte.

Sofie hielt die Hand auf die Sprechmuschel und atmete tief ein. »Sie haben Frau Klein mit Sicherheit nicht eingeschlossen«, versuchte sie Frau Steinhardt zu beruhigen. »Den Schlüssel haben Sie noch?«

»Ja.«

»War es nur der Toiletten- bzw. der Klassenraumschlüssel?«

»Natürlich, was denn sonst, ich habe damit die Toilette aufgeschlossen.« Sie schien ihre Angst durch Empörung ersetzt zu haben.

Frau Klein hatte einen eigenen Schlüssel, der damit noch immer verschwunden war. Was für eine Aufregung um nichts. Aber damit war noch nicht geklärt, warum ein Schlüssel auf dem Tisch gelegen hatte.

Sie hörte Frau Steinhardt am anderen Ende der Leitung weinen. Wie kam sie nur darauf, jemand könnte vermuten, sie hätte Frau Klein eingeschlossen?

»Sie haben Frau Klein doch nicht gesehen«, versuchte Sofie, sie zu beruhigen und sie gleichzeitig zu animieren weiter zu reden.

»Doch.«

Sofie schluckte. Ihr Mitleid mit Frau Steinhardt verflüchtigte sich. »Sie haben Sie gesehen?«, fragte sie ungläubig.

»Sie kam den Gang entlang, als ich zum anderen Ausgang ging, zu den Toiletten. Ich habe Sie gesehen, aber ich habe sie nicht eingeschlossen.«

»Hat sie etwas gesagt?«

»Es war nur von Weitem. Ich habe ihr angedeutet, dass ich zur Toilette musste.«

Für Sofie gab es nur eine logische Konsequenz: Frau Klein hatte keine Schlüssel bei sich, war in den Raum gegangen, wurde dort ermordet und dann eingeschlossen, weil es wie ein Selbstmord aussehen sollte.

»Das grenzt den Zeitpunkt ein«, sagte Sofie laut.

»Wie bitte?«, ertönte es vom anderen Ende.

»Wie lange waren Sie fort?«

Frau Steinhardt verstand nicht. Sofie konnte ihr auch unmöglich sagen, dass der Täter oder die Täterin sie vielleicht gesehen hatte und fürchten musste, dass sie eine Zeugin wäre.

»Es passiert Ihnen nichts, ganz sicher«, sagte sie bestimmt.

»Was meinen Sie? Mir passiert nichts?« Frau Steinhardt war zwar alt, aber klug. »Ich habe niemanden sonst gesehen«, beeilte sie sich zu sagen. »Glauben Sie, dass ich sonst eine Zeugin wäre, die man aus dem Weg räumen würde?« Sie klang jetzt erstaunlich gefasst. »Sie sind wirklich furchtbar. Es war wohl falsch, dass ich Sie angerufen habe. Sie haben kein Mitleid mit Frau Klein. Sie analysieren nur, so wie Sie es im Kurs auch immer getan haben. Sie und diese Frau Wirtz, die sich auch so klug vorkommt. Ich werde der Polizei alles sagen. Ich habe nur einen Schlüssel genommen, der da lag. Es ist Aufgabe der Polizei zu ermitteln, warum.«

Mit angehaltenem Atem hörte Sofie den Redeschwall von Frau Steinhardt, der nicht enden wollte. Sie konnte sich gut vorstellen, dass sie eine strenge Lehrerin gewesen sein musste, keine gütige wie Frau Klein. Als Frau Steinhardt dann ohne Abschiedsgruß aufgelegt hatte, musste Sofie sich erst einmal setzen. Ida hatte Recht. Sie musste alles aufschreiben, sonst brachte sie womöglich wichtige Dinge durcheinander. Wenn es wie Selbstmord aussehen sollte, genügte es dann, Frau Klein einzuschließen? Musste nicht auch ein Medikament auf dem Tisch oder in der Tasche gefunden werden, um den Selbstmord plausibel zu machen?

Im Grunde hatte sie keine neuen Erkenntnisse gewonnen. Frau Klein hatte sich ohne Schlüssel nicht selbst einschließen können. Nur der Zeitpunkt der Tat war auf unmittelbar vor ihrem Treffen um 19 Uhr eingegrenzt worden. Sie standen immer noch so unwissend da wie zu Anfang.

8

Es war Sonntagvormittag und Ida saß an Hans-Peters Küchentisch, während er ein deftiges Frühstück zubereitete. Er hatte schon am vorigen Abend angedeutet, Neuigkeiten zu haben, hatte sie aber zurückgehalten, bis er eine kleine Gegenleistung erhalten hatte. Also hatte Ida bis zum Morgen danach warten müssen. Hans-Peter belohnte sie mit einem dankbaren Grinsen, einem Teller voller Spiegelei und Bacon und reichhaltigen Informationen.

Während Ida nur in dem glibberigen Eigelb herumstocherte, dafür aber umso herzhafter in das kross gebackene und bröselnde Toastbrot biss, schaufelte Hans-Peter auf gewohnte Weise das Essen in sich hinein. Nachdem er einen halben Becher Kaffee geleert hatte, lehnte er sich zurück, mit sichtlicher Freude daran, die Bombe platzen zu lassen.

»Es wurden Rückstände von Ketamin im Blut der Leiche gefunden.«

»K.o.-Tropfen? Ich dachte, das ist eine Party-Droge, die nur berauscht und Halluzinationen hervorruft.«

»Ketamin ist ursprünglich ein Narkosemittel, das in der Tier- und Humanmedizin eingesetzt wird und das zur Bewusstlosigkeit führt«, belehrte er sie. »Wenn es intravenös in der stärkeren Variante als S-Ketamin verabreicht wird, wirkt es besonders schnell. In einer zu hohen Dosis kann es zu Atemdepression führen.«

»Ich habe Frau Klein mit offenen weiten, fast starren Augen vorgefunden«, fiel Ida ein.

»Das ist ein deutliches Zeichen dafür, dass sie unter Atemnot litt und es dadurch zu einem Atemstillstand gekommen ist«, bestätigte Hans-Peter.

Ihre Beine fingen an zu prickeln, so dass sie kaum stillsitzen konnte. Ihr linker Zeigefinger zuckte und sie musste ihre Hände stillhalten. Ida merkte an ihrer Kribbeligkeit, dass ihr Gehirn allmählich auf Hochtouren kam.

»Aber wieso konnten im Labor Rückstände von Ketamin gefunden werden? Ich dachte, es sei nicht nachweisbar.«

»Das Stoffwechselprodukt Dehydro-Norketamin ist noch bis zu drei Tage nach der Gabe im Urin vorzufinden. Es stimmt, dass es im Blut wesentlich schneller abgebaut wird. Dort ist es nur einige Stunden feststellbar. Bei einer Überdosierung wie hier, die zu Atemstillstand und Bewusstlosigkeit führt und bei der der Tod sehr schnell eintritt, ist die Substanz noch nicht vollständig im Körper abgebaut worden und kann daher im Labortest erkannt werden.«

Ihre Gedanken überschlugen sich. Sie ging durch, was sie noch über Drogen abgespeichert hatte. Ein

Arzneimittel konnte auch nach längerer Zeit nachgewiesen werden, wenn die betreffende Person ein Dauerkonsument war.

»Könnte es nicht sein, dass Frau Klein unter Depressionen litt und deshalb das Ketamin einnahm?«, fragte sie.

Hans-Peter schaute sie über den Rand seiner Kaffeetasse an. Etwas Bewunderndes lag in seinem Blick. Sie waren auf derselben Wellenlänge.

»Du meinst sicher die Nachricht, die vor kurzem durch die Medien ging. Die Charité in Berlin will eine Studie darüber durchführen, Ketamin zur Behandlung von Depressionen einzusetzen.« Er trank seine Tasse leer und füllte sie gleich wieder mit frischem Kaffee aus der Maschine auf.

»Ich glaube nicht, dass es schon in der breiten Bevölkerung bekannt ist, dass Ketamin stimmungsaufhellende Wirkung haben soll«, gab er zu bedenken. »Aber es stimmt. Es gibt Hinweise dafür, dass Ketamin Depressionen beseitigt.«

Ida biss noch einmal in ihr Toastbrot. Das Kauen regte ihre Denkfähigkeit an. »Nehmen wir an, dass Frau Klein nicht selbst das Ketamin eingenommen hat. Wieso hat sie sich nicht gewehrt? Sie saß friedlich an ihrem Pult, ohne Anzeichen von Gewaltanwendung.«

Ein breites Grinsen zog sich über Hans-Peters Gesicht. Er hatte noch eine Information auf Lager. Er goss einen großen Schuss Milch in seine Kaffeetasse und setzte sich genüsslich zurück auf seinen Stuhl.

»Ketamin und Xylazin. Eine Kombination, die vor allem in der Tiermedizin verwendet wird.«

Idas linker Zeigefinger begann wieder zu zucken und schlug ein nervöses Trommelsolo auf die Tischplatte. Krampfhaft versuchte sie, die richtigen Rückschlüsse zu ziehen. Hans-Peter genoss ganz offensichtlich seine Überlegenheit.

»Das Xylazin ist eine Muskelrelaktanz. Sie wirkt sedierend und schmerzstillend.«

»Deshalb halten die Patienten still, wenn ihnen anschließend das Ketamin verabreicht wird«, setzte sie den Gedanken fort.

Hans-Peter nickte.»Und es verstärkt die Wirkung des Ketamins. Auch Xylazin ist nur für kurze Zeit nach der Applikation im Blut nachweisbar. Aber hier gilt ebenfalls, dass es nicht weiter abgebaut wurde, weil das Opfer vorher starb. Deshalb wurde im Labor auch Xylazin im Körper der Leiche gefunden.«

»Glaubst du, jemand hat Frau Klein die beiden Mittel gespritzt? Oder wie sollte es sonst in ihren Körper gelangt sein?«

»Wie ich bereits sagte: Wenn es sehr schnell wirken soll, muss es schon in die Vene injiziert werden. Oder zumindest in den Muskel.«

»Dann hätte man aber doch eine Einstichstelle finden müssen.«

Hans-Peter spielte verlegen mit dem Kaffeebecher, der vor ihm stand, drehte ihn mehrmals am Henkel hin und her.

»Vielleicht solltest du die Leiche noch einmal gründlich untersuchen«, schlug Ida vor. »Nadelstiche können sich auch an unauffälligen Körperstellen befinden und schnell übersehen werden.«

Hans-Peters Augenbrauen schoben sich in die Höhe, so dass drei steile Falten auf seiner Stirn entstanden. »Ich habe in der Armbeuge der Leiche einen Bluterguss gefunden.«

»Davon hast du mir gar nichts erzählt«, rief Ida aus.

»Ich unterliege der Schweigepflicht. Vergiss das nicht.«

»Was für einen Bluterguss? So wie bei Drogensüchtigen, wenn sie sich zu oft in dieselbe Stelle im Arm gestochen haben?«

»Es sah eher so aus, als hätte ihr jemand Blut abgenommen und sich dabei nicht besonders geschickt angestellt. Ein Arzt oder eine Krankenschwester. Manche Menschen sind so empfindlich, dass sie sofort Druckstellen bekommen, wenn ihnen jemand Blut abzapft. Die Nadeln sind ziemlich dick und das Blut tritt schnell in das Gewebe ein.«

»Wäre es möglich, dass an derselben Stelle, an der der Bluterguss war, jemand ein zweites Mal hineingestochen hat, um Frau Klein ein Medikament oder eine Droge zu verabreichen?«

Hans-Peter nickte. »Deshalb will ich die Stelle noch einmal genau untersuchen.«

Das Kribbeln in Idas Beinen verstärkte sich. Sie wollte am liebsten sofort aufspringen. Es war an der Zeit, Sofie aufzusuchen, um ihre bisherigen Kenntnisse im

Detail durchzugehen. Sie hatten sich für Dienstagnachmittag verabredet, dem Tag, an dem sie normalerweise den Krimi-Lesekreis gehabt hätten. Bis dahin wollte sie aber noch einige Recherchen betreiben. Vor allem wollte sie etwas über Oliver in Erfahrung bringen, Frau Kleins ältesten Sohn, der sich zurzeit im Ausland aufhielt. Er würde sicherlich zur Beerdigung kommen, sobald die Leiche frei gegeben war. Und über den Sohn Marius, der Tiermedizin studierte.

9

Um zehn Uhr vormittags, lange nach ihrer üblichen Zeit, wurde Sofie von einem aufheulenden Motor auf der Straße geweckt. Sie hatte die halbe Nacht wach gelegen und gegrübelt. Sie hatte sich verrannt. Sie war aus irgendeinem Grund schon vor Frau Steinhardts Anruf auf den Gedanken des vorgetäuschten Selbstmords gekommen. Aber wenn es doch Mord gewesen sein sollte, welches Motiv kam dann in Frage? Und wieso dieser Tatort? Ein Ort, zu dem jeder Zugang hatte.

Sofie wälzte sich auf die rechte Seite. Es war Sonntag, sie schlief wieder ein. Erst am Nachmittag saß sie einigermaßen ausgeruht am Tisch und schrieb. Sie schrieb alles nieder, was ihr einfiel, die Einrichtung in Frau Kleins Haus, das Klassenzimmer, mögliche Motive, unmögliche Motive. Sie seufzte, nur Phantastereien, ein konkretes Motiv wollte ihr nicht einfallen. Wieder sah sie Frau Klein am Pult sitzen. Der Klassenraum, der Tatort ließ sie jetzt nicht mehr los.

Warum war der Unterrichtsraum offen gewesen? Es war wie eine Einladung, aber eine unnötige, denn Frau

Klein wäre sowieso gekommen. Sofie fasste einen Entschluss. Am Montag würde sie den Hausmeister aufsuchen, obwohl sie nicht wusste, ob es ihr helfen würde.

Zur Mittagszeit stand sie vor dem Schultor. Der Hausmeister hatte sein Arbeitszimmer irgendwo im Schulgebäude, wohnte aber in einem kleinen Anbau direkt neben der Sporthalle, soviel wusste sie. Er konnte zum Mittagessen nach Hause gehen zu seiner Frau, vorausgesetzt er hatte eine Frau. Wie wenig man von manchen Menschen weiß, dachte sie.

Einige Jugendliche verließen schon das Schulgelände. Sofie nahm ihren Mut zusammen und fragte eine kleine Gruppe herumstehender Mädchen im Alter von schätzungsweise 13 oder 14 Jahren nach dem Hausmeister.

»Der Brommer?«, fragte das einzige blonde Mädchen der Gruppe, ihre Augen waren schwarz und dick umrandet. Sie musterten Sofie.

»Hat er ein Büro oder ist er jetzt zum Mittagessen zuhause bei seiner Frau?«

Die Drei fingen an zu kreischen. Sofie lächelte gequält. Wahrscheinlich machte sie sich zum Trottel, aber es störte sie nicht mehr, nicht bei 13-Jährigen. Ihr Alter zeigte wieder einen Vorteil.

»Der hat keine Frau.«

»Wollten Sie doch wissen, oder?«, sagte ein sehr schlankes Mädchen, mit schwarzen, offensichtlich gefärbten Haaren. Sie kicherten wieder. Bösartig, wie ihr schien.

»Was wollen Sie denn von ihm?« Die Neugier – oder die Unverschämtheit der heutigen Jugend.

Diesmal war Sofie vorbereitet. »Ich komme wegen einer Putzstelle.«

»Ach, putzen.«

Sie zeigten gelangweilt zum Nebeneingang des Gebäudes, und sagten auf ihre Nachfrage, ob er ein ordentlicher Hausmeister sei, dass er es mit der Arbeit nicht übertreibe, aber immer auf die Schüler schimpfe und ihnen sogar manchmal etwas in die Schuhe schob.

»Was denn?«, fragte Sofie unschuldig.

»Na, als es rein geregnet hat in die Turnhalle, aber damit ist der nicht durchgekommen, schließlich muss er nachsehen, ob die Fenster zu sind, oder? Wofür kriegt der denn seine Kohle?« Die Schwarzhaarige kaute demonstrativ auf ihrem Kaugummi.

»Sie haben's wohl nötig, suchen Sie sich lieber was anderes.« Die Blonde musterte sie. Es klang fast so, als ob sie es gut mit ihr meinte.

»Ich würde nur nach Schulschluss arbeiten«, sagte Sofie treuherzig, »abends ist es mir hier in der Gegend zu dunkel.«

»Ja, wissen Sie das nicht? Vorige Woche haben sie jemanden gefunden, tot im Klassenraum.«

Sofie tat entsetzt.

»War keine Lehrerin von der Schule, sondern von der VHS. Hat wohl einen Herzinfarkt gehabt, der Brommer hat sich wichtig getan, war einen Tag lang krank, wegen dem Schock und so. Aber dann musste er schnell wieder gesund werden, weil er sich noch wichtiger tun musste, bei der Polizei und so.«

Die Mädchen hatten offensichtlich keine Nachrichten gelesen. Als Sofie in die von ihnen gezeigte Richtung ging, riefen sie hinter ihr her. Sie atmete tief ein und drehte sich um. Die Schwarzhaarige sagte mit düsterer Stimme: »Vielleicht hat der sie aber auch umgebracht.«

Sie wurde sofort kichernd von ihrer Freundin, die auch schwarzhaarig, aber kleiner war und noch kein Wort gesagt hatte, in die Seite geknufft.

»Keine Angst«, sagte die Blonde, »Sie sind nicht sein Typ.« Die Kleine prustete los.

»Der mag es jünger, der Sabber läuft dem immer, wenn er ein Mädchen in Shorts sieht.«

»Nicht nur der Sabber«, kicherte die dünne Schwarzhaarige dazwischen.

Die Blonde lachte nicht mehr, sondern sah Sofie interessiert mit wachen Augen an. »Passen Sie auf sich auf«, sagte sie und es klang seltsam ernst.

Mit den Vorurteilen im Gepäck trat Sofie nach kurzem Klopfen ins Hausmeisterzimmer. Herr Brommer saß am Schreibtisch und war, wie sein Name lautmalerisch vermuten ließ, sehr stämmig, seine Stimme tief und knurrend. Er erkannte sie.

Sein Mittagessen bestand aus belegten Broten und war vor ihm auf dem Schreibtisch ausgebreitet. Die Papiere waren unordentlich beiseitegeschoben worden. Eine moderne Magnetwand stand im Raum mit von Magneten festgehaltenen Zetteln, auf denen Handwerkertermine vermerkt waren. Sofie gab vor, am Dienstag in der Aufregung ihren Schirm vergessen zu haben, und fragte, ob er ihn in dem Raum oder auf dem Gang gefunden hätte.

Er zuckte mit den Schultern und schüttelte dann den Kopf.

Sie dankte ihm sehr höflich und wandte sich um zum Gehen. Irgendwo hatte sie gelesen, diese Geste verleihe einem etwas, dem die Menschen nicht widerstehen konnten und das sie zugänglicher machte. Von einer Person, die einem den Rücken zugewandt hatte, konnte keine Konfrontation ausgehen.

Sie drehte sich langsam um. »Das war ein Schock am vorigen Dienstag.«

»Kann schon mal vorkommen.«

»Ist Ihnen das denn schon einmal passiert, ich meine, dass ein Lehrer in der Schule ... so plötzlich ...«

»Hier passiert allerhand«, knurrte er vielsagend. »Lehrer sind auch nur Menschen. Nichts Besseres.« Er räusperte sich. »Aber nein, das nicht.«

»Eigenartig, dass der Raum verschlossen war.«

»Ja, wenn sich jemand umbringen will.« Das war aber doch Sofies Theorie, ihre Vorgetäuschte-Selbstmord-Theorie!

»In der Zeitung hat gestanden ...«, sagte sie bedächtig.

»Ich weiß, das sagen sie jetzt. Aber bei mir haben sie noch so getan, als ob die Lehrerin sich selbst ... Sie wissen schon.«

»Aber wenn jemand sie getötet hat, dann kann sie sich unmöglich selbst eingeschlossen haben.«

Brommer kratzte sich ausführlich am Kopf. »Dann muss es ein anderer Dozent getan haben. Sonst hat keiner einen Schlüssel.«

Sofie war froh, allmählich ging das mühselige Gespräch in die richtige Richtung. »Haben alle Dozenten einen Schlüssel? Meine Güte, dann muss es aber viele Schlüssel geben.«

»Ja, muss wohl.«

Wie viele, hätte sie gerne gewusst, aber der Brommer sah so aus, als ob ihm nicht viel an dem Thema lag. Sie war lieber vorsichtig. »Hat Sie das die Polizei auch gefragt? Mein Gott, wie aufregend.«

»Sicher haben sie das gefragt.« Er entspannte sich. »Sie wollten wissen, warum die Heizung aufgedreht war, wann die Dozenten normalerweise kommen, wie viele Kurse es gibt, welche Kurse die Frau gegeben hat. Woher soll ich das wissen, habe ich gesagt, sitze ich in der Verwaltung, habe ich um fünf Uhr Feierabend?«

»Ob Sie etwas gesehen haben?«, half Sofie nach.

»Klar.«

»Und?«

»Ich habe denen alles gesagt. Die Frau ist gekommen wie immer, hat die Tür aufgeschlossen und hat dann wohl auf jemanden gewartet.«

»Das haben Sie gesehen?« Sofie wurde aufgeregt, aber es waren nur Brommers Mutmaßungen, wie sich herausstellte, gesehen hatte er nur, wie Frau Klein gekommen war. Tatsächlich war er abends in seiner Wohnung beim Fernsehen gewesen.

»Soll ich jede Stunde durch die Gänge rennen?«, empörte er sich. »Bei meinem Lohn? Ich schließe nach Schulschluss ab, wegen der Blagen, die machen sonst Blödsinn, sind total verzogen. Aber abends von den Erwachsenen kann man doch erwarten, dass sie das Licht ausmachen. Trotzdem gucke ich noch mal in den Gängen nach, alles umsonst, das bezahlt mir keiner, aber bevor mir jemand was vorwerfen kann, mache ich es lieber. Und dann bei einer wie der Lehrerin, da muss man noch mehr aufpassen.«

»Streng war Sie wohl?« Sofie riet ins Blaue.

»Furchtbar penibel. Beschwerte sich, wenn es durch die Fenster zog, eine Lampe kaputt war, ich kann auch nicht hexen, und wenn die Toiletten nicht sauber genug waren. Also das ist nicht meine Aufgabe, dafür haben wir Putzkräfte.«

Sofie wollte nicht mehr mit ihm reden. Jetzt waren die Putzkräfte Schuld. Vielleicht war es aber seine Aufgabe, sie einzuweisen und zu kontrollieren.

»Ich fand sie sauber«, log sie leise. »Ein schwieriger Mensch, also?«

»Die ist auch mit anderen Lehrern aneinander geraten, sage ich Ihnen.«

»Tatsächlich?«

»Die war ja früher Lehrerin an einer anderen Schule gewesen, habe ich gehört. Sie schien darauf zu achten, wie die Lehrerkollegen mit ihren Mitteln umgingen und wie sie den Unterricht abhielten. Irgendwie ist das doch sehr kleinlich und sie hat die anderen nicht zu kontrollieren.«

Sichtlich zufrieden lehnte Brommer sich in seinem Stuhl zurück. Er wusste etwas. Dann konnte er es nicht länger für sich behalten: »Was Besseres war die auch nicht, ihr Mann hat sogar mal Bankrott gemacht.«

»Das wusste ich nicht«, sagte Sofie spontan, sie war überrumpelt.

»Wenn man Anderen was will, sollte man selbst eine reine Weste haben. Wenn man dann aber selbst Dreck am Stecken hat, geschieht es einem Recht, wenn die Anderen das rausfinden. Wie heißt es doch: Zuerst vor der eigenen Tür kehren.«

»Ja, aber es ging doch um ihren Mann«, versuchte Sofie impulsiv Frau Kleins Ruf zu retten.

Brommer grinste selbstgefällig und zuckte nur mit der Schulter.

»Ihr zweiter, nehme ich an.«

»Was?« Brommer lehnte sich interessiert vor. »Hatte die mehrere? Sah nicht danach aus.«

»Sie war schon lange mit ihrem jetzigen Mann zusammen, soviel ich weiß«, versuchte Sofie zurück zu rudern und schämte sich, dass sie sich hatte hinreißen lassen und damit ein Gerücht in die Welt gesetzt hatte, nur um mehr von dem abscheulichen Getratsche über Frau Klein zu erfahren. Aber Herr Klein war mit einem Geschäft pleite gegangen, das war interessant und Unstimmigkeiten unter den Lehrern gab es auch, weil Frau Klein pingelig war. Oder weil sie Gerechtigkeit liebte? Sofie war nicht bereit, sich Brommers Meinung unkritisch anzuschließen.

Dann fiel ihr wieder Frau Steinhardt ein, die Frau, die unfreiwillig ins Geschehen eingegriffen hatte, und die sie vielleicht doch ganz gezielt auf eine falsche Fährte geführt hatte. Denn Frau Steinhardt war früher auch Lehrerin gewesen.

10

Frau Klein war eine typische Lehrerin. Sie war belehrend. Aber sie war auch nur ein Mensch, nicht besser als andere, eher schlechter. Ida hatte in ihrem Leben nur negative Erfahrungen mit Lehrerinnen gemacht. Es fing an in der Grundschule. Als sie eingeschult wurde, konnte sie schon lesen und auch das Rechnen hatte sie sich beigebracht. Also langweilte sie sich im Unterricht fürchterlich. Aber Frau Winter behandelte sie, als wäre sie zurückgeblieben, vielleicht, weil sie so häufig Widerworte gab und den Unterricht störte. Ida lehnte es ab, auf die Fragen der Lehrerin zu antworten.

Als Ida anfing, den Unterricht zu schwänzen, wurde sie zum Schulpsychologen geschickt. Ihre Eltern waren erstaunt, als sie erfuhren, dass Ida einen Intelligenzquotienten weit über dem Durchschnitt besitzt, aber sie wussten nicht, wie sie mit ihr umgehen sollten. Also ignorierten sie ihre besondere Denkfähigkeit und machten ihr klar, dass sie sich gefälligst nicht einbilden sollte, etwas Besonderes zu sein.

Immerhin schaffte Ida es aufs Gymnasium. In Latein, Mathe und Physik war sie herausragend, die anderen

Fächer interessierten sie nicht. Sie mogelte sich durch, so dass es gerade für das Abitur reichte. Studieren durfte sie ohnehin nicht. Warum sollte sie sich dann sonderlich anstrengen?

Die Lehrerinnen, die Ida kennenlernte, waren Besserwisser und Pseudo-Intellektuelle und steckten voller Minderwertigkeitskomplexe gegenüber den Menschen, die wahre Intelligenz besitzen. Frau Klein gehörte zu dieser Sorte und Frau Steinhardt ebenfalls, das stand für Ida fest, nachdem sie von Sofie den gesamten Inhalt des Telefongesprächs erfahren hatte.

Frau Steinhardt hatte sie verunsichert, trotzdem wirkte Sofie selbstsicherer und tatkräftiger als zuvor. Sie hatte eine aufrechte Körperhaltung, war nicht mehr so verzagt, ging mehr aus sich heraus und präsentierte bei ihrem nächsten Treffen ausführlich und zusammenhängend ihre Ermittlungsergebnisse: »Frau Klein war das zweite Mal verheiratet. Ihr jetziger Ehemann ist sehr bestimmend und dominant, aber er ist mit seiner Firma in Insolvenz gegangen.«

Ob er sich von dem finanziellen Ruin wieder erholt hatte, wussten sie nicht. Ida regte Sofie an, es in ihren Aufzeichnungen festzuhalten. »Du musst unbedingt an ihm dranbleiben, ihn weiter befragen.«

Sofie schrieb es auf.

»Ich werde derweil nachforschen, was mit dem ersten Ehemann von Frau Klein ist, ob er noch lebt, warum sie sich damals getrennt haben und so weiter.«

»Der jüngere Sohn Marius studiert Tiermedizin und ist anscheinend erst wieder nach Hause gekommen, als er vom Tod seiner Mutter erfahren hat«, fuhr Sofie fort, nachdem sie ihren Notizblock konsultiert hatte.

Auch der ältere Sohn Oliver hielt sich im Ausland auf. Über ihn hatte Ida durch Internetrecherche herausbekommen, dass er für ein Pharmaunternehmen arbeitete und im Amazonasgebiet, Südafrika und derzeit in Australien unterwegs war, um Heilmittel zu finden, die in der Natur vorkommen und die zur Herstellung von Arzneien verwendet werden konnten, wie etwa verschiedene Geranienarten oder Schlangengifte, die eine blutdrucksenkende Wirkung haben und sogar der Vorbeugung chronischer Herzinsuffizienz dienen. Oliver war der Stiefsohn von Herrn Klein und folglich nur der Halbbruder von Marius.

»Er gibt an, dass Oliver gerne im Mittelpunkt steht«, ergänzte Sofie. »Aber ich weiß nicht, wie zuverlässig diese Aussage ist. Geschwister stehen häufig in Konkurrenz zueinander. Möglicherweise ist er einfach nur neidisch.«

Ida nickte zustimmend. Es tat gut, wieder bei Sofie in der Küche zu sitzen, Kaffee zu trinken, krümelnde Kekse zu essen und den Gedanken freien Lauf zu lassen. »Was ist mit dem Schlüssel?«, fragte sie zwischen zwei Bissen.

»Das ist ein Rätsel. Frau Steinhardt behauptet, er habe auf dem Pult im Unterrichtsraum gelegen. Wer ihn wie oder wann dort hin getan hat und vor allem, warum, bleibt ungeklärt.«

»Ich habe inzwischen durch einen Anruf bei der Volkshochschule herausbekommen, dass Frau Brettschneider den Schlüssel noch nicht wieder zurückgegeben hatte. Es muss also der von Frau Brettschneider gewesen sein, denn einen weiteren Schlüssel haben sie nicht herausgegeben. Die Mitarbeiterin in der Verwaltung sagte, dass sie äußerst ungern Schlüssel an Kursteilnehmer verleihen und dass dies eine Ausnahme gewesen sei, weil Frau Klein für Frau Brettschneider eingestanden ist.«

Sofie zog die Stirn kraus und biss auf ihrer Unterlippe herum, während sie überlegte: »Es könnte doch aber auch der Schlüssel von Frau Klein gewesen sein. Er ist noch nicht wieder aufgetaucht.«

»Das glaube ich nicht. Ich denke, dass der Täter oder die Täterin den Eindruck erwecken wollte, dass Frau Brettschneider den Schlüssel auf das Pult gelegt hat, um so den Verdacht auf sie zu lenken.«

Sofie schaute weiterhin äußerst skeptisch drein. »Dann ist also die Selbstmordtheorie vom Tisch?«

»Davon müssen wir ausgehen. Ich glaube nicht, dass der Täter einen Selbstmord vortäuschen wollte. Und falls doch, hat er sich äußerst dämlich angestellt.«

Sofie sackte ein wenig in sich zusammen. Sie beugte sich über den Tisch und notierte sorgfältig etwas auf ihrem Block. »Wir sollten auch Frau Brettschneider einmal befragen«, murmelte sie.

»Was haben wir noch?«, fragte Ida, wobei sie nach einem weiteren Keks griff.

Sofie hob den Kopf: »Die Todesursache.«

Ida lehnte sich genüsslich zurück. »Frau Klein wurde vergiftet. Mit einer schnell wirkenden Mischung aus Ketamin und Xylazin, die ihr gespritzt wurde.«

Sofies Augen rundeten sich vor Überraschung. »Woher weißt du das? Die Polizei gibt solche Informationen nicht heraus.«

»Ich habe da so meine Beziehungen«, erklärte Ida, ohne näher auf ihre Bekanntschaft zu Hans-Peter einzugehen. »Jedenfalls werden die Arzneimittel zur Betäubung und Behandlung von Großtieren eingesetzt.«

Sofie biss auf dem Ende ihres Kugelschreibers herum. »Der Sohn Marius behandelt Rinder in Schottland und hat bestimmt Zugang zu Ketamin und Xylazin. Ich werde versuchen, auch aus ihm noch mehr herauszukriegen.«

Ida fiel noch etwas ein: »Frau Klein muss kurz vor ihrem Tod beim Arzt gewesen sein, ihr wurde Blut abgenommen und sie hatte einen ziemlich großen Bluterguss in der Armbeuge.«

Wieder ein fragender, misstrauischer Blick von Sofie.

»Vielleicht weiß einer aus der Familie Klein, warum sie beim Arzt war, ob sie erkrankt war und gegebenenfalls woran.«

Sofie kritzelte wieder eifrig in ihrem Notizblock. »Im Badezimmerschrank habe ich keine außergewöhnliche Medizin gefunden. Aber vielleicht hatte sie gerade erst eine Diagnose erhalten und die Behandlung hatte noch nicht begonnen.«

»Wir sollten jedenfalls sämtlichen Hinweisen nachgehen, die wir finden«, bekräftigte Ida.

Während sie überlegten, wie sie weiter vorgehen wollten, klingelte es plötzlich schrill an der Haustür. Sofie, aufgeschreckt und mit noch vor Jagdeifer gerötetem Gesicht, sprang auf und rannte förmlich zum Eingangsflur. Ida hörte eine tiefe, prägnante Stimme, dann betrat Kommissar Gastner hinter Sofie die Küche.

»Wie gut, dass ich Sie beide hier antreffe.« Seine grauen Augen huschten durch den Raum und hätten beinahe den Notizblock registriert, den Ida schnell vom Tisch in ihre Handtasche hatte verschwinden lassen.

»Es sind neue Erkenntnisse aufgetreten und wir müssen nochmals alle Beteiligten befragen.«

»Haben Sie herausgefunden, wo der Schlüssel ist, mit dem der Raum abgeschlossen wurde, in dem Frau Klein sich befand?«, fragte Ida sofort.

Missbilligend wandte er sich ihr zu. Er beantwortete die Frage nicht, räusperte sich aber und sagte ungewöhnlich leise: »Ihre Vermutung mit dem Gift war zutreffend. Aber ich darf Ihnen leider keine weiteren Auskünfte geben.«

Sie hätte zu gerne gewusst, ob sie bei der Leiche eine Einstichstelle gefunden hatten, aber sie verbiss sich die Frage. Der Kommissar durfte nicht wissen, dass Hans-Peter ihr bereits Informationen über die Todesursache weitergegeben hatte.

»Darf ich mich setzen?«

Sofie bot Herrn Gastner einen Platz am Tisch an und stellte eine Tasse Kaffee vor ihn hin. Er trank ihn schwarz.

»Erzählen Sie der Reihe nach, was vorigen Dienstag geschehen ist«, begann er die Befragung.

Sofie schaute Ida bestätigend an: »Wir waren etwa fünf Minuten vor sieben Uhr am Pavillon.«

»Bei Ihrer ersten Befragung gaben Sie an, Sie hätten sich verspätet.« Ein fragender Blick von Kommissar Gastner wechselte von Sofie zu Ida.

»Ida und ich treffen uns immer an der Ecke zur Gartenstraße vor der Schule. Normalerweise sind wir immer schon eine Viertelstunde vorher da, bevor die anderen Teilnehmerinnen kommen. Wir tauschen uns gerne noch über das Gelesene aus«, antwortete Sofie wieder. »Aber Ida hatte ihr Buch, also den Krimi, zu Hause liegen lassen. Deshalb musste sie noch einmal zurück und kam etwas später an unserem Treffpunkt an.«

»Wir waren also nicht zu spät am Pavillon der Volkshochschule, sondern wir waren nur spät dran«, berichtigte Ida.

»Und Sie waren die Ersten?«

»Wir haben sonst niemanden gesehen«, gab Sofie nun wieder bereitwillig Auskunft.

»Der Gruppenraum war verschlossen, aber es brannte Licht«, setzte Ida fort.

»Weshalb sind Sie nach hinten gegangen?«, fragte Kommissar Gastner.

»Wir wunderten uns, dass die Tür zu war, aber offensichtlich schon jemand vor uns dagewesen war. Sonst hätte das Licht nicht gebrannt.«

Der Kommissar dachte nach. Dann kam er zu etwas anderem: »Wissen Sie, wo wir Frau Fabius finden können?«

Sofie schaute erst ihn, dann Ida erstaunt an. »Wir kennen sie kaum. Sie war erst einmal in unserem Lesekreis.«

»Haben Sie Ihre Adresse nicht?«, hakte Ida gleich nach.

Herr Gastner räusperte sich wieder. »Die Volkshochschule hat uns eine Adresse in der Florastraße genannt, wo sie zur Untermiete wohnen soll. Aber dort ist sie seit vorigem Dienstag nicht mehr gesehen worden. Ich dachte, Sie wüssten vielleicht, wo sie sich sonst noch aufhalten könnte.«

Ida und Sofie schüttelten gleichzeitig den Kopf. An Frau Fabius hatten sie gar nicht mehr gedacht.

»Sie ist Studentin, Literaturwissenschaften oder Sprachen, irgendetwas in der Richtung«, überlegte Sofie. »Mehr wissen wir nicht über sie.«

»Weshalb ist sie von Interesse für Sie?«, fragte Ida.

»Nichts weiter«, erwiderte Herr Gastner unwillig. »Wir müssen nur alle Beteiligten interviewen.«

»Aber es ist doch sehr sonderbar, dass sie verschwunden ist, oder nicht?«, konnte Sofie ihre Neugierde nicht mehr zügeln.

Der Kommissar war nicht bereit, weiter auf ihre Fragen einzugehen. »Das war es zunächst für heute. Ich werde Sie noch aufs Präsidium bestellen, damit wir Ihre Aussagen protokollieren können.«

Er erhob sich, kam aber nicht mehr dazu, sich ordentlich zu verabschieden, da sein Handy klingelte. Der Anruf schien sehr dringend zu sein, weil er ihn entgegennahm und sich von ihnen abwandte, ohne sich zu entschuldigen. Er antwortete seinem Gesprächspartner mit knappen Sätzen. Dann schien er es plötzlich sehr eilig zu haben. »Ich komme sofort!«

Das Telefon noch am Ohr, nickte er ihnen kurz zu und verschwand durch den Hausflur. Sofie stürzte hinter ihm her, um die Tür zu schließen. Zuvor hielt sie aber noch ihr Ohr an den Türspalt.

Als sie sich Ida zuwandte, war ihr Gesicht seltsam bleich geworden. »Rebgasse 12«, hauchte sie, »wohnt dort nicht Frau Steinhardt?«

11

Ida ließ sich von Sofies Aufregung nicht anstecken, sie schien seelenruhig nachzudenken. »An Frau Fabius hatten wir gar nicht mehr gedacht.«

»Wir können nicht alle gleichzeitig beachten«, sagte Sofie unwirsch, sie war in Gedanken bei Frau Steinhardt.

»Wir wissen fast gar nichts von ihr.«

»Sie war erst einmal bei uns im Lesekreis«, erinnerte Sofie sie.

»Sie ist jung, aber ich hatte bisher nicht den Eindruck, dass sie Frau Steinhardt oder Frau Klein schon vorher kannte.«

»Worauf willst du hinaus?«

Ida hielt einen Keks in der Hand und fing an, damit einen Kreis in die Luft zu malen. »Es scheint so, als hätte alles mit Lehrerinnen zu tun hat: Erst Frau Klein und dann Frau Steinhardt, eine pensionierte Deutschlehrerin, wie sich herausgestellt hat. Sie hat sich dir gegenüber nicht sehr sympathisch gezeigt. Erst hat sie verzweifelt gewirkt, ängstlich wie du sagtest, aber dann wusste sie genau, was sie tun wollte. Kam es dir nicht komisch vor, dass sie dich angerufen hat?«

»Wenn du es so sagst ...«, überlegte Sofie, ohne den Gedanken zu Ende zu bringen.

»Frau Steinhardt ist nicht der ängstliche Typ«, sagte Ida resolut. »Und glaubst du wirklich, sie würde vor dem Kurs, wenn sie direkt von Zuhause kam, die Toilette benutzen?«

Sofie wollte widersprechen, schließlich war Frau Steinhardt nicht mehr die Jüngste, aber dieses Telefonat passte wirklich nicht zu ihrem korrekten Wesen.

»Und wie bist du auf den Gedanken gekommen, dass Frau Fabius sie schon gekannt haben könnte?«

Sofie kritzelte in Gedanken *Fabius* auf den Block. Den Block hatte Ida zuvor geistesgegenwärtig bei Ankunft des Kommissars verschwinden lassen und Sofie war diese schnelle Geste erst bewusst geworden, als sie ihn wieder auf den Tisch zurückgelegt hatte.

»Die junge Frau Fabius könnte – nur eine Vermutung – vielleicht einmal Schülerin einer der beiden gewesen sein. Denn welche junge Studentin schließt sich einem Lesekreis in einer Kleinstadt an, wenn sie für das Studium Seminare und Tutorien besuchen muss? Man könnte annehmen, dass sie in ihrer Freizeit lieber Sport treibt oder Musik macht.«

Eine weitere Spur, die sie verfolgen mussten. Sofie stöhnte innerlich auf.

»Es hat also alles mit Lehrerinnen zu tun.« Sie sah auf ihren Block, auf den sie unwillkürlich das Wort *Lehrerin* darauf gekritzelt hatte.

»Wir müssen aber zunächst wissen, was in der Straße von Frau Steinhardt passiert ist. Aber wie?«

Sofie war sich sicher, dass Ida einen Weg finden würde, um an Informationen über Frau Steinhardt zu kommen.

Auf ihrem Block las sie die erste Frage, die sie vorhin notiert hatte: »Was macht Herr Klein beruflich?«

Patricia war die Lösung. Patricia Highsmith. Sofie erwachte mitten in der Nacht. Die Aufregung ließ sie nicht mehr los. Sie stand auf und ging zum Bücherregal im Wohnzimmer. In ihren Romanen gab es undurchsichtige Figuren, die bei anderen auftauchten, sie vor ihren Fenstern und Haustüren beobachteten, sie verfolgten, in ihr Leben traten und die besessen von ihnen waren. Und jetzt fühlte Sofie sich fast wie eine von ihnen.

Sanft strich sie über ihr Buch *Suspense oder wie man einen Thriller schreibt*, Patricias Buch, und es gehörte Frau Klein. Der erste Name stand gedruckt auf dem Cover, der andere war in einer schönen Frauenhandschrift mit blauer Tinte auf dem ersten Blatt geschrieben. Frau Klein hatte es ihr geschenkt.

Was sie jetzt brauchte, war ein geliehenes Buch. Ein Buch, das sie zurückbringen musste.

Als Marius große Gestalt an der Tür erschien, ließ er sich nicht anmerken, ob er über ihr erneutes Erscheinen erstaunt war. Sofie entschuldigte sich und hielt ihm das Buch entgegen.

Er bat sie höflich hinein. Ein frischer Duft empfing sie im Eingangsflur des Hauses. Hatte er sich mit Putzen abgelenkt? Alles schien möglich in der ersten Zeit der Trauer, dachte Sofie.

Sie erzählte, wie Frau Klein nach einem Treffen mit ihr über Patricia Highsmith und ihre kunstvoll konstruierten Geschichten gesprochen hatte, über ihre Methoden, die sie in dem Buch erläutert hatte. Es war lange Zeit vergriffen gewesen. Frau Klein hatte es ihr dann mitgebracht.

Sie befanden sich wieder im wunderschönen, aufgeräumten Wohnzimmer. Über ihnen quietschte eine Tür oder ein Fenster. »Ich glaube, meine Mutter hätte gewollt, dass Sie das Buch behalten.« Marius räusperte sich. »Als Andenken sozusagen. Sie haben meine Mutter gemocht und das freut mich.«

»Sie sagten beim letzten Mal, dass sie viele Sorgen hatte.«

Marius sah sie bekümmert an. Seine braunen Augen vertieften diese Traurigkeit. Aber er zögerte, als hätte er beim letzten Mal schon zu viel gesagt.

»Möchten Sie einen Kaffee?«

Er sagte es aus purer Höflichkeit, sein Körper sprach eine andere Sprache, als er von einem Bein aufs andere trat. Auch schien er vergessen zu haben, ihr einen Platz anzubieten. Die Atmosphäre war angespannt. Ein leichtes Rascheln ließ ihren Puls schneller werden.

»Sie glauben doch nicht, dass Ihre Mutter wegen der Sorgen ...?« Sofie fiel ein, dass die Polizei inzwischen auch Marius über die Vergiftung informiert haben musste.

»Nein.« Das Wort zischte durch die frische, kühle Luft im Wohnzimmer. »Ich hatte meine Mutter seit einigen Wochen nicht mehr gesehen, das ist das Schlimmste für mich. Und dann die Information, sie soll ermordet worden sein.« Er brach ab.

Sofie vernahm aus dem Augenwinkel einen Schatten an der geöffneten Tür zum Flur und zuckte zusammen. Marius hatte ihn auch bemerkt.

»Stefanie?«

In Pullover, Jeans und Turnschuhen trat Frau Fabius in das Wohnzimmer. Sofie musste blass geworden sein, denn Marius griff rasch unter ihren rechten Arm und führte sie zu dem ersehnten Sessel. Die junge Studentin lächelte leicht verlegen. Marius ging zu ihr und legte den Arm um ihre Schulter, eine beschützende Geste.

»Stefanie hat mir alles erzählt. Sie haben meine Mutter gefunden.«

»Sie«, Sofie schluckte und musste diesmal wirklich husten, »Sie kennen sich, aber dann müssen Sie auch Frau Klein, seine Mutter ...«

»Ich wollte Marius' Mutter kennenlernen, aber es hat sich keine Gelegenheit mehr ergeben, bevor er nach Schottland musste. Da bin ich auf die Idee gekommen, mich zu dem Kurs anzumelden. Er wäre fast nicht zustande gekommen, wissen Sie?«

Und ob Sofie das wusste. Sie hangelten sich schon seit einigen Semestern so durch und kauften noch eine

Karte dazu, damit sie die Mindest-Teilnehmerzahl von sechs Personen erreichten.

»Aber wieso sind Sie nicht mehr in Ihrer Wohnung gewesen?« Es klang vorwurfsvoller, als Sofie beabsichtigt hatte.

»Ich war hier.«

»Sie war völlig verstört.« Marius verteidigte sie schnell und hielt abrupt inne. »Woher wissen Sie das?«

Sofie erklärte ihnen, dass die Polizei Stefanie Fabius suchte und sie und Ida danach gefragt hätte.

»Daran habe ich nicht gedacht«, schluchzte Stefanie Fabius. »Ich muss ja eine Aussage machen. Ich weiß aber gar nichts, weil ich erst später zum Kursraum gekommen war, da wurde die Tür gerade geöffnet.«

»Soweit ich mich erinnere, standen Sie doch mit Frau Steinhardt zusammen? Waren Sie gleichzeitig eingetroffen?«

Stefanie dachte stirnrunzelnd nach. »Ich war etwas spät dran, der Bus kam nicht, das ist öfter so bei dieser Linie, aber ja, vor dem Tor bin ich auf Frau Steinhardt gestoßen.«

»Sie war noch nicht auf dem Schulgelände?«, fragte Sofie schnell nach.

»Nein, ich glaube nicht. Sie sagte, sie wäre aufgehalten worden, aber ich weiß nicht mehr wodurch.«

Es wurde immer mysteriöser. Sofie fragte ins Blaue hinein, stellte sich dabei ungeschickt an und wusste noch nicht einmal, was mit Frau Steinhardt passiert war.

Mit Sofies zunehmender Unsicherheit schien Frau Fabius selbstbewusster zu werden. Sie hatte schließlich Marius an ihrer Seite. »Wieso waren Sie eigentlich vorgestern oben im Badezimmer?«, sprudelte es plötzlich aus ihr heraus.

Es war also Frau Fabius gewesen, die sich voriges Mal oben im Haus aufgehalten hatte.

»Ich musste meine Tabletten einnehmen und ich kann so schwer schlucken. Ich brauchte ein Wasserglas.«

Dafür ging man eher in die Küche, dachte Sofie, eine äußerst dürftige Ausrede. Der Luftzug rettete sie. Eine Tür knallte, die Gläser in der Vitrine klirrten.

»Hier ist Durchzug. Marius, hast du im Wohnzimmer ein Fenster auf?«, ertönte eine sonore Männerstimme. »Ich habe meine Unterlagen liegenlassen«, rief diese Stimme, bevor sie in normalem Ton weiter redete: »Komm ruhig rein. Mein Sohn und seine Freundin sind wohl da.« Danach waren nur Gemurmel zu hören und Schritte im Flur.

Herr Klein tauchte in der Tür auf und ging schnurstracks zur Anrichte an der Seite. Dort oben lag tatsächlich ein Schnellhefter. Hinter ihm erschien im Türrahmen eine schlanke, große Frau im modischen Kostüm und in besonders hochhackigen Schuhen, die sie noch größer machten. Sofie hielt unwillkürlich den Atem an. Als die Frau ihren Kopf drehte und sie direkt ansah, erkannte Sofie, dass Frau Brettschneider hellblaue, kühle Augen hatte.

Frau Brettschneider schien mehr verwirrt darüber zu sein, Stefanie Fabius als Sofie zu sehen.

»Kennt ihr euch etwa?« Marius unterbrach die Stille.

»Frau Brettschneider? Natürlich. Sie wollte wohl auch deine Mutter kennenlernen?«, formulierte Stefanie Fabius sehr spitz.

»Frau Brettschneider ist die Assistentin meines Vaters«, erklärte Marius, »und du sagst mir jetzt, dass sie auch im Lesekreis ist?« Es war nur noch eine rhetorische Frage.

Die Situation war absurd. Nachdem jeder wusste, wer wer war und dass drei der Anwesenden Mitglieder des Lesekreises waren, schienen sie sich nichts mehr zu sagen zu haben. Trotz der wiedereinsetzenden Stille fühlte Sofie sich nicht mehr als Fremdkörper in dem Haus, vielmehr gehörte sie jetzt zu einer interessanten Gruppe.

»Wie kommst du dazu, deine Assistentin in den Lesekreis zu schicken?« Marius baute sich vor seinem Vater auf. »Wolltest du Mama überwachen?«

»Ich habe mir Sorgen gemacht.« Die plötzliche Aggressivität seines Sohnes schien Herrn Klein aus dem Konzept gebracht zu haben.

»Und Frau Brettschneider hätte Ihre Frau beschützen können«, warf Frau Fabius ein, sehr sarkastisch diese junge Frau. Sofie hätte es ihr nicht zugetraut.

»Ich möchte mich dazu äußern«, sagte Frau Brettschneider betont gefasst, obwohl sie sich angegriffen fühlen musste. »Es war ein Freundschaftsdienst, nichts weiter, ich wollte nur helfen und außerdem interessiere ich mich für Literatur.« Das letzte glaubte ihr keiner.

»Es hat sich so ergeben, ich habe ihr von dem Kurs erzählt, den Krimis und den sinkenden Teilnehmerzahlen und da ist Frau Brettschneider neugierig geworden. Sie kann doch in ihrer Freizeit machen, was sie will.« Für diese Erklärung, so einleuchtend sie sein mochte, war es jetzt zu spät. Er hatte schon zugegeben, dass er sie praktisch geschickt hatte und sie hatte es zudem bestätigt.

»Wenn ich fragen darf«, begann Sofie umständlich und wusste sogleich, dass alle am liebsten verneint hätten, »wieso machten Sie sich Sorgen um Ihre Frau?«

»Ich bin Geschäftsmann.« Das schien seine Standardantwort zu sein, eine Antwort auf fast alles, nur nicht auf die Frage. Er bemerkte es und atmete tief ein. »Darf ich mir keine Sorgen machen?«

»In was hast du Mama hineingezogen? Warum wurde sie umgebracht?« Marius stand direkt vor seinem Vater. »Hat das etwas mit deinem Unternehmen zu tun? Natürlich hat es das.« Er stemmte die Hände in die Hüften, wie ein wütendes Kind.

»Sie sind bei Herrn Klein beschäftigt?«, fragte Sofie so unschuldig wie möglich.

»Ich wüsste nicht, was Sie das angeht.« Frau Brettschneider hatte wieder Oberwasser und ihren gewohnten hochnäsigen Ton.

Aber mit ihrer Frage hatte Sofie zumindest Marius' Aggression etwas gedämmt und Frau Fabius sah sie erleichtert an. Die Atempause währte nur kurz und gab

Herrn Klein ein wenig von seiner Selbstgefälligkeit zurück.

»Ich würde auch gerne wissen, warum deine Freundin plötzlich in dem Lesekreis auftaucht oder hast du sie dahin geschickt?«

»Ich wurde nicht geschickt«, rief Frau Fabius sofort.

Sofie hätte gerne den Inhalt dieser aufgebracht vorgetragenen Vorwürfe in die richtige Richtung gelenkt, wusste aber nicht wie. Ihr blieb nichts übrig, sie musste wieder bei Frau Klein ansetzen. »Sie alle reden immer von Sorgen, warum machte sich jeder Sorgen um Frau Klein?«

Marius sah sie verdutzt an. Seine Stirn zeigte Falten, die Sofie zuvor nicht aufgefallen waren.

»Aber Mama war doch krank. Sie hatte Bluthochdruck und sie war niedergeschlagen.« Seine Stimme war fast tonlos.

Sofie fiel das Johanniskraut im Badezimmer ein. Es war ein frei zugängliches Heilmittel gegen depressive Stimmungen. Ihr fiel auch der Bankrott wieder ein, von dem Hausmeister Brommer gesprochen hatte.

»Hatte sie Geldsorgen?«

»Was mischen Sie sich in unsere Familienangelegenheiten ein? Es geht Sie nichts an, verstehen Sie?« Herr Klein wurde wütend.

»Vielleicht hat es sich schon herumgesprochen, dass du mit deinen Geschäften immer wieder baden gehst?«, stieß Marius gepresst hervor. »Natürlich hatte sie Geldsorgen«, wandte er sich an Sofie. Sie sah die ganze Zeit zu Marius, aber ihr war so, als ob Frau Brettschneider zusammengezuckt wäre.

»Ihre Mutter war beruflich ...«, Lehrerin wollte sie noch sagen, aber Marius redete sich wieder in Rage.

»Das steht seinem Geschäft nicht im Wege«, giftete er in Richtung seines Vaters, »und wenn man seine Frau überredet, für Kredite zu bürgen, erst recht nicht.«

Damit wusste Sofie noch immer nicht, welcher Art Geschäft Herr Klein nachging. Es konnte alles sein, von Freizeitkleidung bis Drogenhandel, aber ihr fiel keine passende Frage dazu ein.

»Hatte Frau Steinhardt vielleicht auch gebürgt?«

Herr Klein war völlig überrumpelt. »Wer?«

»Wieso kommen Sie jetzt auf sie«, fragte Frau Fabius.

»Ich weiß nicht«, stotterte Sofie.

Sie wünschte sich, sie wüsste, was mit Frau Steinhardt passiert war.

12

Fast den gesamten Mittwochvormittag hatte Ida in ihrem kleinen Arbeitszimmer vor dem geöffneten Laptop zugebracht und im Internet recherchiert, aber sie hatte nichts über den ersten Ehemann von Frau Klein herausfinden können außer seinem Nachnamen. Zwar hatte Frau Klein den Namen ihres zweiten Ehemannes angenommen, aber ausgehend von dessen Firmennamen war Ida über Querverbindungen auf die beiden Söhne Marius und Oliver gestoßen und da Oliver einen anderen Nachnamen hatte als *Klein*, musste er mit dem seines Vaters übereinstimmen. Doch weiter kam sie nicht.

Stattdessen durchforstete sie das Internet nach Informationen über den jetzigen Ehemann. Bald stieß sie auf eine Vertriebsgesellschaft, die von ihm geführt wurde. Der Hausmeister der Schule hatte Recht gehabt, Johann Klein war tatsächlich bereits einmal in Insolvenz gewesen, oder vielmehr, er wäre in Insolvenz gegangen, wenn sich nicht ein tatkräftiger Investor gefunden hätte, der seine Firma wieder zahlungsfähig gemacht hatte. Ida glaubte ihren Augen nicht zu trauen, als sie las, welche Person überschüssiges Geld in seine marode Firma gesteckt und ihn vor dem finanziellen Ruin gerettet hatte: Auf der Wirtschaftsseite des regionalen Zeitungsblatts war neben einem Artikel über die Firmenrettung ein Foto abgedruckt, mit einem Datum vom März dieses Jahres, also von vor über einem halben Jahr, und von diesem Foto strahlten ihr zwei kalte blaue Augen entgegen. Frau Brettschneider.

Was hatte sie mit der Angelegenheit zu tun? Woher hatte sie die finanziellen Mittel? Dass sie wohlhabend war, konnte man ihr ansehen, aber dass sie über so viel Barvermögen und vor allem über die nötigen Verbindungen verfügte, um solch eine Aktion zu starten, das war schon mehr als verwunderlich. Ida fragte sich, welche Interessen dahinter standen.

Sie las den Artikel durch und erfuhr noch mehr Erstaunliches. Frau Brettschneider hatte als Gegenleistung für ihre Investition eine Beteiligungsgesellschaft gegründet, die als Kapitalgeber an dem Unternehmen von Herrn Klein Anteile erworben hatte und durch die sie ihre Stimmrechte ausüben und die Unternehmensentscheidungen beeinflussen konnte. Dies warf die Frage auf, wie der künftige Erbe Marius Klein die Beteiligung von Frau Brettschneider als Gesellschafterin am Familienunternehmen aufnahm, da er in absehbarer Zeit das Familienvermögen mit ihr würde teilen müssen.

Ida fuhr den Computer herunter, immer noch erstaunt darüber, was sie herausgefunden hatte. Ihr kleiner Krimi-Lesekreis entpuppte sich mittlerweile als ein

Netzwerk von Personen und Ereignissen, die allesamt miteinander in Verbindung standen. Wer hätte das gedacht?

Gerade wollte sie zum Hörer greifen und Sofie über ihre Erkenntnisse auf den neuesten Stand bringen, als das Telefon von sich aus zu klingeln anfing. Der Anrufer meldete sich nicht mit Namen und beinahe hätte sie wieder aufgelegt, weil nur ein hastiges Atmen durch den Hörer drang, aber dann erkannte sie Hans-Peters Stimme: »Hast du noch diese schwarze Reizwäsche, die mit dem roten Spitzenbesatz?«

»So etwas lässt sich besorgen.«

»Bring es mit«, erwiderte er.

»Ich wusste nicht, dass wir verabredet sind. Möchtest du dich mit mir treffen?«

»Komm in die Rechtsmedizin, heute Abend 18 Uhr. Dann sind wir alleine.« Er ließ ein schniefendes Lachen vernehmen. »Oder besser: fast alleine.«

Nach einer etwas unbequemen Zeremonie, die auf einer Untersuchungsliege in Hans-Peters Büro stattgefunden hatte, ging Hans-Peter mit ihr in den Leichenkeller.

Die Beleuchtung im Kühlraum war bereits ausgeschaltet, weil sich zu dieser späten Stunde außer Hans-Peter niemand mehr in der Rechtsmedizinischen Abteilung aufhielt. Als er den Schalter betätigte, flackerten die Neonröhren entlang der Decke in einem gespenstischen grellen Blinken mehrmals auf, sammelten dann ihre Kräfte und ließen den Raum in all seiner sterilen tödlichen Helligkeit aufblenden. Zielgerichtet steuerte Hans-Peter die metallischen Schubladen an, die quadratisch an einer Wand angeordnet waren und ihre leblose Fracht verbargen, zog eine aus der untersten Reihe heraus und wandte sich mit einem schiefen Lächeln zu ihr um.

»Kommt dir diese Person bekannt vor?«

Ida trat näher und schaute hinab auf den bleichen Leichnam, den ihr Teilzeitliebhaber so stolz präsentierte. Die Gesichtszüge waren kaum zu erkennen, so stark war das Gesicht angeschwollen. Die Lippen hatten sich zu einem hämischen Grinsen zurückgezogen. Die Haut um die Augen herum war gespannt und der Blick erstarrt, die Iris mit einem nebligen Film überzogen. Der Körper war extrem stark angeschwollen und der linke Arm war schwarz verfärbt. Dennoch erkannte Ida die Tote sofort. Nun würde ihr all die Besserwisserei nichts mehr nützen. Es gab keinen Zweifel: Die Tote war Frau Steinhardt.

Hans-Peter betrachtete Ida mit einem hinterhältigen schiefen Grinsen. »Da hast du dein zweites Giftopfer. Der Täter hat wieder zugeschlagen.«

»Ich wäre mir nicht so sicher, dass es sich um denselben Täter handelt«, erwiderte sie. »An dem ersten Opfer, Frau Klein, hat man keine äußerlichen Einwirkungen oder Spuren gefunden, die darauf schließen ließen, dass sie vergiftet wurde, während es hier bei unserem zweiten Opfer offensichtlich ist.«

Hans-Peter nickte bestätigend. »Die Leiche ist stark aufgequollen. Sie erlitt vor ihrem Tod starke Schmer-

zen und heftige Krämpfe, das Rückgrat ist gebrochen.«
Er deutete auf die extreme Schwellung und Verfärbung des linken Arms. »Hier befindet sich die Einstichstelle.« Er holte einen Stift aus seiner Kitteltasche und zeigte mit dem Ende auf eine dunkelblaue runde Stelle an der Innenseite des Unterarms, der von einem roten Ring umgeben war. »Das Gift hat die Wirkung einer aktiven Hyaluronidase.« Als Ida fragend die Augenbrauen hob, erklärte er: »Das ist ein Vorgang, bei dem das Bindegewebe aufgelöst wird. Dadurch werden die Zellzwischenräume erweitert und das Gift kann sich leichter ausbreiten. Als Folge davon schwillt die verletzte Extremität sehr stark an.«

»Hört sich an, als handele es sich um ein Schlangengift«, erwiderte Ida nachdenklich.

»Das war auch mein erster Gedanke. Doch das Gift, mit dem wir es hier zu tun haben, ist dem der Kobra nur sehr ähnlich, es ist um ein Vielfaches stärker.«

»Gibt es ein stärkeres Gift als Schlangengift?«, fragte Ida erstaunt.

Nun wurde Hans-Peters Grinsen richtig breit. »Steinfisch«, prahlte er. »Einer der giftigsten Fische weltweit. Er gibt das Gift über die Rückenstacheln ab. Eine Intoxikation ist schmerzhaft bis ins Unerträgliche und bewirkt Nervenlähmungen, Atemnot und Herzstillstand. Aber damit nicht genug: Es treten psychomotorische Störungen und Bewusstseinsstörungen auf sowie Lähmungserscheinungen. Deshalb auch die gebrochenen Wirbel.«

Hans-Peter klang fast triumphierend. Es war erstaunlich, über welches Wissen er verfügte und wie schnell er denken konnte. Plötzlich wusste Ida wieder, weshalb sie sich auf ihn eingelassen hatte. Er war äußerst hilfreich bei ihren Recherchen.

»Ist das eine Vermutung oder bist du dir sicher, dass es eine Steinfischvergiftung war?«

»Fast sicher.« Er schob den Leichnam von Frau Steinhardt wieder in das Kühlfach und schloss es.

Steinfisch und *Steinhardt* schoss es Ida durch den Kopf. War diese sprachliche Übereinstimmung ein Zufall oder hatte der Täter das beabsichtigt und wollte einen Hinweis geben? Beinahe hätte sie Hans-Peters Ausführungen nicht weiter zugehört, der sich mit übereinandergeschlagenen Armen vor ihr aufgebaut hatte und sich ereiferte:

»... und habe sofort in den Fachbüchern und Zeitschriften nachgeschlagen, welches Gift noch stärker wirken kann als das der Kobra. So bin ich auf den Steinfisch gekommen. Er verfügt über das stärkste bekannte tödlich wirkende Fischgift. Er lebt in tropischen Gewässern. Häufig kommt es zu Stichverletzungen, wenn Taucher auf ihn treten und seine Stacheln berühren. Meistens reicht die Menge an Gift aber nicht aus, um sie zu töten. Die meisten Opfer ertrinken eher, weil sie im Wasser zusammenbrechen. Hier aber wurde absichtlich eine tödliche Dosis verpasst.«

»Also hat der Täter auf jeden Fall eine andere Art von Gift verwendet«, erwiderte Ida, immer noch in eigenen Gedanken versunken. »Vielleicht wollte jemand Frau Steinhardt loswerden und hat nur die Vorgehensweise des Ersttäters nachgeahmt.« Ziemlich schlampig, allerdings, dachte sie leise bei sich.

»Was ist mit der anderen Leiche?«, fiel ihr plötzlich ein. »Ist sie noch hier?«

Hans-Peter schaute sie an, als überlegte er, wie er reagieren sollte. Ida widerstand seinem intensiven Blick, indem sie ihn bestimmt und durchdringend anschaute. Er brach als erster die wortlose Augenkommunikation ab, ging einen Schritt weiter und öffnete ein anderes Kühlfach. Hier lag Frau Klein. Es war schon erstaunlich, wie sehr sich das Aussehen veränderte, wenn der Geist den Körper nicht mehr bewohnte. Jedenfalls hatte die ehemalige Lehrerin nicht mehr dieses selbstzufriedene, etwas gönnerhafte und egozentrische Gehabe, das während Lebzeiten so typisch für sie gewesen war. Eigentlich war sie gar nicht mehr da, nur noch ihre leblose Hülle.

Hans-Peter griff, diesmal ohne etwas zu sagen, mit behandschuhten Händen unter den Hinterkopf der Leiche und hob ihn an. Dann drehte er den Kopf etwas zur Seite. »Beinahe hätte ich es nicht bemerkt, wenn du mich nicht auf die Fährte gelenkt hättest«, ächzte er leise. »Hier am Haaransatz im Nacken, dort wo die weiche Stelle zwischen Schädel und Halswirbelsäule ist, habe ich die Einstichstelle gefunden.«

Er legte den Kopf wieder ab und versenkte die Bahre im Kühlfach. Dann richtete er sich auf und schaute Ida prüfend an. »Ich vermute, das Gift wurde mit einem spitzen Gegenstand verabreicht, vielleicht einem Pfeil aus einem Pusterohr, wie es häufig zur Betäubung von Großtieren verwendet wird.«

Er wartete Idas Reaktion gar nicht erst ab, sondern zog sich die Handschuhe von den Händen und drehte sich weg. Als der gespannte Latex sich widerspenstig von seinen Fingern löste, machte es ein schnappendes Geräusch.

13

Damit hatte Sofie nicht gerechnet. Bevor sie nach einer viel zu kurzen Nacht den ersten Kaffee des Tages aufbrühen konnte, klingelte es an ihrer Haustür.

»Entschuldigen Sie, dass ich Sie störe.« Frau Fabius trat von der Fußmatte bereits halb in den Hausflur. Unwillkürlich ging Sofie einen Schritt zur Seite.

»Mir ist etwas aufgefallen«, sagte sie fast atemlos.

Im Handumdrehen stand sie in der Küche, obwohl Sofie sie nicht hereingebeten hatte. Sie trug helle Jeans, ein blaues Sweatshirt und hatte ihre dunkelblonden Haare zu einem Pferdeschwanz gebunden, der hoch an ihrem Hinterkopf angesetzt noch nicht ihre Schultern erreichte. Ihre rechte Hand hielt etwas verborgen.

»Möchten Sie einen Kaffee?« Sofie schaute auf die große Küchenuhr an der Wand. Halb zehn. Nicht alle alte Menschen sind von Natur aus Frühaufsteher, manche können diese Gewohnheit nach einem Arbeitsleben einfach nur nicht mehr abstreifen, andere wiederum schlafen tagsüber genug und es gibt noch viele weitere Gründe, sie jedenfalls war keine Frühaufsteherin und besonders an diesem Morgen nicht. An den vergangenen Abenden war sie immer später zu Bett gegangen. Ihr schwirrten zu viele Gedanken im Kopf herum, ab und zu machte sie sich noch einige Notizen. Vom Schreiben waren diese Stichworte allerdings weit entfernt.

Frau Fabius sah sich beiläufig in der Küche um, nicht neugierig, sondern weil man es unwillkürlich so machte, wenn man sich an einem Ort befand, den man vorher noch nicht gesehen hatte.

»Ich wollte gerade frühstücken«, sagte Sofie leise. »Ich bin noch nicht lange wach und seit Frau Kleins Tod schlafe ich nicht mehr so gut.«

»Ja, es ist sehr traurig«, sagte Frau Fabius auf eine Art, dass es auch traurig klang.

Sofie beugte sich zu der Kaffeemaschine und füllte Kaffeepulver in den Filter.

»Erzählen Sie ruhig«, fast hätte sie *mein Kind* gesagt. »Ich höre zu. Ich kann mich nur besser konzentrieren, wenn ich etwas tue.« Das stimmte zwar nicht, aber sie musste unbedingt ihren Kaffee haben.

Stefanie Fabius setzte sich an den Küchentisch, genau dort, wo Ida immer saß, und faltete ihre Hände im Schoß. Sie hatte den Gegenstand, den sie in der Hand gehalten hatte, einen Schlüssel, auf den Tisch gelegt. Sofie fiel erst jetzt auf, dass sie keine Handtasche dabei hatte. Sie wirkte, als wenn sie Joggen gewesen wäre, aber der Schlüssel war ein Autoschlüssel.

»Ich bin gestern noch nach Hause gefahren. Ich konnte dort nicht mehr bleiben, nachdem ich mich Marius' Vater gegenüber so unverschämt benommen habe. Wissen Sie, ich bin eigentlich nicht so.« Sie machte eine Pause, als ob sie überlegte, wie sie war. In der Küche verbreitete sich der Duft von frischem Kaffee. »Mir ist einiges klargeworden«, sagte sie dann unvermittelt.

Das hätte Sofie bestätigen können, aber sie sagte nichts, sondern holte Butter und Marmelade aus dem Kühlschrank. Sie deckte den Tisch für zwei.

»Für mich bitte nur einen Kaffee, das ist sehr nett von Ihnen.«

»Es ist keine Mühe.«

Frau Fabius schüttelte aber den Kopf, so dass ihr Pferdeschwanz hin und her schwang, und begann ihre Hände im Schoß zu kneten. »Vielleicht könnten Sie mir etwas von Frau Brettschneider erzählen.«

»Frau Brettschneider ist seit letztem Semester dabei. Ich weiß nicht viel über sie. Tut mir leid, wir haben immer nur über Krimis geredet.« Sofie zuckte hilflos mit den Schultern.

»Aber Ihnen kommt es doch auch komisch vor? Ich meine, hatten Sie den Eindruck, Frau Klein kannte sie?«

Diesen Eindruck hatte Sofie nie gehabt. Ihr fiel der Schlüssel ein, den Frau Brettschneider von Frau Klein bekommen haben musste. Wieso sie? Und wieso fragte Frau Fabius sie jetzt aus, ziemlich gekonnt sogar, wie eine Polizistin?

Sofie goss den inzwischen frisch aufgebrühten Kaffee in die Becher, das verschaffte ihr Zeit zum Nachdenken. Als sie sich zu Frau Fabius setzte, dachte sie an die Bedeutung des Überraschungsmoments. Wie Herr

Gastner vor zwei Tagen unerwartet hier aufgetaucht war und jetzt Frau Fabius. Sie sah Sofie erwartungsvoll an.

»Ich habe nicht darauf geachtet«, beantwortete sie die Frage. Sie räusperte sich. »Wollten Sie mir nicht etwas mitteilen?«

»Es ist doch merkwürdig, dass ein Mann wie Herr Klein mit seiner Assistentin nach Hause kommt. Verstehen Sie mich nicht falsch, ich meine nicht generell, sondern zu dieser Zeit, jetzt, nachdem seine Frau verstorben ist.«

»Marius kannte sie?«, fragte Sofie nur zur Sicherheit.

Fabius nickte. »Ich habe mit Marius nicht weiter über sie gesprochen, aber ich glaube nicht, dass sie die Assistentin seines Vaters ist.«

»Sie meinen, Frau Brettschneider und Herr Klein …«

Fabius nickte wieder. Ihr Pferdeschwanz wippte. »Sie stehen doch offensichtlich auf gleicher Ebene. Und sie benimmt sich wie eine Geschäftsfrau, nicht wie seine Assistentin.«

Der erste Schluck Kaffee des Morgens schmeckte sehr bitter. Sofie stand auf und holte Milch und Zucker. Stefanie Fabius nahm nur die Milch.

»Er hatte einen Hefter liegengelassen«, begann Sofie und hoffte Frau Fabius würde den Gedanken aufnehmen.

»Ja, die Unterlagen. Ein Schreiben mit einem Bankenlogo lag obenauf und Frau Brettschneider hat sie dann auch an sich genommen. Da waren Sie schon gegangen.«

»Sie meinen, Frau Brettschneider ist seine Geschäftspartnerin«, stellte Sofie fest. So konnte sie zumindest nach der Art des Geschäfts von Herrn Klein fragen.

Frau Fabius nickte. Er sei Vertriebsleiter und hätte fast bankrott gemacht, aber frühere Geschäftspartner, Marius zufolge, hatten ihm geholfen. Dazu hatte er Bürgschaften von seiner Frau, der Lehrerin mit eigenen Ersparnissen und einem festen Gehalt. Marius war darüber sehr zornig. Seine Mutter stand ihm näher als sein Vater, wie es schien.

Aber das erklärte noch nicht, warum Herr Klein sie als seine Assistentin ausgab, überlegte Sofie abschließend. Genau genommen hatte nur Marius diesen Ausdruck verwandt. Aber Herr Klein hatte ihn nicht korrigiert und das merkwürdige war, Frau Brettschneider ebenso wenig. Noch merkwürdiger war, dass Frau Brettschneider in den Lesekreis der Frau ihres Geschäftspartners ging, da Krimis offensichtlich nicht ihr Hobby waren.

In diesem Augenblick klingelte es schrill.

Nun stand auch noch Herr Gastner vor der Tür und verschaffte sich ebenso selbstverständlich Zutritt wie zuvor Frau Fabius.

»Guten Morgen, Frau Fabius«, sagte er beim Betreten der Küche. Er stellte sich ihr korrekt mit Dienstausweis vor. »Sie wollten bestimmt heute noch im Kommissariat vorbeikommen«, sagte er zynisch.

»Das wollte ich tatsächlich.« Frau Fabius nahm den gleichen Tonfall an wie am Tag zuvor gegenüber Herrn Klein.

Wieso wusste Kommissar Gastner, dass er sie hier antreffen würde? Er sah ihre fragenden Gesichter und ließ dieses Detail nicht unbeantwortet, dazu war er zu selbstgefällig. »Ein Streifenwagen ist Ihnen hierhin gefolgt, ein nicht unerheblicher Umweg auf dem Weg ins Kommissariat. Und Frau Bergmann«, er warf ihr einen seitlichen Blick zu, »wusste, dass wir Sie suchen.«

»Sie werden Frau Bergmann keinen Vorwurf machen, dass sie mich nicht sofort zu Ihnen gebracht hat? Aber welche Ehre, dass ich jetzt eine Polizeieskorte habe und vom Kommissar höchstpersönlich abgeholt werde.«

Herr Gastner blickte grimmig. »Bilden Sie sich nichts ein, ich habe Ihre Wohnung nur von der Streife im Auge behalten lassen. Aber es hat sich gelohnt.«

Sofie überlegte ernsthaft, ob sie sich Frau Fabius' Ton anschließen und den Zufall seines Besuchs erwähnen sollte, aber der Moment war verstrichen, ehe sie eine Entscheidung treffen konnte.

»Wo waren Sie vorgestern?«

»Ich wüsste nicht ...«

»Es geht um eine Mordermittlung«, unterbrach er rüde.

»Werde ich verdächtigt?«

»Sie sind eine Zeugin und daher verpflichtet auszusagen.«

Er sagte es mit einer Inbrunst, dass Sofie daran zweifelte. Sie wusste nur, dass jemand ein Recht hatte, die Aussage zu verweigern, der unter Verdacht festgenommen worden war. Das war Frau Fabius nicht.

Aber sie war clever. »Frau Klein ist doch letzte Woche ermordet worden. Wieso fragen Sie nach vorgestern?«

»Beantworten Sie nicht immer eine Frage mit einer Gegenfrage.« Herr Gastners Tonfall wurde noch härter. »Dann sagen Sie mir erst einmal, wo Sie die ganze Woche über gewesen sind.«

»Ich war bei meinem Freund, das ist nicht verboten.«

»Name, Adresse?«

Sie sagte es ihm, sehr widerwillig, und Herr Gastner, der sein Notizbuch noch nicht ganz aus der Jacke gezogen hatte, hielt in der Bewegung inne.

»Was für ein Zufall. Auch vorgestern?«

»Ja, bis gestern Abend. Was Sie immer mit vorgestern haben.«

»Wo waren *Sie* vorgestern?«, fragte er jetzt Sofie. Ihr wurde mulmig. Vorgestern, Dienstag.

»Hier, Sie waren doch am Nachmittag vorbeigekommen.«

»Und vormittags?«

»Auch hier. Mit meiner Freundin, wie Sie wissen. Sie war bei mir. Vor Ihnen.« Sie fühlte sich verpflichtet, auch Ida ein Alibi zu geben. Abgesehen davon, dass es stimmte, wollte sie nicht, dass sich irgendein eigenartiger Gedanke bei Herrn Gastner festsetzte. Langsam begann sie sich zu fürchten.

»Ihre Freundin, wo ist sie jetzt?«

Sofie war stumm. Frau Fabius half ihr. Aus dem Nichts hatte sich eine unüberwindbare Solidarität gebildet. »Jedenfalls wohnt Frau Bergmann hier alleine, woher soll sie wissen, wo ihre Freundin ist. Auf der Arbeit, zu Hause?«

Kommissar Gastner und Frau Fabius standen sich direkt gegenüber. Gastners Miene war unbewegt, als er fortfuhr: »Wir haben es jetzt mit zwei Fällen zu tun.«

»Welche zwei Fälle?« Frau Fabius konnte hartnäckig werden.

Herr Gastner sah von Frau Fabius zu Sofie und zurück, sie musste wieder an das Überraschungsmoment denken. Er wollte etwas aus ihren Gesichtern lesen.

»Wir haben ...«, er schien zu überlegen, wie viel er sagen sollte und baute mit seinem Zögern gekonnt Spannung auf, »die Leiche von Frau Steinhardt gefunden.«

Frau Fabius, bis eben noch absolut selbstsicher, sah nur kurz zu Sofie herüber. Diese hatte sie gestern nach Frau Steinhardt gefragt. Herr Gastner entging ihr Gesichtsausdruck nicht, er hatte seinen Anhaltspunkt, die unverfälschte Reaktion, nach der er gesucht hatte. Aber in Wirklichkeit war er damit auf einer ganz falschen Spur. Er konnte Sofie verdächtigen, aber sie hatte Frau Steinhardt nicht umgebracht. Sie hatte es noch nicht einmal geschrieben.

14

Sofie war zum Kommissariat mitgefahren, um sich kooperativ zu zeigen. Gastner hatte sie warten lassen, er wollte sie getrennt befragen. Das hatte Sofie sogar erwartet, sie dachte an die vielen Befragungen, über die sie schon in Romanen gelesen hatte. Aber hier und jetzt war es langweilig. Diese unsäglichen Nichtigkeiten, Formalitäten genannt, die zunächst abgefragt wurden, wurden nie in Krimis beschrieben. Die Wirklichkeit war zu langweilig. Sie verbrachte eine Stunde damit, sich die Wände anzusehen, verschiedenen Polizisten zuzunicken, die kamen und gingen, und ihren Gedanken nachzuhängen. Man hatte ihr einen Kaffee gebracht, der schlecht schmeckte. Man hatte ihr später Wasser angeboten. Sie war zur Toilette gegangen. Sie war ruhig geblieben, äußerlich. Innerlich wurde sie ungeduldig, aber nicht panisch. Noch nicht.

Gastner erschien schließlich mit einem Aktenordner unter dem Arm, bat Sofie in sein Büro, rückte ihr einen Stuhl zurecht und setzte sich ihr gegenüber an den Schreibtisch. Er lächelte sie an und fragte, wie es ihr ginge. Ob diese zur Schau gestellte Menschlichkeit zu seiner Vernehmung gehörte?

Sofie hätte sich nach der langen Warterei auf dem Flur gerne in seinem Büro umgesehen, musste sich aber konzentrieren. So sah sie nur ihn an. Das, was sie von seinem Büro wahrnahm, war nichtssagend. Weiße Wände, ein Kalender. Sie wusste, dass ihr Alibi, alleine zu Hause und später mit Ida zusammen, mehr als dürftig war. Sie würden genau untersuchen, wann Ida zu ihr gekommen war. Sie konnte es nicht mehr sagen, wirklich nicht. Aber sie hatte kein Motiv. Gastner wirkte genervt, als sie ihn darauf hinwies.

»Sie sind doch nicht verdächtig«, sagte er. Aber seine Miene sagte das Gegenteil. Zusammen mit einer Ratlosigkeit, die man bei Polizisten nicht sehen wollte.

Frau Steinhardt und Frau Klein, hämmerte es in ihrem Kopf. Gastner musste es doch auch erkennen. Die Gemeinsamkeit war unübersehbar, sie waren beide im Lesekreis gewesen, ebenso wie Ida und sie.

»Gibt es einen Zusammenhang zwischen den Taten?«, fragte Sofie.

»Das werden wir herausfinden«, sagte er sehr zuversichtlich. »Wir werden alle Spuren verfolgen, Alles in Erwägung ziehen.«

Er hatte nicht die geringste Ahnung, was das Motiv anbelangte, entnahm sie seinen resolut vorgetragenen, aber im Grunde hilflosen Äußerungen. Unruhe in Form eines leichten Kribbelns an den Beinen stieg in ihr auf. Sie konzentrierte sich auf einen Punkt, die Schwärze des Aktenordners, der vor ihr lag. Dann wagte sie es:

»Hat es etwas mit dem Lesekreis zu tun? Glauben Sie das?«

Der Kommissar schwieg.

»Bin ich dann nicht auch in Gefahr?«

Gastner versicherte ihr, dass sie nicht in Gefahr sei, aber es klang nicht glaubwürdig. Jemand klopfte, er erhob sich und ging zur Tür. Als er sie öffnete, empfing ihn ein Polizist mit den Worten: »Der Pathologe …«

Sofie hatte sich aufrechter gesetzt, den Rücken an die Lehne gepresst, durchgeatmet und geradeaus auf die Wand hinter seinem Stuhl gesehen. Ohne den Kommissar zu beobachten ahnte sie, dass er dem anderen das Wort abschnitt, nur indem er ihn streng ansah.

»Ich bin sofort wieder da«, sagte er in Sofies Richtung. Sie brachte ein Lächeln zustande und richtete sich darauf ein wieder zu warten.

Sie hatte es noch nie getan. Oder besser gesagt, sie hatte es nur einmal getan, der Versuchung hatte sie damals nicht widerstehen können. Es war praktisch eine Einladung gewesen, das offene Schriftstück auf dem Schreibtisch ihres Chefs. Sie hatte es gelesen, vor über 35 Jahren, darum kannte sie das Gehalt eines neuen Kollegen und wusste, wie viel weniger sie verdiente. Zwei Jahre quälte sie sich, bis Gustav sie drängte, sie sollte endlich kündigen. Vorher war sie zufrieden gewesen mit ihrer Stelle als Köchin. Gustav war der Ansicht gewesen, das wichtigste sei, der Realität ins Auge zu sehen. »Du musst entscheiden, ob du damit leben kannst oder nicht, und wenn nicht, musst du etwas tun.«

Wenn sie jetzt im Büro von Kommissar Gastner einmal nur kurz den Aktendeckel hochheben würde ...

Sie war allein, man hatte sie hierhin gesetzt und warten lassen, wie ein Kind, das auf den Rektor wartete. Er konnte jeden Augenblick wieder hereinkommen. Sie nahm sich zusammen. Kein Notizzettel, kein Papier lag offen auf dem Schreibtisch, sie müsste wirklich den Aktendeckel anheben.

Sofie rutschte auf dem Stuhl nach vorne. *Eigentlich ist alles Wesentliche doch heute im Computer*, sagte eine Stimme in ihr. Sie wandte den Blick zum Bildschirm, auf dem nur das Logo der Polizei zu sehen war.

Vor der Tür mit der Milchglasscheibe war es ruhig. Eben noch hatte sie schemenhaft jemanden vorbeigehen sehen. Die Schritte hallten auf dem Linoleumboden. Sie setzte ihre Handtasche vor sich auf den Tisch und öffnete sie auf der Suche nach einem Taschentuch, dabei glitt ihre rechte Hand auf den Schreibtisch. *Du kannst ohne Lesebrille ohnehin nichts entziffern,* sagte die Stimme. Sofie hielt den Atem an und hob den Deckel. Es dauert nur eine Sekunde, sagte sie sich. Auf dem abgehefteten Schriftstapel im Innern des Ordners lagen in einer Klarsichthülle mehrere Fotos. Auf dem Kopf lesen konnte sie noch nie, aber Fotos waren etwas anderes. Sie sah gebannt hin, ihre Ohren bereit, das leiseste Geräusch zu registrieren, die unvermeidlichen Schritte auf dem Gang. Wie eine Einladung zeigte die offene Seite der Hülle zu ihr, langsam schob sie eine Hand hinein. Tatortfotos, schoss es ihr durch den Kopf. Sie zog ein Foto in Grau-Braun-Rot-Tönen heraus. Eine

Gestalt, offensichtlich einmal ein Mensch, mit aufgedunsenem Gesicht, Sofie schaute sofort weg, stieß es wieder zwischen die anderen Bilder. Ihre Hand, noch in der Klarsichthülle, ergriff eine andere Fotografie, die darunter gelegen hatte. Ein Foto in Schwarz-Weiß, ungewöhnlich für eine heutige Untersuchung. Aber vielleicht konnte man in Schwarz-Weiß etwas erkennen, was man sonst nicht sah? Sie drehte es um und betrachtete es mit ausgestrecktem Arm. Die Handtasche würde ihre Hand nicht mehr verdecken, wenn Kommissar Gastner jetzt hereinkommen würde.

Die Schwarz-Weiß-Fotografie war tatsächlich älter. Eine Gruppe von Menschen, die aufgereiht nebeneinander standen und in die Kamera sahen. Zwei Köpfe waren eingekreist, Sofie kniff die Augen zusammen.

Frau Steinhardt war nie eine Schönheit gewesen, ihr dunkles Haar, in der Mitte gescheitelt, fiel in sanften Wellen auf ihre Schulter, sie trug noch keine Brille und ein Lächeln war auf ihren Lippen, die offensichtlich geschminkt waren, weil sie so auffällig schwarz aussahen.

Sofie sah zu dem anderen Kreis, der eine kleinere, zierliche Frau markierte, die ganz links stand. Sie wirkte fast wie ein Kind, die Haare streng nach hinten, in einem Pferdeschwanz zusammengehalten, den man von vorne nicht sehen konnte. Sie kam ihr bekannt vor. Sie war sehr jung, passte nicht zu den anderen. Es war kein Familienfoto, hauptsächlich waren dort Männer zu sehen, ein paar Frauen, alle erwachsen, Menschen, die etwas gemeinsam hatten. Die meisten von ihnen eher älter.

Sofies Hand zitterte, als sie begriff, dass die Polizei einen Zusammenhang hergestellt hatte. Die beiden Mordopfer kannten sich von früher. Jetzt fiel ihr auch der Hintergrund auf, ein Backsteingebäude, auf dem zwei Fensterreihen zu sehen waren. Über die Komposition des Fotos, die Menschenreihe vor dem hässlichen Gebäude, konnte man streiten, aber dies sollte nur eine Erinnerung an ein Lehrerkollegium in irgendeinem Jahr vor langer Zeit sein. Sie wendete das Foto, konnte aber kein Datum finden.

Frau Steinhardt war älter gewesen als Frau Klein, um einiges sogar, das konnte man auch auf dem Foto sehen. Vielleicht hatte Frau Klein hier ihre erste Stelle gefunden. Sie wirkte so ganz anders als die anderen Lehrer. Warum nur hatte sie nie erwähnt, dass sie und Frau Steinhardt zusammen in demselben Kollegium gewesen waren? Aber Frau Steinhardt hatte es ebenso wenig erwähnt. Sofie fiel nur ein Grund ein: dass Frau Klein es eigentlich vergessen wollte.

Sie setzte sich wieder gerade hin, nachdem sie das Foto zurückgelegt und den Aktendeckel zugeklappt hatte. Sie wollte ihr Glück nicht zu sehr herausfordern.

Ihre Gedanken purzelten wieder durcheinander. Ihr Herz klopfte wild. Wie lange schon? Das Atmen wurde unregelmäßig, hastig. Sie versuchte ruhig zu bleiben, sie versuchte es wirklich.

Warum war der Kommissar noch nicht zurück? War es ein Trick? Sie schaute sich zum ersten Mal genau in dem Büro um. Sicherlich war irgendwo eine Kamera versteckt. Es war heiß und stickig in dem Raum.

Es war der älteste Trick der Welt, einen Verdächtigen eine Zeit lang allein zu lassen und zuzusehen, was passiert. Das Kind, das der Versuchung nicht widerstehen kann und das Bonbon nimmt, obwohl es zwei haben könnte, wenn die Mutter wiederkommt. Sofie holte das Taschentuch endlich aus der Tasche und wischte sich über den trockenen Mund. Es fiel nicht hinunter, als ihre Hand sich weit öffnete, es klebte an ihr. Etwas pochte in ihrem Kopf.

Jemand öffnete die Tür, sie hatte die Schritte nicht gehört, oder doch? Jemand ergriff ihre Hand. Nach einer Weile wurde ein Glas Wasser an ihre Lippen gesetzt.

»Kommissar Gast ...«, stammelte sie.

»Der Kommissar ist noch nicht zurück«, antwortete eine sehr junge Stimme. Das sommersprossige Gesicht eines blonden Polizisten tauchte vor ihr auf. »Sie können jetzt nach Hause fahren, der Kommissar wird die Vernehmung ein anderes Mal fortsetzen.«

»Kann ich Sie wieder mitnehmen, Frau Bergmann?« Frau Fabius tauchte an ihrer rechten Seite auf und sah ihr besorgt ins Gesicht. Sofie nickte und folgte ihr nach draußen.

Frau Fabius hatte ihren roten Golf auf dem Besucherparkplatz abgestellt.

»Geht es Ihnen jetzt besser?«, fragte sie immer noch besorgt, als Sofie neben ihr im Wagen saß. »Die Polizei ist heute wirklich unmöglich. Lässt Sie so lange warten und dann verschwindet der Kommissar einfach.«

Frau Fabius hielt an einer roten Ampel. Sie wandte sich Sofie zu und sah ihr direkt in die Augen. »Sie sind doch in Behandlung? Ich meine, wegen ihrer Kreislaufprobleme?«

Sofie nickte. »Es war nur so heiß«, sagte sie schließlich, als die Ampel auf Grün sprang.

Restlos überzeugt, dass der Kommissar ihr keine Falle gestellt hatte, war sie immer noch nicht, aber sie hatte erkannt, was ihr fehlte: ein Handy. Und natürlich Ida. Sie hätte sie anrufen können, vielleicht direkt aus dem Büro heraus. Und dann gab es noch etwas anderes. Als sie sich im Büro umgesehen hatte, war es ihr eingefallen, nämlich dass Handys eine Kamera haben. Sie hätte das Bild abfotografieren können.

Frau Steinhardt und Frau Klein, dachte Sofie wieder. Der Zusammenhang war nicht der Lesekreis, das Foto war der Beweis.

Sofie fielen die Augen zu. Sie wollte so gerne noch mit Frau Fabius reden, ihr Körper sackte tiefer in den Autositz. »Herr Klein hat seine Frau doch geliebt«, murmelte sie und unterdrückte ein Gähnen.

Frau Fabius zuckte mit den Schultern.

»Er war mit ihr spazieren, am Sonntag vor ihrem Tod. Wenn man nebeneinander her lebt und sich nichts mehr zu sagen hat, geht man doch nicht gemeinsam spazieren.«

»Eher nicht, nein«, antwortete Frau Fabius verwirrt.

»Allerdings«, versuchte Sofie noch einen anderen Gedanken zu erfassen, »könnte es sein, dass sie sich trotzdem einsam fühlte.«

15

Es gab zwei Leichen. Beide waren Lehrerinnen. Und es war dasselbe Tatmittel: Gift. Aber die Methoden der Tatbegehung waren unterschiedlich. Oder doch nicht?

Beiden Opfern war eine Injektion verabreicht worden und sie wiesen Stichverletzungen auf, die eine verborgen und kaum auffindbar, die andere ganz offensichtlich an einer entblößten Körperstelle.

Wütend trat Ida gegen die Sofakissen. Sie hatte vergessen Hans-Peter zu fragen, ob die starke Schwellung an der Innenseite des Unterarms von Frau Steinhardt von demselben oder einem ähnlichen Tatwerkzeug herrührte wie die Einstichstelle am Hinterkopf von Frau Klein. Der Täter hatte vermutlich ein Pusterohr benutzt, durch das man einen Betäubungspfeil mit der tödlichen Dosis der Arznei einbringen konnte. Das Werkzeug bei Frau Steinhardt konnte aber eine herkömmliche medizinische Spritze gewesen sein.

Ida ärgerte sich, dass sie so unaufmerksam gewesen war. Sie richtete sich abrupt auf. Aber nur, um sich, von einem heftigen Schwindelgefühl befallen, gleich wieder flach auf die Couch niedersinken zu lassen, den Kopf vorsichtig auf die Lehne gestützt.

Was sie aber noch mehr aufbrachte, war der Umstand, dass sie nicht wusste, wie die Leiche von Frau Steinhardt aufgefunden worden war. Als sie bei Sofie zusammensaßen, hatten sie lediglich mitbekommen, wie Kommissar Gastner zu der Adresse in die Rebgasse 12 gerufen worden war. Sie konnten aber nicht sicher davon ausgehen, dass das der Fundort und vor allem auch der Tatort gewesen war.

Hinter Idas Stirn hämmerte der dumpfe Kopfschmerz, der schon begonnen hatte, als sie in der rechtsmedizinischen Abteilung war, und der sich während der langen und anstrengenden Rückfahrt in die vertraute und doch nicht ganz so beschauliche Kleinstadt fast bis ins Unerträgliche gesteigert hatte. Als sie endlich ihre Wohnung erreicht hatte, stolperte sie, kaum dass sie die Eingangstür der Doppelhaushälfte hinter sich zugezogen hatte, ins Badezimmer und suchte nach der Schachtel mit dem Schmerzmittel. Fast gierig spülte sie zwei der kantigen Tabletten mit einem Glas Wasser hinunter. Beim Anblick ihres Spiegelbildes erschrak sie. Lange würde sie nicht mehr den äußeren Schein der schönen, intelligenten, reifen und selbstbewussten Frau aufrechterhalten können. Zum ersten Mal ertappte sie sich bei dem Gedanken, ob sie den Lebenszeitraum ihres jugendlichen Aussehens nicht ein wenig mit schönheitschirurgischen Hilfsmitteln verlängern sollte. Aber dann zog sie eine Grimasse. Wem wollte sie damit imponieren? Sofie? Die legte auf solche

Äußerlichkeiten sicherlich keinen Wert. Den Frauen in ihrem Krimi-Lesekreis? Die Gruppe hatte sich auf Grund besonderer unvorhergesehener Ereignisse aufgelöst. Männern wie der interessante Schriftsteller, dem sie einmal in einem Hotel in Basel begegnet war? Er hatte sie nicht einmal beachtet, als sie ihn persönlich angesprochen hatte. Nein, die Zeit war vorbei. Auf Männer, die sich mit der Midlife-Crisis herumschlugen, konnte selbst sie keinen Eindruck mehr machen. Blieben also nur noch Typen wie Hans-Peter.

Übelkeit stieg in ihr auf.

Sie ging in den Flur, stellte die Klingel ab, zog das Kabel für den Telefonanschluss heraus und schaltete auch das Handy aus. Dann legte sie sich im abgedunkelten Wohnzimmer aufs Sofa.

Ida hatte lange keine Migräne mehr gehabt und befürchtete, dass sich nun auch eine depressive Phase ankündigte. In den letzten Wochen war ihre Gehirn auf höchsten Touren gelaufen. Eine kreative Idee jagte die andere, sie entwickelte gedankliche Konzepte für das gemeinsame Schreibprojekt mit Sofie, überdachte und veränderte sie, um sie schließlich wieder zu verwerfen. Sie führte Recherchen und Befragungen durch. Sie wollte sämtliche Entwicklungen kontrollieren. Bis sich die Synapsen elektrisch überladen hatten und über den einsetzenden Kopfschmerz das Signal aussendeten, dass kein weiterer Input mehr möglich war.

Nichts ging mehr.

Ida versuchte sich auf die Seite zu drehen, um auf dem unbequemen Sofa, das eigentlich nur zum Sitzen gedacht war, eine angenehmere Lage zu finden. Aber selbst das konnte sie nicht mehr. Also blieb sie still auf dem Rücken liegen, spürte den Schmerz in Wellen hinter den Augen pochen und versuchte nicht in Selbstmitleid zu versinken.

Immer wieder sah sie das unverschämte, fordernde Grinsen von Hans-Peter vor sich, als er ihr die aufgeblähte Leiche von Frau Steinhardt entgegen schob. Oder war es die Tote, die sie hämisch anlachte? Verquollen und aufgedunsen wie ihr Namensvetter der Steinfisch glupschte sie sie an, ihre Stacheln aufgerichtet und bereit zuzustechen und ihr tödliches Gift zu verteilen.

Eine weitere heiße rote Welle stieg in ihr auf, ließ ihre Wangen aufglühen und die Hände anschwellen, so dass sie innerlich kribbelten.

Während sie sich mit Hans-Peter herumschlagen musste, pflegte Sofie ihre gesellschaftlichen Kontakte und schien richtig Spaß dabei zu haben, wieder unter Menschen zu kommen. Sie trieb sich im Hause Klein herum, als würde sie dazugehören. Vermutlich war sie gerade jetzt auch wieder dort, um ihre Ermittlungen voranzutreiben. Sie blühte in diesem Umfeld förmlich auf. Von der verhärmten, in sich zurückgezogenen grauen Maus war nichts mehr vorhanden.

Nicht nur Sofie, die Dinge insgesamt entwickelten sich schneller, als Ida vorhergesehen hatte.

Am nächsten Morgen ging es ihr wieder etwas besser. Sie erlaubte sich, länger liegenzubleiben als gewöhnlich. Als sie aufstand, war sie noch etwas wackelig auf den Beinen, aber schmerzfrei. Auch das Selbstmitleid hatte nachgelassen und die quälenden, spiralförmig immer wiederkehrenden Gedanken, Grübeleien und Befürchtungen waren irgendwann am frühen Morgen einem kurzen traumlosen Schlaf gewichen.

Kaffee konnte sie noch nicht vertragen, deshalb goss sie sich eine Kanne schwarzen Tee auf, einen Darjeeling. Dazu gab es Knäckebrot.

Nach diesem verspäteten spartanischen Frühstück griff Ida wieder zu ihrem beliebtesten Recherchemittel, dem Internet. Sie konnte es einfach nicht sein lassen. Schon kreisten ihre Gedanken wieder darum, wie sie an polizeiliche Informationen herankommen könnte. Wenn sie doch nur jemanden kennen würde, der den Polizei-Computer hacken konnte. Aber das war wohl Wunschdenken. Sie würde wieder zu ihrer alt bewährten Methode greifen: den persönlichen Kontakt zum Ermittler suchen, zu Kommissar Gastner. Dazu müsste sie sich aber etwas mehr aufhübschen, als sie es bei dem leicht zu befriedigenden Hans-Peter getan hatte.

Dann las sie etwas darüber, was mit Frau Steinhardt geschehen war. Es stand in der Online-Ausgabe der Lokalzeitung:

Noch eine Lehrerin tot aufgefunden!
Todesursache ungeklärt!
Eine Woche, nachdem Teilnehmerinnen eines Lesekreises ihre Dozentin im Pavillon der Volkshochschule aufgefunden haben, gab es einen weiteren Todesfall. Die Polizei gab be-

kannt, dass die pensionierte Lehrerin, Frau S., von ihrem Nachbarn tot in ihrer Wohnung aufgefunden worden sei. Die Todesursache ist noch nicht geklärt, aber die Polizei geht davon aus, dass Frau S. an einem Gift verstorben ist. In der Wohnung von Frau S. befand sich ein Meerwasser-Aquarium mit zahlreichen exotischen Fischen, darunter einem Steinfisch. Es sei nicht auszuschließen, dass die Lehrerin beim Säubern des Aquariums versehentlich an die Stacheln des Fischs gekommen sei und sich dabei infiziert habe. Die Polizei wollte sich aber noch nicht endgültig festlegen, ob es sich um Eigen- oder Fremdverschulden handelt. Ob eine Verbindung zu dem Tod der Volkshochschullehrerin von voriger Woche besteht, wollte die Polizei nicht kommentieren.

Wütend klappte Ida den Laptop zu. Was war das denn für eine schlampige Ermittlungsarbeit? Oder hatte Kommissar Gastner als der Verantwortliche des Untersuchungsteams absichtlich falsche oder spekulative Informationen gestreut, um den Täter in Sicherheit zu wiegen? Nach dem, was Hans-Peter ihr mitgeteilt hatte, konnte die Dosis des durch den Stachel verabreichten Gifts des Steinfischs niemals ausreichen, um einen Menschen zu töten. Möglicherweise hatte aber auch der Reporter, der den Artikel zusammengeschmiert hatte, mangelhaft recherchiert und die fehlenden Informationen durch frei fließende Fantasien ersetzt. Der heutige Zeitungsjournalismus wurde immer oberflächlicher.

Sie wollte sich nicht aufregen, sonst würde sie allmählich die Balance verlieren. Die Angelegenheit um Frau Steinhardt wurde immer undurchsichtiger. Doch sie durfte sich durch dieses Wirrwarr nicht von dem eigentlichen Ziel ihrer Ermittlungen abbringen lassen: die Aufklärung des Todes von Frau Klein. Hier konnte nur Sofie mit ihren zwischenzeitlich gewonnenen Erkenntnissen weiterhelfen.

Ida setzte die Türklingel wieder in Gang. Dann ging sie zum Festnetzanschluss im Flur, um ihre getreue Gefährtin anzurufen. Doch dazu kam sie nicht mehr, da es an der Wohnungstür klingelte. Besuch von Kommissar Gastner.

Ida konnte wieder klar denken. Häufig war es so nach einer Kopfschmerzattacke, dass sie am darauffolgenden Tag ganz ungetrübt im Kopf war, so als hätte sich zuvor eine dichte Wolke über ihrem Kopf angesammelt, die sich dann in einem heftigen Wolkenguss mit Regenfall und Gewitter entladen hatte und nun wieder die Sicht frei machte auf die wichtigen Dinge, auf das Wesentliche, auf das sie sich konzentrieren wollte und das sie erkennen musste.

Wie so oft in solchen Situationen kam die Lösung zu ihr, ohne dass sie sich dafür anstrengen musste. Vergeblich waren ihre Gedanken darum gekreist, wie sie an polizeiliche Informationen herankommen könnte, und nun stand Kommissar Gastner vor ihrer Wohnungstür, als hätte er ihren Wunsch vernommen und wäre ihrem Ruf gefolgt.

Sie ließ ihn herein und er gab ihr die Informationen, die sie benötigte, auch wenn das vielleicht nicht seine Absicht gewesen war.

Zunächst setzte er sich auf einen Stuhl in Idas kleiner Küche, die kaum Platz für einen Tisch und zwei Stühle bot, so knapp war alles eingerichtet mit Einbauküche, Unter- und Hängeschränken, Anrichte und Arbeitsplatte. Dann nahm er bereitwillig einen starken Espresso aus dem Vollautomaten an.

Ida ließ sich ihm gegenüber nieder. Sie saßen so eng beisammen, dass sich ihre Knie beinahe berührten.

Er wirkte erschöpft. Seine Stimme klang resigniert, als er sie über die dampfende Kaffeetasse hinweg mit zusammengezogenen Augenbrauen anblickte. »Warum haben Sie mir nicht erzählt, dass Sie Dr. Walkraft kennen?«

Ida versuchte sich ihre Überraschung nicht anmerken zu lassen. Der Kommissar war dahinter gekommen, dass sie Beziehungen zu Hans-Peter unterhielt. Er war scharfsinniger als sie ihm zugetraut hatte.

»Wir kennen uns rein privat.«

»Wie auch sonst«, entgegnete Gastner zynisch. »Weil Sie ja keine Ermittlerin sind.«

Ida schaute ihm in die grauen Augen, ohne seinem Blick auszuweichen. Er sollte merken, dass sie nichts zu verbergen hatte.

»Jedenfalls keine professionelle, beruflich mit dem Fall befasste Ermittlerin«, ergänzte er und trank seinen Espresso in einem Schluck aus. »Ansonsten bin ich mir nicht ganz sicher.« Er warf ihr einen erneuten, diesmal prüfenden Blick zu. »Was für ein Spiel spielen Sie?«

Ida lehnte sich zurück und rührte den Zucker in ihrem Kaffee um. »Ich spiele kein Spiel, Herr Kommissar.« Auch sie kippte den Inhalt ihrer Tasse hinunter. »Ich bin Krimi-Autorin. Ich recherchiere gern ungeklärte Kriminalfälle und versuche sie zu lösen. Das ist meine Passion, meine Begeisterung, man könnte sagen, ich bin besessen.«

Sie stand auf und drehte sich um zur Arbeitsfläche. »Möchten Sie noch einen Espresso?«

»Nein, danke.« Er strich sich wie zur Erklärung über den Bauch. »Mein Magen.«

»Soll ich uns eine Kleinigkeit zu essen machen?«

Kommissar Gastner gab seine Achtsamkeit nicht ganz auf, er blieb behutsam, aber Ida spürte, wie er innerlich ein wenig nachgab.

»Das ist keine schlechte Idee. Ich habe den ganzen Tag noch nicht richtig gegessen«, willigte er ein. Er schaute sich um. »Kann ich mir irgendwo die Hände waschen?«

Ida beschrieb ihm den Weg über den Flur zum Badezimmer. Der Kommissar hielt sich verdächtig lange dort auf. Währenddessen putzte sie das Gemüse und setzte Reis zum Kochen auf. Als er zurückkam, lächelte sie ihn an und bemerkte: »Na, haben Sie die Arzneimittel nicht gefunden, kein Ketamin und Xylazin, kein Steinfisch-Gift?«

Fast schuldbewusst setzte sich Gastner wieder an den Küchentisch. »Ihre Informationen haben Sie über

Dr. Walkraft erhalten. Nicht schlecht. Er sitzt direkt an der Quelle.«

Ida legte zwei Gedecke auf, schnitt mehrere Scheiben Brot ab und stellte die Butterdose auf den Tisch.

»Bitte bedienen Sie sich. Das Curry ist auch bald fertig.«

»Leider scheint der Pathologe Ihnen gegenüber nicht ganz loyal zu sein. Denn er hatte nichts Eiligeres zu tun, als mich heute Vormittag anzurufen und darüber zu informieren, dass Sie ihn in der Rechtsmedizin aufgesucht haben, um sich die beiden Leichen anzuschauen.«

Gastner biss herzhaft in das Krustenbrot, er schien für sein Alter kräftige Zähne zu haben. Aber genau konnte Ida sein Alter nicht bestimmen. Vielleicht war er durch lange Überstunden und einen mental anstrengenden Job frühzeitig gealtert. Graue Haare konnten ein höheres Alter vortäuschen. Manche Menschen ergrauten auch schon mit Anfang Dreißig.

Sie rührte in dem Gemüse-Curry, vielleicht etwas heftiger als nötig, denn sie war sehr aufgebracht. Hans-Peter hatte den Kommissar im Polizeirevier angerufen und ihm berichtet, was er ihr über Frau Steinhardt erzählt hatte. Der alte Aasgeier!

»Mit dem Tod von Frau Steinhardt hatten Sie nicht gerechnet, nicht wahr?«, fragte er sie über den Teller hinweg, den sie mit Reis und Gemüse gefüllt hatte. Sie stellte eine Flasche Wasser und zwei Gläser auf den Tisch und setzte sich dann wieder hin.

»Dass Frau Steinhardt sterben musste, kam nicht überraschend«, erwiderte Ida. »Die Tathandlung, genauer gesagt, die Vorgehensweise ist unerwartet.«

Gastner schluckte sein Essen fast ohne gekaut zu haben hinunter. »Dann ist Ihnen also auch aufgefallen, dass beide Leichen unterschiedlich zu Tode gekommen sind.«

»Dazu braucht man nicht großartige Schlussfolgerungen zu ziehen«, lautete ihre Antwort. »An Frau Klein konnte man keinerlei Spuren von Gewalteinwirkung erkennen. Hätte ich Hans-Peter, ich meine Dr. Walkraft, nicht darauf aufmerksam gemacht, hätte er nie die Einstichstelle gefunden. Frau Steinhardt hingegen war aufgequollen wie ein gestrandetes Walross.«

Gastner zuckte zusammen und schaute sie erstaunt an.

»Entschuldigen Sie meine Ausdrucksweise, Herr Kommissar, aber ich bevorzuge eine direkte und bildhafte Sprache.«

Ida tunkte etwas von der Soße mit dem Brot auf. Es war herrlich krümelig. »Haben Sie die Einstichstelle an Frau Steinhardts Arm gesehen?«, fragte sie eifrig. »Der Täter muss das Gift mit einer Spritze injiziert haben und hat dabei eine große Kanüle benutzt.«

Gastner kaute nun langsam und bedächtig, nachdem er seinen ersten Hunger gestillt hatte, und betrachtete sie gespannt. »Dann glauben Sie also nicht, dass Frau Steinhardt von dem Fisch in ihrem Aquarium gestochen wurde?«

Ida zog höhnisch die Augenbrauen hoch. »Der Fisch würde über die Stacheln niemals genügend Gift abgeben, dass es tödlich wirken würde.«

Das hatte Hans-Peter offensichtlich verschwiegen, als er bei dem Kommissar gepetzt hatte, denn sie konnte förmlich sehen, wie es hinter Gastners Stirn anfing zu arbeiten. Sie nutzte die Gelegenheit, um nun die noch offenen Tatsachen aus ihrem Gegenüber herauszuquetschen.

»Offensichtlich wurde bei Frau Klein auch ein anderes Tatwerkzeug benutzt, jedenfalls stimmt die Größe des Einstichs nicht mit der von Frau Steinhardt überein. Aber ich könnte mich auch irren.« Sie ließ die Feststellung wie eine Frage klingen.

An der Veränderung der Augenfarbe von grau zu dunkelviolett konnte sie erkennen, dass Gastner merkte, worauf sie hinauswollte. Er schien mit sich zu ringen, dann ließ er sich zu der Äußerung hinreißen: »Wir vermuten, dass Frau Klein zunächst mit einem Muskelrelaktanz betäubt wurde, und zwar über einen Betäubungspfeil oder mit einer kleinen Spritze hinten am Nacken. Das Ketamin wurde ihr dann zwischen die Finger gespritzt.«

»Was?«, entfuhr es ihr. Von dieser zweiten Einstichstelle hatte Hans-Peter ihr nichts erzählt.

Gastner schien ihre Gedanken zu lesen. »Dr. Walkraft hat seine Fähigkeiten bei Weitem überschätzt. Wir haben Professor Hübner persönlich in die Untersuchung einbezogen, weil wir die Vermutung hatten, dass die Analysen nicht gründlich genug waren. Er hat die Befunde erhoben und die wesentlichen Erkenntnisse gefunden.«

Gastner schob den leeren Teller von sich und nahm einen großen Schluck Wasser aus dem Glas.

»Ein bisschen scharf, Ihr Gemüse, aber ansonsten sehr köstlich, vielen Dank.« Er zeigte auf die leere Kaffeetasse, die noch auf dem Tisch stand. »Jetzt könnte ich noch einen zweiten Espresso gebrauchen, sonst schlafe ich nachher im Büro ein.«

Das könnte ein längerer Aufenthalt werden, dachte Ida. Sie würde versuchen, das Beste aus der Situation herauszuziehen. Sie räumte das Geschirr ab und stellte es in das Spülbecken. Dann bereitete sie zwei neue Espressi zu. Gastner schien sich mittlerweile richtig wohl bei ihr zu fühlen. Er ließ sich sehr viel Zeit und hielt die Kaffeetasse nur in der Hand ohne daraus zu trinken.

»Frau Klein und Frau Steinhardt haben sich gekannt«, rutschte ihm heraus. Vielleicht war es aber auch Absicht. Ida wurde nicht mehr schlau aus diesem Mann.

»Ich sage es Ihnen lieber gleich. Denn Ihre gute Freundin, Frau Bergmann, wird es Ihnen ohnehin bald erzählen.«

Ida beugte sich am Tisch vor, um jedes Wort mitzubekommen, das er sagte.

»Ich habe heute Morgen auf dem Revier Frau Fabius vernommen. Frau Bergmann begleitete sie und wollte selbst auch eine Aussage machen.«

»Wird sie verdächtigt?«, platzte es aus Ida heraus. Sie hatte die Maske der Selbstbeherrschung abgelegt.

»Frau Bergmann nicht.« Er schmunzelte fast. »Obwohl ich glaube, sie selbst befürchtet, uns suspekt zu sein.« Er reichte mit seiner Hand zu Ida herüber, als wollte er sie aufmuntern. »Vielleicht richten Sie ihr aus, dass sie sich keine Sorgen zu machen braucht. Sie scheint das alles viel zu ernst und zu schwer zu nehmen.«

Er zog die Hand zurück und nahm stattdessen die Tasse wieder auf. Erneut brauchte er nur einen einzigen Schluck, um den Espresso auszutrinken.

»Aber pfiffig ist sie schon.« Er griff in die Innentasche seines Jacketts und holte ein Bild heraus, eine Schwarz-Weiß-Fotografie, auf der eine Gruppe von Menschen vor einem Backsteingebäude abgebildet war.

»Sie dachte wohl, ich würde es nicht bemerken, aber als ich ins Büro zurückkam, sah ich sofort, dass sie die Fotos in der Aktenhülle anders zurückgelegt hatte, als ich sie angeordnet hatte.«

Er reichte Ida die Aufnahme hinüber, damit sie sie genauer betrachten konnte.

»Lehrerinnen«, flüsterte sie mit heiserer Stimme, »darin besteht die Verbindung.«

Sie drehte das Foto um und las: *Gymnasium Eichendorf, 1986.*

»Nicht nur das.« Kommissar Gastner genoss es sichtlich, dass er seine Trumpfkarte ausspielen konnte. Er griff erneut in die Innenseite seines Jacketts und holte einen Internetausdruck hervor.

»Die beiden kannten sich nicht nur von früher, sondern waren quasi auch miteinander verwandt.« Er schob Ida den Bogen Papier über den Tisch zu. »Es wird Sie sicher interessieren, dass wir den ersten Ehemann von Frau Klein ausfindig gemacht haben.«

Sie las den Namen, den sie schon bei ihrer eigenen Internetrecherche herausgefunden hatte. Es war ganz einfach gewesen. Der Sohn Oliver trug einen anderen Namen als Frau Klein und ihr zweiter Ehemann. Es war der Name seines leiblichen Vaters, Frau Kleins erstem Ehemann. Warum war es ihr nicht sofort aufgefallen? Wie konnte sie die Bedeutung des Namens übersehen? Warum hatte sie die Schlussfolgerung, die sich einem förmlich aufdrängte, nicht gezogen? Sie hätte sich nur an dem Klang des Namens orientieren und ihn nicht bloß vom Englischen ins Deutsche übersetzen müssen. Nun aber sackte endlich die Erkenntnis: Oliver hieß mit Nachnamen *Stoneheart*, also Steinhardt.

Ida blickte entgeistert auf zu Kommissar Gastner, der ihr mit einem breiten Grinsen gegenüber saß. Siegesgewiss bestätigte er, was als unvermeidliche Vermutung in Ida aufstieg: »Frau Steinhardt war die Mutter von Frau Kleins erstem Ehemann. Sie war ihre Schwiegermutter.«

16

Ein richtiger Schriftsteller hat den Drang zu schreiben, dieses *Nicht-Anders-Können*. So ist es wohl bei allen Künstlern, bei Malern, Bildhauern und Schauspielern. Die wahre Kunst fordert Begeisterung. Und manchmal ist es in der Wissenschaft genauso. Aber als Sofie über ihre Hausschwelle trat, überfiel sie die Müdigkeit. Sie hatte kein Bedürfnis zu schreiben.

Sie sollte Ida anrufen, dachte sie, und ihr mitteilen, was sie durch Zufall entdeckt hatte – die Verbindung zwischen Frau Klein und Frau Steinhardt – und ihr sagen, dass die Polizei alles aufklären würde. Was hatten sie sich nur eingebildet, als sie selbst ermitteln wollten?

Die Uhr im Wohnzimmer zeigte halb vier. Sie war wohl stehengeblieben, aber Sofie hörte doch ein leises Ticken. Erst halb vier. Aus dem Fenster sah sie ihre Nachbarin in ihrem Vorgarten. Frau Huber wühlte wieder in der Erde.

Gustav und sie hatten dieses kleine Häuschen vor über zwanzig Jahren gekauft. Es war in den 1950er-Jahren erbaut worden und für zwei Personen groß genug. Von hier aus konnte man noch zu Fuß zum Zentrum des Ortes gehen. Das Haus hatte vorne wie hinten einen kleinen Garten, in dem sie seit vier Jahren nur das Nötigste gemacht hatte. Die Terrasse nach hinten, wollte man sie so nennen, bestand aus Steinboden, darüber war eine Markise angebracht, die man mit einer Kurbel hervorziehen konnte, und zur rechten Seite befand sich ein hölzerner Sichtschutz, der in eine kleine Pergola mit rankendem Wein überging.

Sie pflegten die Terrasse, hatten sie aber nie verändert. Sofie hatte nach Gustavs Tod weiterhin nur den Status Quo erhalten, nach Neuerung stand ihr nicht der Sinn. Ihre Nachbarin war da anders, ständig war sie im Garten beschäftigt, so wie jetzt auch. Höchste Zeit im November die Dahlien auszugraben und sie in den Keller zum Überwintern zu legen.

Sofie schaute eine Weile dem ständigen Bücken von Frau Huber zu, dem Graben und in der Erde Wühlen und dachte, das macht sie gerne. Das ist ihre Passion. Dann schlurfte sie in die Küche, schaltete die Kaffeemaschine an, holte den Schreibblock hervor und kritzelte darauf herum.

War es der Kaffee oder waren es die flüchtigen Gedanken? Jedenfalls hielt sie es nicht lange im Haus aus. Sie hatte keinen Drang zu schreiben, aber sie musste etwas tun, etwas herausfinden. Der Ansatzpunkt Familie Klein hatte nichts gebracht, aber da war noch Frau Steinhardt und sie hatte sie angerufen, ihr etwas erzählt, aus dem Sofie nicht schlau wurde und jetzt war sie ermordet wie Frau Klein.

Sie schnappte sich ihren Mantel und ging nach draußen. Sie lief durch die Nebenstraßen in Richtung Zentrum. Die Rebgasse war eine Seitenstraße, die parallel zur Hauptstraße verlief, verbunden mit ihr durch quer verlaufende Seitenstraßen. Sie lag zentrumsnah, die Häuser dort waren im Laufe von Jahren erbaut worden, anders als die heutigen Neubaugebiete.

Es war ein noch sonniger, wenn auch kühler Nachmittag. Die Häuser der Rebgasse waren viel älter und größer als die in der Straße, in der Sofie wohnte, mit mehreren Etagen und hohen Fenstern, herrschaftlich, die Vorgärten einheitlich langweilig mit Büschen, Rasen, Hecken und in einer Größenordnung, dass Gärtnereibetriebe sich darum kümmern mussten.

Das rote Haus hatte auf einer Seite einen Erker und reichlich Verzierungen, hohe Stufen führten zum Eingang. Altersgerecht war etwas anderes, aber Frau Steinhardt war noch rüstig gewesen.

Eine ältere Frau kam gemächlich und leicht hinkend die Straße entlang und beäugte Sofie. Dann bog sie kurz vor ihr in das Nachbargrundstück ein und ging auf ein ähnliches, wenn auch kleineres, in beigem Gelb gestrichenes Haus zu. Von der Straße aus konnte man einen Teil einer Plastikrutsche im hinteren Garten sehen. Sofie überlegte krampfhaft, was sie sagen konnte. Die Frau musste doch etwas über ihre direkte Nachbarin wissen. Aber würde sie es einer Fremden einfach so mitteilen?

Sofie sah ihr hinterher, bis sie in dem Haus verschwunden war. Vermutlich waren nach dem Mord viele Reporter den Nachbarn schon gehörig auf die Nerven gegangen. Ein Mord in einer Kleinstadt passierte nicht jede Woche. Sie war nur eine weitere neugierige, sensationslüsterne Person.

Sofie wurden die Beine schwer und sie lehnte sich an den Zaun von Frau Steinhardts Haus. Er bestand nur aus zwei parallelen Streben, die sich vor einer dornigen Hecke entlang zogen.

»Was machen Sie da?« Die Tür des gelben Hauses stand halboffen und eine schlanke Frau mit jungenhaftem Kurzhaarschnitt lugte heraus. Sofie zuckte zusammen.

»Gehen Sie doch weiter.«

Das wollte Sofie sich nicht gefallen lassen. Schließlich stand sie auf einem öffentlichen Bürgersteig, sie wohnte sogar in diesem Ort.

»Nadine, lass nur.« Die ältere Frau, die Sofie zuvor in das Haus hatte gehen sehen, schob sich an der jüngeren, vielleicht ihre Tochter, vorbei. »Können wir Ihnen helfen?«, rief sie. Es klang freundlich.

»Ich wollte zu Frau Steinhardt«, sagte Sofie zaghaft.

»Es tut mir leid.« Sie zögerte. »Aber sie ist kürzlich verstorben.«

»Oh, nein.« Sofies Schultern sackten nach unten, aber sie durfte nur erschüttert wirken, nicht entsetzt, verstorben ist immerhin im Alter normal, ermordet nie.

»Kannten Sie sie gut?«

»Ich habe sie vor kurzem noch gesehen«, stotterte Sofie aus Verlegenheit.

»Es ist auch erst vorgestern passiert.«

»Sie war doch gar nicht krank.«

»Es war plötzlich.« Die Leute waren hier wirklich sehr verschwiegen, die gute alte Tugend in einer intakten Nachbarschaft.

»Können Sie mir vielleicht sagen, wann die Beisetzung ist? Ich würde gerne Abschied nehmen.« Etwas anderes fiel ihr nicht ein.

Die Tür öffnete sich weiter. Die junge Nadine war nicht mehr zu sehen, jemand hatte aus dem dunklen Innern des Hauses gerufen. Dem hohen Klang nach zu urteilen konnte es nur ein Kind gewesen sein. Sofie schöpfte Hoffnung. Die ältere Dame würde jetzt vielleicht offener werden.

»Ich kann Ihnen leider nicht sagen, wann sie beigesetzt wird. Es ist auch zu schrecklich.« Sie seufzte tief. Langsam stieg sie die Stufen hinunter und kam Sofie entgegen. Nur die Hecke vor Frau Steinhardts Haus und ihr eigener Kirschlorbeer trennten sie noch.

»Woher kennen Sie denn Frau Steinhardt?«

Keine Leistung ohne Gegenleistung, dachte Sofie, das war nur fair. Jetzt hätte sie die Wahrheit sagen können und zögerte dennoch. Fieberhaft dachte sie nach. »Mein verstorbener Schwager war Lehrer und ihr Kollege.« Sie lehnte sich noch mehr an den Zaun. »Ich bin nicht mehr so gut zu Fuß.« Sofie atmete tief ein.

»Kommen Sie doch herein.« Die Frau öffnete die Pforte, fasste Sofie am Arm und führte sie den mit Platten ausgelegten Pfad entlang, am gelben Haus vorbei und in den hinteren Teil des Gartens. Dort standen mehrere Teakholzstühle. Sie schob einen heran und ließ Sofie Platz nehmen.

»Möchten Sie ein Glas Wasser?«, fragte sie besorgt. »Ich bin übrigens Marlies Freitag.«

Sofie stellte sich ebenfalls vor.

»Frau Bergmann, natürlich, ich hätte es wissen müssen.«

Sofies Herz setzte einen Schlag aus.

In diesem Augenblick kam Nadine und die freundliche Dame, die sich Sofie gegenüber gesetzt hatte, blickte zu ihr auf. »Nadine, es ist Frau Bergmann«, wiederholte sie. Das schien die misstrauische Tochter zu beruhigen. Sie ging mit dem Auftrag, Wasser zu holen, wieder ins Haus.

»Frau Steinhardt hat über mich gesprochen?«

»Ja, natürlich. Sie haben doch oft etwas zusammen unternommen.«

Gewissermaßen stimmte es, dachte Sofie.

»Sie hat sich immer so auf Ihre gemeinsamen Unternehmungen gefreut. Wäre heute Ihr Tag gewesen? Es tut mir so leid.«

Sofie versuchte, das Thema zu wechseln. »Plötzlich, sagten Sie?«

Sie verstummte, weil sie offensichtlich nicht wusste, wie sie es Sofie schonend beibringen sollte. Nadine kam mit dem Wasser, inzwischen war es schon ziemlich frisch im Garten und Sofie stand der Sinn wirklich nicht nach kaltem Mineralwasser.

»Wir sind nicht mehr die Jüngsten und auch bei meinem Schwager war es plötzlich«, sagte Sofie. Frau Freitag nickte verständnisvoll.

Nadine blickte sie ärgerlich an und sah dann in der nächsten Sekunde voller Traurigkeit zu ihrer Mutter. Sofie hatte sie mit dem *wir* mit eingeschlossen, obwohl sie nur an sich und Frau Steinhardt gedacht hatte. »Frau Steinhardt ist ermordet worden«, sagte sie kalt und ohne Umschweife.

»Nadine, bitte!«, entfuhr es Frau Freitag.

Sofie beeilte sich, in der aufziehenden Unstimmigkeit zwischen Mutter und Tochter eine noch tiefere Erschütterung mit etwas ungläubigem Entsetzen zustande zu bringen. »Ermordet?«

»Es ist schrecklich«, sagte Frau Freitag mitfühlend.

Sofie überlegte fieberhaft, wie sie endlich an interessante Informationen kommen könnte. Das ganze Gespräch wäre anders verlaufen, wenn sie nicht die Wahrheit umgangen und vorher gewusst hätte, dass auch Frau Steinhardt es mit der Wahrheit nicht so genau genommen hatte. Obwohl Sofie sich nicht sicher sein konnte, dass sie den Lesekreis nicht erwähnt hatte, hatte sie doch von ihr als einer Bekannten gesprochen, mit der sie sich regelmäßig getroffen hatte. Und Sofie hatte keine Ahnung von der Art ihrer angeblichen Unternehmungen.

»Wie wurde sie ermordet?«, fragte sie entsetzt und so wenig neugierig wie möglich.

»Sie ist in ihrem Haus überfallen worden.«

»Hat niemand etwas gehört?« Sofie blickte zu Nadine, die sich nicht setzte.

»Sie klingen wie die Polizei.«

»Nadine! Nein, leider haben wir nichts bemerkt. Herr Feinstein hat auch nichts gehört. Sie wissen schon, der Mieter von Frau Steinhardt in der separaten Wohnung im oberen Stock.«

Sofie nickte, als würde sie Herrn Feinstein kennen. Sie trank einen Schluck von dem eiskalten Wasser und ihre Zähne schmerzten augenblicklich.

»Ihre Kinder …« Sofie machte einen angemessen zaghaften Versuch, mehr über Frau Steinhardt zu erfahren.

»Ja, wer soll sich jetzt um sie kümmern?«, fragte Frau Freitag und dann strahlte sie Sofie fast an: »Würden Sie das machen?«

Sofie lächelte unsicher zurück. Kinder, um die man sich kümmern musste?

Nadine war schon wieder im Haus, sie machte sie schwindelig mit ihrem ständigen Hin- und Herlaufen.

»Ich weiß nicht, ob ich das kann.«

»Es ist vielleicht zu viel verlangt. Ich weiß ja nicht, wie viel Platz Sie haben.«

Sofie schluckte. »Ihre Verwandten«, sagte sie ins Blaue hinein.

»Ihrem Sohn sind sie egal.«

»Wer?«, fragte Sofie verwirrt.

»Die Kinder«, sagte Frau Freitag und nickte. Sofie nickte zurück mit unsichtbarer Verzweiflung.

»Ich sehe schon, es behagt Ihnen auch nicht«, sagte Frau Freitag. »Ich musste mich auch daran gewöhnen. Wenn allein lebende Menschen Katzen haben oder Wellensittiche, ist das normal, aber Fische als Kinder zu bezeichnen ist seltsam.«

Sofie atmete durch. Frau Steinhardt hatte also ein Aquarium. Und einen Sohn, der sich nicht um Fische scherte. Mühsam setzte sie die Puzzleteile zusammen.

»Ihr Sohn wird schon wissen, was zu tun ist.« Ihr kam ein Gedanke: »Oder Herr Feinstein.«

»Nein, Herr Feinstein doch nicht. Sie wissen doch selber, er interessiert sich nur für Bücher.« Sie schüttelte verständnislos den Kopf. Sofie konnte sich vorstellen, dass sie selbst keine Bücher las.

»Sie haben doch auch Fische, Frau Bergmann. Frau Steinhardt hat es geliebt, sich mit Ihnen darüber auszutauschen.«

»Wirklich? Was ich meine ist, mein Aquarium reicht mir. Eigentlich.« Sie seufzte.

»Aber Sie haben die Sachkenntnis.«

»Ich werde nicht jünger.« Sie musste dieses Aquarium von Frau Steinhardt irgendwie loswerden. »Hat er sie oft besucht?«, versuchte sie abzulenken.

»Wer?«

»Ihr Sohn.«

»Er ist ständig unterwegs, der Enkel ist auch nicht besser. Den habe ich schon über ein Jahr nicht gesehen.«

»Ich kenne ihn gar nicht«, sagte Sofie wahrheitsgemäß.

»Die arme Frau. Deshalb blieben ihr nur ihre Kinder.« Sie machte eine Pause und Sofie holte Luft. Frau Freitags Pause war ziemlich kurz. »Und natürlich hatte sie noch Sie, ihre Freundin. Was hat sie mir alles erzählt. Sie haben es auch nicht so leicht, Ihr Mann lässt Sie ja kaum aus dem Haus.«

Sofie musste wieder schlucken und griff nach ihrem Wasserglas.

»Einen Tag in der Woche, für Museumsbesuche und das Aquarium in der Nachbarstadt, Frau Steinhardt konnte stundenlang von den Aquariumbesuchen erzählen. Sie beide haben Jahreskarten, sagte sie. Wissen Sie, meine Tochter liegt mir ständig in den Ohren, ich solle mehr unternehmen. So wie Frau Steinhardt. Nadine meint, ich würde zu wenig rauskommen und ich war vielleicht ein wenig neidisch, dass Frau Steinhardt eine Freundin wie Sie hatte. Meine Freundin ist weggezogen, hat ein neues Leben angefangen in Bayern mit einem neuen Mann. Das hat meine Nadine natürlich ignoriert. Sie verstehen, einen neuen Mann.« Sie zwinkerte ihr zu. »Immer nur, geh in den Seniorenclub hier, mach das doch wie Frau Steinhardt, die hat auch ein Hobby und dann findet man auch Gleichgesinnte. Nun ja, das mit dem Aquarium hat Nadine nicht vorgeschlagen, das fand sie auch ein bisschen eigenartig, aber Ihre gemeinsamen Ausflüge, die hat sie mir immer vorgehalten. Ich habe nur gesagt, die arme Frau Steinhardt hat dafür keine so liebe Tochter wie ich. Dagegen konnte sie ja schlecht etwas sagen.«

»Frau Steinhardt hatte ihren Sohn«, warf Sofie ein.

»Genau, aber er kann sich halt nicht binden. Auf Dauer meine ich. Bei Nadine und ihrem Mann ist es auch nicht immer rosig. Sie denkt, ich weiß es nicht, aber ich bin ja nicht dumm.«

Sofie überlegte krampfhaft, wie sie Frau Freitag aus ihrem eigenen Leben heraus wieder zu Frau Steinhardts Leben geleiten konnte. Sie lächelte sie an und seufzte dann tief: »Und ihr Enkel?«

»Der kam nicht oft, wie gesagt, ich habe ihn lange nicht gesehen.«

»Schade, dass ich ihn nicht kennengelernt habe. Wie alt wird er jetzt sein?«

»Der ist erwachsen. Kennen Sie ihn denn?«

»Es ist schon viele Jahre her«, sagte Sofie ausweichend.

»Er kommt nur, wenn er etwas will.«

»Und die Schwiegertochter?«

»Die sind seit Jahren geschieden, noch als der Junge klein war. Frau Steinhardt hat kein gutes Haar an ihr gelassen. Für sie waren natürlich immer die Frauen Schuld. Der Enkel ist bei der Mutter aufgewachsen, das war ihr auch ein Dorn im Auge. Eduard, also ihrem Sohn, war es egal. Der war immer mit neuen Frauen beschäftigt. Es wurde ihm auch leichtgemacht. Er sieht blendend aus.«

»So gut habe ich ihn nicht mehr in Erinnerung«, sagte Sofie ausweichend.

»Mit den Jahren ist er noch attraktiver geworden. Vielleicht war er anfangs doch noch seriöser«, überlegte Frau Freitag und legte ihre Stirn in Falten.

»Wenn er nicht mehr geheiratet hat, war vielleicht seine Frau seine große Liebe.«

»Sie sind ja richtig romantisch. Daran habe ich nie gedacht. Jedenfalls war er erst vor ein paar Tagen wieder da, die Attraktivität hat zwar etwas nachgelassen, , aber seine jetzige Begleiterin ist wieder deutlich jünger als er. Sie ist ziemlich aufgetakelt, aber nicht modelmäßig, dafür ist sie nicht mehr jung genug. Von außen betrachtet ist sie auch nicht schlechter als die anderen vor ihr, sie scheint sogar etwas im Kopf zu haben, sie hat irgendetwas mit Wirtschaft zu tun.«

Frau Freitag nahm einen Schluck von dem Mineralwasser. Ihr schien die Kälte nichts auszumachen. Dann fuhr sie fort, übergangslos von einem Gedanken zum nächsten hüpfend: »Er wollte sich um den Nachlass seiner Mutter kümmern, sagte er. Aber er durfte nicht ins Haus, die Polizei hat ihn nicht gelassen, hat die Eingangstür versiegelt.«

Frau Freitag nahm noch einen Schluck. »Ich habe keine Ahnung, was Frau Steinhardt als Erbe für ihren Sohn hinterlässt, aber das Haus nebenan ist schon etwas wert, so nah am Zentrum. Ich weiß, was unser Grundstück wert ist und ihres ist fast doppelt so groß.«

Ein mögliches Motiv, dachte Sofie sofort. Sie seufzte innerlich und suchte nach einem Grund sich zu verabschieden. Dass Frau Steinhardt einen Sohn hatte und einen Enkel, hätte sie sehr leicht ohne diesen Aufwand herausfinden können. Frau Steinhardt hatte sie als ihre Freundin ausgegeben. Hoffentlich hatten die Nachbarn das nicht der Polizei erzählt, sonst käme sie noch tiefer in den Schlamassel, und zur Abwechslung einmal ohne dass sie etwas dafür konnte.

Nadine erschien wieder, diesmal sehr aufgeregt. »Er ist wieder da.«

Frau Freitag sprang sofort auf. »Kommen Sie«, rief sie und wedelte mit der Hand, so dass auch Sofie aufstand. Leise gingen sie zu dritt den Plattenweg entlang. Die beiden Grundstücke wurden durch die mannshohe dornige Hecke auf der Seite von Frau Steinhardt und Frau Freitags luftigeren Kirschlorbeer getrennt. Durch die Weißdornhecke konnte Sofie ein Stück Straße und den Vorgarten bis zu den Stufen von Frau Steinhardts Haus mehr erahnen als sehen. Ein dunkler Wagen parkte direkt vor dem Eingang, ein Mann in grauem Anzug schritt auf das Haus zu, an seiner Seite eine Frau. Sofie hörte das Geräusch von hohen Stöckelschuhen.

Weder Frau Freitag noch ihre Tochter machten Anstalten ihre Nachbarn zu grüßen. Sie duckten sich sogar hinter ihrer Kirschlorbeerhecke.

»Der Sohn«, flüsterte Frau Freitag.

Sofie starrte gebannt durch die dichtere Hecke des anderen Grundstücks und erkannte nur undeutlich Bewegungen, dann entdeckte sie, dass auf Brusthöhe eine kleine Lücke in der Nachbarhecke war, offensichtlich von einem nistenden Vogel im Frühjahr verursacht. Sie bückte sich tiefer und spähte hinüber. Es hatte schon etwas Verschwörerisches, wie in einem Kinderspiel und es verschaffte ihr eine unverhoffte Gemeinsamkeit mit ihren beiden neuen Bekannten.

Die schlanke Frau war auf Grund ihrer hohen Schuhe etwas hinter ihrem Begleiter zurückgeblieben. Der Sohn klimperte bereits mit den Schlüsseln in der Hand und stieg die Treppe empor.

Der Tatort musste also inzwischen freigegeben worden sein. Als die Frau den Kopf ein wenig drehte, schlug Sofies Herz schneller und Blut schoss ihr in den Kopf. Unwillkürlich bückte sie sich tiefer. Sie wollte nicht wieder in die eiskalten Augen von Frau Brettschneider schauen.

17

Als Ida nach dem Gespräch mit Kommissar Gastner das Telefon wieder eingestöpselt und ihr Handy eingeschaltet hatte, las sie auf dem Display, dass sie einen Anruf in Abwesenheit erhalten hatte. Sofie hatte versucht, sie von ihrem Festnetzanschluss aus anzurufen. Was hatte sie herausgefunden? Und wo trieb sie sich herum?

Obwohl ihre Stimme dringlich geklungen hatte, konnte Ida sie den ganzen Tag über nicht erreichen. Am darauffolgenden Vormittag hielt sie es nicht mehr aus und beschloss, Sofie einen unangekündigten Besuch abzustatten. Zuvor musste sie aber noch etwas in der Stadtmitte erledigen.

Sie ging die Fußgängerzone entlang und stand bald vor einer bekannten Kaffeerösterei, die auch Kleidung, Freizeitartikel, Haushaltsgeräte und Schmuck im Sortiment hatte sowie Handygeräte und Verträge zu einem günstigen Tarif anbot. Gerade als sie in den Laden hinein gehen wollte, schwang die Eingangstür auf und heraus trat, den Kopf seitlich nach hinten zu ihrem Begleiter gerichtet, Frau Brettschneider.

Ida hielt perplex inne. Weil sie den ganzen Vormittag so intensiv über diese Frau nachgegrübelt hatte, kam es ihr vor, als hätte sie sie durch ihre Gedanken förmlich herbeigerufen. Aber das war natürlich Unfug. Es war nicht schwirig, sich in dieser überschaubaren Kleinstadt über den Weg zu laufen.

Ida trat beiseite, um Frau Brettschneider vorbei zu lassen. Ihre Blicke trafen sich auf gleicher Höhe, der von Frau Brettschneider war eiskalt und stahlblau. Sie konnte die Überraschung kaum verbergen, hatte ihre Gesichtszüge aber schnell wieder unter Kontrolle und schaute Ida mit der überheblichen Miene an, die sie jedes Mal auflegte, wenn sie ihr und Sofie begegnete. Im Krimi-Lesekreis hatte sie sie oft genug überhaupt keines Blickes gewürdigt und ihre Bemerkungen zu dem Inhalt des Gelesenen geflissentlich überhört. Auf Diskussionen ließ sie sich gar nicht erst ein, wehrte Argumente, die von ihrer persönlichen Auffassung abwichen, mit einem ungeduldigen Anheben einer Augenbraue ab und wandte sich an Frau Klein, deren Zustimmung sie sicher sein konnte. Es ärgerte Ida, dass ihre Gruppenleiterin sich so unreflektiert den Beiträgen dieser arroganten Geschäftsfrau anschloss, die ganz offensichtlich kein Verständnis für Literatur im Allgemeinen und keinen Zugang zu Kriminalliteratur im Besonderen hatte. Deshalb war Ida sich mit Frau Klein auch in die Haare geraten, hatte sogar heftig mit ihr gestritten. Aber gegen Frau Brettschneider kam sie nicht an. Sie hatte einen Bonus, dessen Rechtfertigung sich Ida nicht erschloss.

»Frau Wirtz«, stellte Frau Brettschneider mit einem kühlen Unterton fest. »Heute ohne Ihre Bekannte? Oder schleicht Frau Bergmann wieder herum und schnüffelt im Privatleben anderer Leute?«

Frau Brettschneiders Begleiter, ein äußerst attraktiver, wohlhabend und weltoffen wirkender Mann mittleren Alters, schloss die Ladentür hinter sich und trat neben sie. Ida erkannte ihn sofort, das Foto auf dem Internetausdruck, den ihr Kommissar Gastner vorgelegt hatte, war sehr deutlich und wohl auch jüngeren Datums gewesen.

»Sie müssen Herr Eduard Stoneheart sein«, sprach sie ihn an und hielt ihm die rechte Hand hin. »Ich kannte Ihre verstorbene Mutter. Mein herzliches Beileid.«

Etwas derangiert nahm er den Händedruck entgegen und steckte dann die Hand in die Hosentasche.

»Wir waren in demselben Krimi-Lesekreis.« Ida machte eine absichtliche kleine Pause, um die Spannung zu erhöhen. »In dem Krimi-Lesekreis, den Ihre erste Ehefrau geleitet hat. Die übrigens ebenfalls vor kurzem verstorben ist. Ein seltsamer Zufall, meinen Sie nicht?«

Sie blickte von ihm zu Frau Brettschneider, die verstummt war, und wieder zurück. Herr Stoneheart sagte kein Wort.

»Merkwürdig. Frau Brettschneider war auch in dem besagten Krimi-Lesekreis. Zufälle gibt es, nicht wahr?« Sie drängte sich an dem Paar vorbei zur Ladentür. »Entschuldigen Sie mich bitte, ich habe etwas zu erledigen.«

Bevor sie in dem Geschäft verschwand, wandte Ida sich noch einmal um. »Wir sehen uns sicher auf der Trauerfeier.«

Sie ließ offen, ob sie die von Frau Klein oder von Frau Steinhardt meinte.

»Hier hast du ein Handy, damit wir künftig in Kontakt bleiben können, wenn wir auf Recherche gehen.« Ida legte den kleinen Karton auf den Küchentisch. »Und hier ist die SIM-Karte dazu. Die musst du freischalten lassen.«

Sie ließ ihre Stimme barsch und bestimmend klingen, um ihre Befangenheit zu überspielen. Sie hatte sich Sorgen um Sofie gemacht, weil sie so lange nichts von ihr gehört hatte, und freute sich, sie wohlbehalten mit rot schimmernden Wangen und leuchtenden Augen vor sich stehen zu sehen. Spontan hatte Ida sie an der Wohnungstür umarmt und ihr einen Kuss auf die Wange gedrückt, eine Vertraulichkeit, die sie sich bisher nicht erlaubt hatten.

Auch Sofie schien etwas verlegen zu sein, denn sie huschte sofort in die Küche, um frischen Kaffee aufzusetzen.

Ida packte das Mobiltelefon aus und verband es mit dem Netzstecker, so dass sich der Akku auflud. Es war ein einfaches Gerät mit einer Prepaid-Karte, das die wichtigsten Funktionen hatte, die Sofie benötigen würde: Telefonieren sowie Textnachrichten verschicken und empfangen, eine einfache Kamera.

Nachdem sie die Bedienung des Handys durchgegangen waren und Sofie Idas Nummer gespeichert hatte, setzten sie sich an den Küchentisch, beide mit einem großen Becher Kaffee vor sich.

»Kekse habe ich diesmal keine«, entschuldigte sich Sofie. »Es war so viel los, dass ich gar nicht zum Einkaufen gekommen bin.«

Behaglich schlürften sie das das heiße Gebräu, wobei sie sich gegenseitig über den Rand der Tasse betrachteten, darauf lauernd, wer von ihnen zuerst ihre Neuigkeiten Preis geben würde. Schließlich stieß Sofie einen tiefen Seufzer aus. »Frau Steinhardt und Frau Klein kannten sich von früher, sie waren Kolleginnen«, begann sie, »und der Sohn von Frau Steinhardt kümmert sich jetzt um ihren Nachlass. Ich habe ihn gestern vor dem Haus seiner Mutter gesehen.« Sie nahm einen tiefen Schluck Kaffee, so als wäre ihr Mund vor Aufregung trocken geworden.

»Er ist also in der Stadt. Wann ist er eingetroffen?«

Sofies Mundwinkel glitten vor Enttäuschung nach unten. Sie hatte Ida überraschen wollen, aber ihre Bemühungen wurden nicht gelobt. Und die Frage konnte sie nicht beantworten. Stattdessen berichtete Ida ihr von ihren Erkenntnissen, die sie aus dem Internet gezogen hatte, und von den zusätzlichen Informationen, die Kommissar Gastner ihr gegeben hatte. Der Sohn von Frau Steinhardt war Frau Kleins erster Ehemann und nannte sich nun Stoneheart.

»Frau Steinhardt war also Frau Kleins Schwiegermutter.« Sofie schüttelte verwundert den Kopf. »Warum hatte sie weiterhin Kontakt zu Frau Klein, obwohl diese doch schon viele Jahre lang nicht mehr mit ihrem Sohn zusammen war?«

»Wie lange sie schon getrennt sind, wissen wir nicht«, machte Ida sie aufmerksam.

»Immerhin ist der Sohn Marius, der aus Frau Kleins zweiter Ehe stammt, schon erwachsen, er ist Student der Tiermedizin«, sinnierte Sofie. »Also muss Oliver, der Sohn aus der ersten Ehe mit Herrn Steinhardt – oder Stoneheart«, berichtigte sie sich, »noch ein kleines Kind gewesen sein, als die Eltern sich trennten. Aber er ist neun Jahre älter als sein jüngerer Bruder. Ein weiter Zeitraum. Wir müssen mehr darüber herausfinden.«

Der letzte Satz wäre eigentlich Idas Zeile gewesen. Sofie übernahm das Ruder. »Das Verbindungsglied ist Frau Brettschneider. Sie hat eine Beziehung zu dem zweiten Ehemann, Herrn Klein. Diese Beziehung ist sicherlich nicht nur geschäftlich, denn sie trifft sich mit ihm auch privat in seinem Haus.«

»Zumindest nachdem seine Frau gestorben ist, ob das auch schon vorher der Fall war, wissen wir nicht«, ergänzte Ida. »Es wäre interessant zu erfahren, ob Frau Brettschneider auch schon privat im Hause Klein verkehrte, als die Ehefrau noch lebte. Hatte sie auch zu Frau Klein ein freundschaftliches Verhältnis oder beschränkte sich ihre Vorliebe auf deren Ehemann?«

»Herr Klein jedenfalls nutzte die Gelegenheit aus, zwei Frauen zur Seite zu haben, die ihn finanziell unterstützten. Seine Ehefrau hat eine Bürgschaft abgegeben für einen Kredit, den er für seine Firma aufgenommen hatte, und Frau Brettschneider hat in dieselbe Firma investiert, um sie vor der Insolvenz zu bewahren.«

»Wie bequem für ihn, eine doppelte Absicherung zu haben.«

»Oder war es gar nicht bequem für ihn und er stand unter Druck?«, fuhr Sofie fort. »Was hatte Frau Brettschneider wohl als Gegenleistung dafür verlangt, dass sie in seine Firma investiert hat?«

Sie schwiegen eine Weile und wendeten sich wieder ihren Kaffeetassen zu. Sofie füllte nach.

»Dann ist da noch die junge Frau Fabius, die Studentin. In welcher Beziehung steht sie zu Frau Brettschneider? Auch sie scheint eine Spürnase zu sein. Jedenfalls ist sie sehr neugierig, fast aufdringlich. Sie hat sich förmlich an meine Fersen geklemmt, um mehr darüber zu erfahren, wen die Polizei verdächtigt.«

Sofie erzählte nun auch das Geschehen auf der Polizeiwache, als Frau Fabius sie begleitet hatte.

»Wer ist der Täter?«, fragte Ida ihre Freundin.

»Jemand, der sowohl Frau Klein als auch Frau Steinhardt, unsere beiden Opfer, loswerden wollte«, antwortete diese unwillkürlich.

»Die einzige Person, die sowohl zu Frau Klein als auch zu Frau Steinhardt in einer Beziehung stand, ist Eduard Stoneheart«, gab Ida zu bedenken. »Und er ist anscheinend auch mit Frau Brettschneider innig verbunden.«

»Du darfst Oliver nicht vergessen«, belehrte Sofie sie, »den Enkel von Frau Steinhardt und Sohn von Frau Klein aus erster Ehe.«

Ida fuhr sich mit den Händen durchs Gesicht, massierte Stirn und Schläfen, um besser nachdenken zu können, und formulierte die Gedanken, die ihr weiter in den Sinn kamen: »Außerdem kannte Frau Fabius sowohl Frau Klein, da sie die Mutter von Marius ist, ihrem Freund oder Geliebten, als auch Frau Steinhardt, weil diese ebenso wie Frau Fabius Mitglied des Krimi-Lesekreises war.«

»Und wie wir.« Sofie starrte erschrocken vor sich hin.

»Was meinst du?«

»Wir sind auch Teilnehmerinnen des Lesekreises.«

Beruhigend legte Ida eine Hand auf Sofies Unterarm. »Frau Fabius und Frau Brettschneider kennen die Familie Klein auch privat. Das ist bei uns nicht der Fall. Wir sind nur zufällig in diese Gruppe hineingeraten.«

Sofie schluckte trocken. »Aber ich war auch zu einem privaten Besuch im Haus der Familie Klein. Um mein Beileid auszusprechen.«

»Das ist etwas völlig anderes, Sofie. Du hast keinen Grund ängstlich zu werden. Lass uns lieber weiter zusammentragen, was wir noch herausgefunden haben.«

Sofie atmete noch einmal tief durch und sprach dann, wieder etwas entspannter, weiter: »Von den Anderen wissen wir nicht sicher, ob sie beide Personen kannten.« Sie starrte vor sich hin. Dann fiel es ihr ein: »Natürlich muss auch Marius Frau Steinhardt gekannt haben. Schließlich ist sie die Großmutter seines Halbbruders.«

»Was ist mit Herrn Klein?«, warf Ida ein. »Ob auch er die – frühere – Schwiegermutter seiner Ehefrau kannte?«

Erschöpft lehnten sie sich auf ihren Küchenstühlen zurück. Der Kaffee war leer getrunken. Sie fühlten sich ausgelaugt, die Erinnerungsspeicher in ihren Gehirnen waren gelöscht. Irgendwie mussten sie die Informationen, die sie hatten, nun miteinander verknüpfen, damit sich ein zusammengefügtes Bild ergeben würde, eine Gesamtschau, die ihnen weiterhelfen würde, den Täter oder die Täterin zu stellen.

18

Ida war gegangen und ließ Sofie erschöpft zurück. Sie saß in ihrer Küche am Tisch und alle Fragen, die sie erörtert oder sich gegenseitig gestellt hatten, waren mit ihr verschwunden. Sofies Haus war leer.

Mechanisch zog sie ihr Notizbuch heran und schrieb. Namen: Frau Brettschneider, die von Herrn Klein geschickt worden war, vielleicht zum Spionieren, Frau Fabius, die angeblich Marius' Mutter kennenlernen wollte, und Frau Steinhardt, die sich von ihrer ungeliebten Ex-Schwiegertochter unterweisen ließ. Keine von ihnen hatte ein echtes Interesse an dem Lesekreis gehabt, Frau Klein hatte es gewusst und dennoch tapfer ihre Themen und Bücher durchgearbeitet.

In vielen Kriminalgeschichten ging es im Grunde um einen Hauptmord, alle weiteren waren eine Folge davon, weil es entweder Fehler gab, die vertuscht oder Mitwisser, die zum Schweigen gebracht werden mussten. Nur selten wurde der erste Mord verübt, um den zweiten anders erscheinen zu lassen, und noch seltener wurde die Reihenfolge vertauscht und der zweite Mord zuerst entdeckt.

Sofie konnte nicht anders, ihre Gedanken kreisten wieder um Krimis. Diese zwei Frauen, die miteinander verbunden waren, eine solche Geschichte stand in keinem Buch. Das war ein Einzelfall.

Sie sah auf die mittlerweile mehrfach umkreisten Namen und stand auf. Sie streifte im Wohnzimmer umher und betrachtete die Bücher, die sich auf dem Bücherbord, hinter der Glasvitrine des Schrankes und auf dem Seitentischchen neben der Couch angesammelt hatten. Dabei verspürte sie in keiner Weise das Bedürfnis, sich in ihren Lieblingssessel zu setzen und zu lesen.

Ein Stapel von vier Büchern lag auf dem Tisch, Bücher aus der Bücherei. Sie hatte nicht mehr daran gedacht, sie mussten überfällig sein. Hastig wühlte sie in der Geldbörse mit den Einkaufszetteln, der Ausdruck der Bibliothek trug die Frist von vor über einer Woche! Nie war sie so nachlässig gewesen. Aber das Schlimmste war, dass sie die Bücher alle nicht gelesen hatte.

Nach weniger als zehn Minuten ging Sofie durch die Eingangspforte ihres kleinen Vorgartens und grüßte dabei höflich nach rechts. Der aschblonde Haarschopf von Frau Huber erhob sich, ein kurzes Nicken und dann sah Sofie wieder den runden Rücken. Wenn sie nicht so in ihre Gartenarbeiten versunken wäre, würde Frau Huber eine gute Zeugin abgeben, die über ihre Außer-Haus-Zeiten bestens hätte Auskunft geben können, dachte Sofie. Aber vielleicht konnte sie es trotzdem, man durfte die Fähigkeiten von Nachbarn nie unterschätzen. Sonst wäre sie gestern nicht so gut über Frau Steinhardt informiert worden.

Sie kam nur bis zur nächsten Ecke, dann durchfuhr es sie. Sie hatte etwas vergessen. Ihr neues Handy! Jetzt hatte Ida sich so viel Mühe gemacht und ihr alles erklärt und sie hatte es in der Küche liegen gelassen.

Als sie sich kurzentschlossen umdrehte, huschte ein Schatten zwischen den großen Koniferen vor dem ehemaligen Gemeindehaus auf der rechten Straßenseite. Die Fichten und Zypressen dienten den Sommer über als Refugium für größere Vögel wie Tauben und Elstern. Das langgestreckte Gebäude dahinter war schon vor langer Zeit in eine Künstlerwerkstatt umfunktioniert worden. Dort trafen sich Maler und Bildhauer zu verschiedenen Workshops. Gustav hatte vor Jahren einmal einen Holzschnitzkurs besucht, eine Beschäftigung aus Kindertagen, die er im Alter wiederentdeckt hatte. Damals war ihr das erste Mal aufgefallen, dass Vieles wieder zum Anfang zurückkehrt. Das Leben ist ein Kreis, wenn es vollendet ist. Sofie ging langsam zur Eingangspforte. Frau Kleins Leben war nicht vollendet. Ob dieses Aquarium von Frau Steinhardt auch ein Interesse aus der Kindheit war? Sofie schaute nach links, ihre Nachbarin war nicht mehr im Garten.

Mit Handy in der Tasche schlug sie nochmals den Weg zur Bücherei ein.

Reumütig zahlte sie die Überziehungsgebühren, niemand erwartete eine Entschuldigung. Weil sie nun einmal hier war, ging sie noch zu den Regalen mit der Kriminalliteratur. Einige Besucher saßen an den Computern und ein paar schlenderten mehr oder weniger suchend an den Regalen mit der Belletristik entlang. Menschen, die Bücher lieben, dachte Sofie.

Eine Stimme in ihrem Ohr: *Der interessiert sich nur für Bücher.* Sie wühlte in ihrem Gedächtnis. Der geheimnisvolle Herr Feinstein. Jemand aus Frau Steinhardts Nähe, der Mieter in ihrem Zweifamilienhaus. Sofie hatte nicht gewagt, Frau Freitag nach ihm zu fragen, weil sie doch die gute Bekannte von Frau Steinhardt gewesen war und es hätte wissen müssen. Jetzt ärgerte sie sich, dass sie das versäumt hatte.

Die nette Dame an der Anmeldung lächelte sie an. Ob Herr Feinstein in der nächsten Zeit über Bücher referiere, fragte Sofie schüchtern. Es war ein Versuch ins Ungewisse. Wenn sich jemand nur für Bücher interessierte, dann gehörte er vielleicht dem Literaturzirkel der Bibliothek an, der dort in regelmäßigen Abständen Veranstaltungen abhielt. Er war der Bibliothekarin unbekannt. Sie aufzufordern nachzusehen, ob er als Büchereibenutzer eingetragen war, konnte sie sich sparen. Sie kannte den Datenschutz.

Aber als Sofie aus dem Büchereigebäude heraustrat, weihte sie direkt ihr neues Mobiltelefon ein und wählte Idas Nummer aus der Kontaktliste. Ein paar Knopfdrücke genügten.

»Herr Feinstein«, hauchte sie ohne große Begrüßung in das kleine Gerät. »Ich habe vergessen, dir von ihm zu erzählen. Er ist Mieter im Haus von Frau Steinhardt, wohnt in der Wohnung neben ihrer. Und er ist ein Bücherliebhaber. Er muss irgendetwas davon mitbekommen haben, als Frau Steinhardt in ihrem Haus umgebracht wurde.«

»Die Polizei hat ihn sicher verhört, wenn er sich in der Wohnung nebenan aufgehalten hat«, erwiderte Ida nachdenklich.

»Er könnte aber auch Zugang zu ihrer Wohnung gehabt haben. Die Nachbarin, Frau Freitag, behauptet, er wisse nichts. Aber kann es wirklich sein, dass er nichts gehört hat? Ich meine, es muss doch laut zugegangen sein, Frau Steinhardt ist bestimmt nicht friedlich dahingeschieden.«

»Sehr schön, Sofie, sehr schön«, sagte Ida. Sie klang, als wäre sie in Gedanken schon wieder bei einem neuen Plan, wie sie ihre Ermittlungen ohne sie weiter führen könnte.

19

Gerät ausschalten? Sicherheitshalber drückte Sofie auf *Ja*. In Medienberichten wurden oft die unterschiedlichen Kostenfallen bei Handys beklagt, sie wollte in keine tappen.

Ida hatte sie wieder aufgebaut, wie so oft. Sofie war jetzt sogar stolz, eine Neuigkeit beigetragen zu haben, obwohl Herr Feinstein für sie bereits als kalte Spur feststand. Immerhin war er ein Zeuge, mehr oder weniger. Dennoch, was nützte es ihnen?

Innerhalb einer Minute war ihr kleines Hochgefühl dem vorherrschenden Tief des Nachmittags gewichen. Sie trat aus dem Schatten des Baumes, an den sie sich während des kurzen Telefonats mit Ida gelehnt hatte. In der Straße zeigten die Gaslaternen zögerlich schmale Lichtfäden, die Dämmerung war heraufgezogen und hatte wohl einen nicht unwesentlichen Anteil an ihrer Stimmung.

Das Auto bremste quietschend direkt vor Sofie. Die Wagentür wurde aufgestoßen.

»Schnell, steigen Sie ein!« Eine hastige, fast tonlose Aufforderung. Die Dringlichkeit in der Stimme ließ Sofie zum Türgriff fassen, sie beugte sich vor.

Frau Fabius sah über den Beifahrersitz hinweg zu ihr hoch, ihre Wangen glühten.

»Um Himmels willen, was ist geschehen?«, konnte Sofie noch von sich geben, dann saß sie schon neben ihr und wurde durch die Beschleunigung in den Sitz gedrückt. Frau Fabius musste sie abgepasst haben, denn woher hätte sie wissen können, dass Sofie in dieser völlig unbedeutenden Straße unterwegs war?

»Sagen Sie doch, was los ist.« Irgendetwas musste passiert sein, wahrscheinlich mit Marius. Sonst wäre Fabius nicht so aufgeregt. Sie hatte die helle Bekleidung ihrer letzten Begegnung gegen eine dunkle Jacke und dunkelblaue Jeans getauscht. Ihre Haare waren offen und kräuselten sie sich ungezähmt. In diesem lässigen Stil wirkte sie bestimmt sehr attraktiv auf Männer. Sie sagte nichts, sondern fuhr zielstrebig aus der Kleinstadt hinaus.

»Wohin wollen wir?«

Wir? Warum wollte sie eine Gemeinschaft mit Frau Fabius bilden? Weil sie schon einmal in ihrem Auto gesessen hatte? Vielleicht machte die rasante Fahrt sie schwindelig, sie hatte schon seit ein paar Stunden nichts gegessen oder getrunken. Manchmal verschwammen Menschen mit ähnlichen Eigenschaften in ihrer Vorstellung, sie hatte dies schon seit einiger Zeit wahrgenommen und als eine Art Begleiterscheinung des Alters abgetan. Sie hatte den Kopf voller Erlebnisse eines langen Lebens und dem Neuen haftete jetzt immer etwas an, das schon bekannt war. Verbindungen, Assoziationen waren fast zwingend. Ein Automatismus. Wie eine jüngere Ida wirkte Frau Fabius auf sie, entschlossen, zielstrebig, kühl überlegend.

»Was haben Sie vor?« Sofie bekam auch hierauf keine Antwort.

Sie starrte in den Scheinwerferkegel vor ihnen und war seltsamerweise froh sitzen zu können. Die Landstraße schlängelte sich zwischen abgeernteten Feldern hindurch. Der freie Himmel gebot der Dunkelheit noch eine Weile zu warten, ohne sie letztendlich aufhalten zu können.

Bald darauf bogen sie in einen Feldweg und fuhren geradewegs durch ein offen stehendes Garagentor. Frau Fabius stieg flink aus und schloss es. Sofie öffnete die Autotür und wurde im nächsten Augenblick unsanft an den Armen gepackt und herausgezerrt. Eine Lampe in der rechten Ecke spendete trübes Licht. Die Garage entpuppte sich als eine Art Scheune. Sie roch Pferdemist und hörte leises Schnauben.

»Was wollen Sie von mir?«

»Sie sind zu neugierig.«

Sofie fing an zu schwitzen, Frau Fabius wurde zu jemandem, den sie nicht kannte. Sie sah sie mit kalten Augen an, den Mund verkniffen. Sofie stolperte ein paar Schritte rückwärts, streckte ihre Hand aus, spürte Holz, einen hellen Schmerz in ihrem Zeigefinger.

»Ich habe Ihnen doch gesagt, Sie sollen besser auf sich Acht geben, mit Ihrem Herzen.« Die Stimme klang jetzt eisig und vor allem unaufgeregt.

Sofies Herz war gesund, aber die Aufregung tat ihm gewiss nicht gut. Sie hatte nur eine Schwäche vorgetäuscht, als sie sich Zutritt zu dem Haus von Familie Klein verschafft hatte. Auch der Nachbarin von Frau Steinhardt hatte sie etwas vorgespielt. Aber trotzdem konnte sie sich nicht allzu lange auf den Beinen halten, sie hatte die letzten Jahre zu viel herumgesessen und gelesen.

»Haben Sie Frau Klein und Frau Steinhardt getötet?«

Fabius lachte höhnisch. »Es ist schon eine Ironie«, sagte sie, »wir sind uns ähnlich. Weder Ihnen noch mir traut man so eine Tat zu. Wir sind zu unbedeutend.«

»Nein, das ist es nicht«, gab Sofie trotzig zurück, »ich habe kein Motiv.«

»Da sind wir uns wieder ähnlich. Ich habe auch kein Motiv.« Sie sah sie lächelnd an und Sofie hatte die Hoffnung, es wäre alles nur ein Scherz.

»Frau Fabius«, sagte sie leise, denn vielleicht war sie einfach nur durchgedreht, verzweifelt wie eine Trauernde. »Wir können doch ganz normal reden. Ich glaube nämlich auch jetzt nicht, obwohl Sie mich hierher gebracht haben, dass Sie jemanden getötet haben.«

»Ich habe niemanden umgebracht«, sagte sie bestimmt und lächelte wieder. »Bis jetzt.«

Die Stille danach war kalt und so vollkommen, dass Sofie sich von der Welt abgeschnitten fühlte, wie in einem Niemandsland zwischen den Zeiten und Welten.

»Eigentlich mag ich Sie, Frau Bergmann. Und Marius hat Sie gemocht, wirklich. Wenn Sie jünger gewesen wären, hätte ich sogar eifersüchtig sein müssen. Er hat gespürt, dass Sie es nicht ertragen konnten, dass seine Mutter so ein Schicksal erleiden musste.«

Sie machte eine Pause, aber Sofie tat ihr nicht den Gefallen, eine Frage zu stellen.

»Sie haben noch den Tod Ihres Mannes vor Augen, deshalb konnten Sie sich besser in Marius einfühlen als ich. Sie haben sich zurückgezogen, hatten nur noch den Lesekreis und haben sich in die Krimis geflüchtet. Nur Ihre Freundin konnte Sie ab und zu da rausholen, aber ich habe Sie beobachtet, so viel Kontakt haben Sie beide auch nicht. Frau Wirtz ist um einiges jünger als Sie, sie hat noch andere Interessen, recherchiert, schreibt, reist, besucht Literaturfestivals.«

Sofie machte ein verdutztes Gesicht.

»Ja, man muss sich vorbereiten.«

»Ich verstehe nicht.«

»Ich will Marius helfen. Ich kann es nicht zulassen, dass er bestraft wird.«

»Wofür denn? Er hat doch seine Mutter nicht umgebracht.« Sofie versagte die Stimme.

Frau Fabius kam langsam auf sie zu. Sie hatte etwas in der Hand. Ein Röhrchen. Sofie wich ihrem Blick aus, sah auf ihren blutenden Finger, fühlte den Holzsplitter. Der Boden war mit Stroh bedeckt, sie war in einem Pferdestall. Marius war in der Ausbildung zum Tierarzt. Hatte Ida nicht gesagt, Ketamin spielte eine Rolle, ein Betäubungsmittel für Tiere?

»Marius hätte doch kein Mittel verwendet, das direkt auf ihn hindeutet. So dumm ist er nicht.«

»Dumm nicht, aber verzweifelt. Frau Steinhardt hat der Familie jahrelang zugesetzt. Sie hat es Frau Klein nie verziehen, dass sie ihren nichtsnutzigen Sohn verlassen hat. Aber jetzt, wo Marius und sein Bruder erwachsen sind und ihr eigenes Leben führen, brauchte Frau Klein sie nicht mehr zu beschützen. Sie hat sich nicht mehr bedrohen und niedermachen lassen. Und darum hat die Alte sie umgebracht.«

Sofie schwirrte der Kopf. Sie drückte den Rücken an die Holzwand, das Atmen fiel ihr schwer.

»Wer brachte wen um?«

»Frau Bergmann, konzentrieren Sie sich. Das wollten Sie doch wissen. Frau Steinhardt hat ihre Ex-

Schwiegertochter umgebracht und zwar so, dass der Verdacht auf Marius fallen musste, aber sie hatte nicht gewusst, dass er in Schottland war. Sie wollte die ganze Familie zerstören. Ihr lief die Zeit davon, sie war alt. So hat sie das allerletzte Mittel angewandt.«

»Sie meinen, Frau Steinhardt ist die Mörderin von Frau Klein?«

Frau Fabius stoppte direkt vor Sofie, ihre Schultern sackten nach unten, als könnten sie die Last nicht mehr tragen. »Für Marius war es zu viel. Darum hat er eine Dummheit gemacht und sie getötet. Es war eine Affekttat, das ist Ihnen doch auch klar.«

»Sie sagen, Marius hat Frau Steinhardt, die Großmutter seines Bruders, getötet?«

»Sie sprechen es aber ganz genau aus. Man könnte mitschreiben.«

Sofie hatte nur eine Chance. Sie straffte sich. »Das glaube ich nicht. Er ist kein Mensch, der jemanden töten würde.«

»Er war so verzweifelt. Sie haben ihn doch gesehen.«

»Ich glaube es nicht. Und ich verstehe nicht, was Sie jetzt von mir wollen.«

»Sie könnten ebenfalls Frau Steinhardt getötet haben, ganz einfach, weil sie Frau Klein verehrt haben. Sie haben Schuldgefühle wegen Ihres Mannes. Das ist mir gleich aufgefallen, als ich Sie gesehen habe.«

Sofie wollte nicht wissen, woran man Schuldgefühle von außen erkennen kann. Sie wollte gar nichts mehr wissen, das Einzige, was ihr klar wurde, war, dass Frau Fabius übergeschnappt war. Sie wollte, dass Sofie die Schuld für Marius auf sich nahm, und da sie das nicht tun würde, durfte sie nichts mehr aussagen. Sie befand sich mitten im Klischee eines Thrillers: die Unschuldige in Lebensgefahr, die Unschuldige, die geopfert wurde, ein Selbstmord aus Verzweiflung und zugleich ein Schuldeingeständnis.

»Wenn man mich hier findet, wird man sich fragen, wie ich hierhergekommen bin.«

»Ich werde Sie natürlich woanders hinbringen.«

»Frau Fabius, das ist nicht durchdacht. Wenn ich mich umbringen würde, dann doch wohl zu Hause. Außerdem, wie sollte der Selbstmord aussehen?«

»Ich hatte gedacht, etwas von diesem hier«, sie hielt Sofie ein Tablettenröhrchen vor die Augen. »Und ich werde Sie auf den Friedhof zu Ihrem Mann bringen, das ist doch plausibel.«

Es war sehr plausibel, für jeden außer für Ida. Sofies Nachbarin würde aussagen, sie wäre um halb fünf Uhr weggegangen. Es war nachprüfbar, dass sie noch gewissenhaft ihre Leihbücher abgegeben hatte, dass sie sich nach dem Mieter von Frau Steinhardt erkundigt und es Ida noch telefonisch mitgeteilt hatte.

»Sind Sie sich absolut sicher, dass es Frau Steinhardt war, die Frau Klein umgebracht hat?« Falls Sofie sterben sollte, wollte sie zumindest alles geklärt haben.

Frau Fabius sah sie misstrauisch an.

»Sie haben Sie vor dem Schultor getroffen, erinnern Sie sich? Ist Ihnen da etwas aufgefallen? War Frau Steinhardt außer Atem, erregt?«

»Was wollen Sie damit sagen?« Fabius zitterte leicht.

»Ich glaube nicht, dass Frau Steinhardt Emma Klein getötet hat. Frau Klein hätte sich gewehrt.«

Sofie dachte wieder an den Schlüssel, den Frau Steinhardt zur Tatzeit gehabt hatte. Sie hatte es zugegeben. Als Schuldige hätte sie ihn einfach verschwinden lassen und nie erwähnt. Frau Fabius wusste anscheinend nichts von dem Schlüssel.

»Sie hat es einige Zeit vorher getan und hat sich dann so verhalten, als wäre sie gerade zur selben Zeit wie ich angekommen.«

»Frau Klein ist aber nicht sehr viel früher im Raum gewesen.«

Fabius war aus dem Konzept gebracht. Sie schien angestrengt nachzudenken. »Frau Steinhardt war berechnend, es hat ihr nichts ausgemacht sie umzubringen.«

»Wäre die berechnende Frau, der die Zeit davon lief, nicht stolz auf ihre Tat gewesen, ein letzter Triumph sozusagen, hätte Sie nicht gewollt, dass es die Familie erfährt?«

Fabius überlegte.

»Hat Marius Ihnen wirklich erzählt, dass er Frau Steinhardt umgebracht hat, oder nehmen Sie es nur an?«

Fabius brach zusammen. »Er hat gesagt, dass sie es verdient hat. Er hat ...«, sie schluchzte auf.

»Marius hat sie nicht getötet«, sagte Sofie so bestimmt, als wüsste sie es. Beinahe hätte sie noch hinzugefügt, *lassen Sie uns nach Hause fahren*.

Abrupt lief Fabius zum Tor, öffnete es und schloss Sofie ein. Von einer auf die andere Sekunde war sie allein. Widerstrebend sah sie sich um. Dann begann das Zittern. Sofie zwang sich zur Ruhe, wie hatte sie nur so überlegt und kühl mit Frau Fabius reden können? Stand sie unter einer Art Schock? Ihr Zeigefinger mit dem Splitter schmerzte wieder. Falls sie hier nicht mehr herauskommen sollte, könnte sie wenigstens eine Spur hinterlassen, dachte sie, ein blasses Abbild ihres

Trotzes. Sie rieb mit der Hand an den Brettern entlang, die winzige Wunde vergrößerte sich und blutete stärker als zuvor.

Wo war sie? Würde jemand diesen verlassenen Stall überhaupt in Betracht ziehen? Es war lächerlich. Aber dann dachte sie an Ida und ihre klaren, logischen Überlegungen. Das Handy.

Frau Fabius hatte sie nicht durchsucht. Sofie atmete tief ein. Mit zitternden Fingern holte sie das kleine Gerät aus ihrer Tasche, schaltete es ein und drückte auf die Taste mit dem grünen Telefonhörer. Ein hoher Piepton erklang. Sie zuckte, beinahe wäre ihr das Handy aus der Hand geglitten. Im Halbdunkel sah sie das Display rot leuchten. Kein Netzempfang. Sie hielt es in die Höhe, aber ausgerechnet hier, zwischen Feldern in einer Talsenke, gab es keinen Empfang. Sie tippte eine Nachricht ein und drückte auf *Senden*, in der Hoffnung, dass sie irgendwie Ida erreichen würde. Dann zwangen dröhnende Kopfschmerzen sie zu Boden. Sie schloss die Augen.

20

»Klaus Gastner hier.« Die Stimme am anderen Ende der Telefonleitung kam Ida bekannt vor, aber es dauerte einige Sekundenbruchteile, bis in ihr Bewusstsein vordrang, dass es sich um die des Kriminalkommissars handelte. Er klang kein bisschen dienstlich.

»Ich möchte mich noch einmal für das Mittagessen und den Kaffee bedanken.«

So außergewöhnlich war ihre improvisierte kleine Mahlzeit nicht gewesen, aber vielleicht war der Kommissar längere Zeit nicht verwöhnt worden.

»Ich würde mich gerne revanchieren.« Ein lautes Räuspern war zu hören. »Ich kann zwar nicht kochen, aber ich kenne ein nettes kleines Lokal, in das ich Sie einladen möchte.«

»Das freut mich sehr. Was schlagen Sie vor?«

»*Am alten Mühlenbach*. Dort gibt es frisch gefangene Forellen.« Erneutes Räuspern. »Sie können aber auch Fleischgerichte bestellen, und es gibt sogar vegetarische Speisen.«

»Das hört sich gut an.«

»Ich kann Sie abholen. Passt es Ihnen heute Abend?« Er zögerte kurz. »Oder ist es zu kurzfristig?«

»Wenn Sie nicht mit dem Dienstfahrzeug kommen, ist es mir recht«, lachte Ida.

Nachdem sie sich auf eine Uhrzeit geeinigt und das Gespräch beendet hatten, ließ sie die Hand noch für einen kurzen Augenblick auf dem Telefonhörer liegen. Wie erfreulich, dass Klaus Gastner sich nicht geschämt hatte zuzugeben, dass er nicht kochen konnte, anders als anscheinend viele Männer heutzutage, die Kurse besuchten und das Kochen als hochstilisiertes Hobby betrieben, so als handelte es sich beim Zubereiten von Mahlzeiten nicht um eine alltägliche Verrichtung, sondern um eine elitäre Kunstfertigkeit. Andererseits bedeutete ein gemeinsames Essengehen eine willkommene Abwechslung von der üblichen Routine, selbst etwas herrichten zu müssen. Es war eine soziale Angelegenheit, ein Anlass sich persönlich kennenzulernen und vielleicht auch sich näher zu kommen.

Ida überlegte, was der Kriminalhauptkommissar wohl im Sinn hatte, sah es aber eher als Herausforderung an, sich wieder mehr in sozialen Kontakten zu üben. Auf jeden Fall aber schien er sie nun endgültig als Verdächtige ausgeschlossen zu haben.

Er hatte ihr nicht zu viel versprochen. Das kleine Restaurant *Am alten Mühlenbach*, außerhalb des kleinen Städtchens in einem Tal in der Nähe des Naturschutzgebietes gelegen, war rustikal und gemütlich eingerichtet, die Speisekarte aber erstaunlich vielseitig. An der hinteren unverputzten Steinwand knisterte gemütlich ein Kaminfeuer. Nur hin und wieder flackerten die Flammen erbost auf, wenn ein Windstoß durch den Kamin fuhr. Ansonsten spürte man im Inneren des

Lokals nichts von dem draußen auffrischenden Herbststurm.

Gastner rückte ihr den hochlehnigen Stuhl zurecht, so dass sie sich setzen konnte, und ließ sich dann ihr gegenüber nieder. Auf seinem Gesicht lag eine freudige Erwartung. Von der Grimmigkeit und leichten Gereiztheit, die Ida an ihm kennengelernt hatte, war nichts mehr zu spüren.

Auch äußerlich wirkte er anders. Statt des unauffälligen hellblauen Hemdes, das er im Dienst unter einem ausgeleierten Sakko getragen hatte, hatte er ein fast verwegenes modisches Rosa gewählt. Außerdem hatte er die Haare geschnitten. Das Grau wirkte nun silbern und markant. Männlicher. Er selbst machte einen wachen und nicht so erschöpften Eindruck.

Nachdem sie ihre Speisen gewählt hatten, er die gebratene Forelle, sie einen großen Salatteller mit gerösteter Entenbrust, schenkte er gekühlten Riesling ein und Ida bemerkte die goldschimmernden Härchen oberhalb seines knochigen Handgelenks. Seine Hände gefielen ihr.

»Auf den heutigen Abend.« Er hob sein Glas und hielt es ihr entgegen.

»Ich heiße Ida«, prostete sie ihm zu und zuckte im selben Augenblick zurück, weil sie gewagt hatte, ihm das Du anzubieten. Aber er ging bereitwillig auf das Angebot ein: »Klaus.«

Sie nahmen beide einen großen Schluck. Obgleich er auf sie zurückhaltend und nicht sehr gesprächig wirkte, schien er doch völlig in sich zu ruhen und sich seiner selbst bewusst zu sein. Das machte sie unsicher. Ausnahmsweise hatte sie nicht die Kontrolle über das

Geschehen und möglicherweise auch nicht über diesen Menschen.

Um das unbehagliche Gefühl zu beseitigen, begab Ida sich auf sicheres Terrain: Sie ließ den Verstand arbeiten. »Meine Freundin hat eine interessante Entdeckung gemacht«, versuchte sie das Gespräch auf die Ermittlungen zu lenken. »Ein Nachbar oder Mieter der verstorbenen Frau Steinhardt.«

Klaus hob belustigt die Augenbrauen. »Ich habe einen dienstfreien Abend und wollte mich eigentlich gerne mit dir privat unterhalten.«

Das Essen wurde serviert und sie wurde einer Antwort enthoben.

Klaus griff beherzt zu und sezierte die Forelle mit Hilfe einer geschickten Bedienung des Fischmessers. Während Ida zwischen Salatblättern und Gemüserohkost herumstocherte, überlegte sie, wie sie das Thema von ihrer Person ablenken und zu dem Kriminalfall überleiten konnte. Aber das war gar nicht nötig, denn auch Klaus schien das Berufliche und das Private nicht gerne zu trennen und ging ohne weitere Aufforderung auf ihre Bemerkung ein: »Du meinst sicher Herrn Feinstein. Auf ihn sind wir auch schon gestoßen.«

»Sofie, also Frau Bergmann, meint, er käme vielleicht als Beteiligter in Frage.«

Klaus beobachtete sie mit seinen grauen Augen, während er genüsslich kaute. Also sprach sie weiter: »Ich halte das für sehr weit hergeholt. Er wohnt im selben Haus wie Frau Steinhardt, deshalb besteht eine gewisse räumliche Nähe, aber ich wüsste nicht, in welcher Beziehung er zu dem Opfer gestanden hat und welches Motiv er haben sollte. Deshalb habe ich selbst ihn als Täter ausgeschlossen.«

»Immerhin hat Herr Feinstein Frau Steinhardts Leiche gefunden«, bemerkte Gastner wie selbstverständlich. »Deshalb haben wir ihn zunächst als Zeugen vernommen.«

Er nahm einen Happen und schlang ihn fast in einem Bissen hinunter. Dann griff er erneut nach dem Weinglas. »Und du? Hast du weiter die Privatdetektivin gespielt?«

Obgleich ihr die Bezeichnung *Privatdetektivin* nicht zusagte, hatte sie tatsächlich weitere Ermittlungen im weltweiten Netz angestellt. Dabei hatte sie, nachdem sie endlich den richtigen Nachnamen wusste, herausgefunden, dass Eduard Stoneheart der CEO eines in der Schweiz ansässigen und international tätigen Pharmaunternehmens war, dasselbe Unternehmen übrigens, in dem auch sein Sohn Oliver tätig war, um in abgelegenen Gebieten der Erde neue Arzneimittel zu erforschen, deren natürliche Wirkstoffe in Pflanzen und Mineralien vorzufinden waren. Vater und Sohn hatten Zugang zu allen möglichen heilenden, aber auch giftigen Stoffen, die in der Natur vorkamen und chemisch synthetisiert werden konnten. Ob eine bestimmte Substanz eine schädliche Wirkung hatte, hing allerdings häufig nur von ihrer Dosierung ab.

»Stoneheart hat eine Zeitlang in den USA gelebt. Dort hat er seinen Namen von Steinhardt in die englischsprachige Version *Stoneheart* umbenannt«, erwiderte Ida. »Er war für mehrere Unternehmen tätig, alles internationale Konsortien und alle aus dem Pharmabereich. Aber soweit ich herausfinden konnte, war kein deutsches Unternehmen darunter.«

Nun musste sie doch etwas zu kauen haben, um das Denken anzuregen, und biss in ein knackiges Möhrenstück. »Was macht Stoneheart hier in unserer Kleinstadt? Etwas muss ihn veranlasst haben, nach Deutschland zurückzukehren, abgesehen davon, dass seine Mutter gestorben ist. Er muss schon vorher eingetroffen sein, denn er wurde im Haus von Frau Steinhardt gesehen. Vielleicht hat er hier etwas zu erledigen.«

»Genau das wollen wir noch ermitteln«, warf Klaus Gastner ein. »Aber er war bisher nicht besonders kooperativ.«

Er hatte seine Hauptmahlzeit beendet und schenkte sich noch ein Glas Weißwein ein. Nachdem er es geleert hatte, stellte er es auf dem Tisch ab.

»Ich glaube, ich höre jetzt besser auf zu trinken, ich muss gleich noch Autofahren. Möchtest du auch einen Kaffee?«

Sie hatte kaum etwas von ihrem Salatteller gegessen, so sehr war sie mit dem Fall beschäftigt gewesen.

»Nein danke, vielleicht lieber einen Kräutertee.«

Während Klaus die Bestellungen aufgab, setzte sie ihren Gedanken fort. Sie glaubte nicht, dass Stoneheart seiner Ex-Frau noch so eng verbunden war, dass er eigens für ihre Beerdigung nach Deutschland eingereist war. Sie vermutete, dass es eher etwas mit seinen Geschäften zu tun hatte.

Klaus Gastner entschuldigte sich, kurz nachdem er seinen Kaffee ausgetrunken hatte, und ging zu den Toiletten im hinteren Bereich des Restaurants. Ida ergriff die Gelegenheit und versuchte Sofie auf dem Handy zu erreichen. Sie wollte ihr die neugewonnenen Erkenntnisse mitteilen. Sie mussten, was Herrn Feinstein betraf, noch einmal umdenken. Doch nachdem sie die gespeicherte Nummer eingegeben hatte, sprang sofort die Mailbox an. Entweder hatte Sofie das Gerät ausgeschaltet oder sie hatte keinen Empfang. Ida fragte sich, wo sie sich gerade aufhielt. Sie hatte bei ihrem Gespräch am Nachmittag nicht erwähnt, dass sie noch etwas vorhatte.

»Wollen wir noch einen kleinen Spaziergang machen?« Klaus war zurückgekommen und hatte offensichtlich auch gleich die Rechnung beglichen. »Es ist zwar etwas stürmisch draußen, aber ein bisschen frischer Wind kann nicht schaden, denke ich.«

Just in diesem Augenblick bebte Idas Mobiltelefon, das noch auf dem Tisch lag, und leuchtete hell auf. Eine SMS von Sofie war eingetroffen, seltsamerweise zeigte sie aber an, dass die Nachricht bereits am späten Nachmittag verschickt worden war. Sie hatte sicher in einem Funkloch festgesteckt und war erst zugegangen, nachdem die Verbindung wiederhergestellt war.

Hilfe! Frau Fabius hat mich eingesperrt. Bin in einer Scheune auf einem alten Bauernhof, ¼ Stunde außerhalb der Stadt, nördliche Richtung.

Ida zeigte Klaus Gastner die SMS. »Sofie steckt in Schwierigkeiten. Wir müssen ihr helfen.«

Er runzelte die Stirn. »Ich kenne einen stillgelegten Reiterhof, auf den die Beschreibung zutreffen könnte.«

Er war schon auf dem Weg zur Garderobe.

»Lass uns sofort hinfahren. Ich kann vom Auto aus Verstärkung und einen Krankenwagen anfordern.«

Er hielt ihr ihre Jacke hin, so dass sie schnell hineinschlüpfen konnte. »Aber du musst fahren«, sagte er, »ich habe zu viel Wein getrunken.«

21

Begleitet vom Heulen des Windes, der durch die Ritzen der Scheune blies, vernahm Sofie ein Klopfen, eine dunkle Stimme und verschwommene Worte. Es war immer noch dunkel. Sie musste eingedöst sein, auf dem Beifahrersitz, denn von dort konnte sie leichter aufstehen. Vor ein paar Stunden oder Minuten war sie auf dem Boden liegend aufgewacht und hatte sich, nachdem sie noch vergeblich um Hilfe gerufen und an der Tür gerüttelt hatte, in den Wagen gesetzt.

Sie hielt unwillkürlich den Atem an, als ob eine Bedrohung bevorstünde. Vielleicht kam jemand, der sein Pferd versorgen wollte. Aber das war nicht möglich, nicht jetzt, mitten in der Nacht. Mit einem Mal erschien ihr der geschlossene Raum wie ein Schutzraum. Sie wollte nicht, dass jemand eindrang.

Sie hörte das Geräusch eines Schlüssels im Schloss. Sie duckte sich und lugte über die Sitzlehne des Beifahrersitzes durch das Rückfenster. Diese sehr unbequeme Haltung rief einen stechenden Schmerz in ihrer linken Hüfte hervor. Sie würde sich am nächsten Tag kaum bewegen können, falls es einen nächsten Tag für sie geben würde.

»Hallo! Haben Sie keine Angst. Ich hole Sie heraus. Stefanie wollte das nicht.«

Die Stimme klang sympathisch, aber danach wollte sie nicht urteilen; auch psychopathische Mörder hatten wohlklingende Stimmen.

Dann stand er vor ihr wie ein *deus ex machina* und schaute mit einem Lächeln auf sie herab. »Haben Sie keine Angst«, wiederholte er, »es kommt alles in Ordnung.«

Die Augen kamen ihr bekannt vor, aber der restliche Körper dieses jungen Mannes war ihr fremd. Er war etwa dreißig, schlank und dunkelhaarig.

»Es ist unverzeihlich, ich weiß. Ich hoffe nur, dass Sie verstehen, dass Frau Fabius sich in einer Ausnahmesituation befand.«

»Ausnahmesituation«, krächzte Sofie. Ihr Mund war trocken, der Hals schmerzte. »Ich bin in einer absolut unglaublichen Ausnahmesituation.«

Er sah verlegen zu Boden und räusperte sich. »Hoffentlich geht es Ihnen gut.«

Sie kniff die Augen zusammen. Zwar hatte sie sich an dieses schummrige Licht gewöhnt, aber ihr wurde bewusst, dass sie trotzdem nicht genug sah, um ihre Angst zu besiegen.

»Bitte.« Er bot ihr seine Hand – die Handfläche nach oben – an. Fast hätte man meinen können, er forderte sie zum Tanzen auf.

»Wer sind Sie?«, brachte sie mühsam hervor.

»Verzeihen Sie, dass ich das vergessen konnte. Ich bin Oliver Stoneheart, ein Freund von Frau Fabius.«

Sofie hatte sich schon aufgerichtet und sackte nun in den Sitz zurück. Der Sohn von Frau Klein und der Halbbruder von Marius.

»Sie sind …« Sie ermahnte sich zur Beherrschung. »Sie kennen Frau Fabius? Sie waren doch im Ausland für längere Zeit.« Dann wurde ihr heiß. Sie hatte vorübergehend ihre Manieren vergessen. »Es tut mir sehr Leid, was mit Ihrer Mutter passiert ist.«

Sein Gesicht verdüsterte sich und er zog seine Hand zurück. Kurz danach lächelte er zögerlich und bedankte sich.

»Oh, und auch, was Ihrer Großmutter …« Sie kam sich lächerlich vor. Das war absolut kein normales Gespräch.

»Danke. Sie sind sehr nett. In Anbetracht der Umstände.« Er stockte. »Ich sollte Sie jetzt schnell zu einem Arzt bringen, Frau …« Er sah sie besorgt an.

»Ich heiße Bergmann«, stellte sie sich schnell vor, »Sofie«. Und dann verstummte sie, wie peinlich, jetzt hätte sie ihm fast das Du angeboten.

Die Atmosphäre war alles andere als düster, auch wenn nach wie vor nur die einzelne Lampe hinten rechts brannte. Oliver hatte dunkles Haar, das sich leicht im Nacken kräuselte. Schön, dass er nicht die Haare kurzgeschoren hatte, wie es jetzt anscheinend Mode war. Seine Hand fühlte sich warm und weich an.

»Seit wann sind Sie wieder im Land?«

»Frau Bergmann, ich bringe Sie besser zu einem Arzt. Mein Wagen steht direkt draußen.«

Sie hätte sich gerne weiter mit ihm unterhalten. Sie wollte ihm sagen, wie nett seine Mutter zu ihr gewesen war, aber dann hätte sie der Gerechtigkeit halber auch wieder seine Großmutter erwähnen müssen. Oliver Stoneheart war Teil dieser Familie, das durfte sie nicht vergessen. Diese verworrenen Familienverhältnisse hatte sie noch nicht ganz durchschaut. Sie überlegte fieberhaft. Frau Fabius hatte befürchtet, Marius hätte Frau Steinhardt umgebracht, fiel ihr ein.

»Ich glaube nicht, dass Marius irgendetwas ..., Frau Fabius hatte angedeutet, dass ...«

»Seien Sie unbesorgt. Es ist nichts dergleichen passiert. Stefanie war nur völlig fertig.«

»Ich hatte immer den Eindruck, dass sie sehr rational ist.«

»Manches kann täuschen.«

Sofie wusste nicht, ob sie erwähnen sollte, dass sie Frau Fabius und seinen Halbbruder Marius für ein Paar gehalten hatte, denn unwillkürlich kam es ihr so vor, als ob auch er, Oliver Stoneheart, gut Frau Fabius' Freund sein könnte. Hatte er sich so vorgestellt?

»Ja, natürlich«, beeilte sie sich zu sagen. »Sie hängt sehr an Marius. Aber er würde Niemandem etwas antun.«

Oliver lächelte, um seine Mundwinkel erschienen Grübchen. Eine Locke fiel ihm in die Stirn. Er war älter, reifer als sein Bruder.

»Nein, Marius nicht. Er hat sogar Schwierigkeiten, kranke Tiere einzuschläfern.«

Sein Lachen war echt und es klang freundlich, aber es holte sie wieder auf den Boden der Tatsachen. Es gab oft brüderliche Rivalität. Und war da nicht ein winzig kleiner Schein davon?

»Frau Fabius hatte es nur angedeutet, aus Sorge um Marius natürlich. Aber unabhängig von der Person Marius bedeutet es doch auch, dass sie einen Zusammenhang sieht zwischen Frau Steinhardts Tod und dem Ihrer Mutter.«

Oliver straffte seine Schultern und sah sie ernst und abschätzend an. »Sie scheinen die Idealbesetzung für eine Teilnehmerin in einem Krimi-Lesekreis zu sein. Aber Sie sollten nicht die Wirklichkeit mit der Fiktion verwechseln. Frau Fabius stand neben sich. Sie zieht höchstens zu schnell Schlüsse aus vermeintlichen Tatsachen, so wie Sie vielleicht auch.«

Das *vielleicht* und sein sanfter Ton schwächten es ab, aber trotzdem hatte er Sofie zurechtgewiesen.

Sie stieg endlich aus dem Auto aus und ließ sich nach draußen zu seinem Wagen führen. Die Nacht war immer noch tiefschwarz und kühl. Sie fröstelte. Auf dem Weg zögerte sie unmerklich, denn erst kürzlich hatte sie sich unbedacht in ein Auto gesetzt. Aber dann wischte sie das aufkommende Unbehagen beiseite und dachte, dass ihr viel Schlimmeres nicht mehr passieren konnte. Vielmehr beschäftigte sie die Frage, wie nahe Frau Fabius Oliver stand, dass sie sich ihm anvertraut hatte.

Auf dem Rückweg hörte sie in der Ferne eine Sirene. Oliver Stoneheart fuhr nicht den gleichen Weg zurück, den Frau Fabius auf dem Hinweg genommen hatte. In der Dunkelheit verlor Sofie die Orientierung. Die Scheinwerfer bohrten ihr gleißendes Licht durch die schwarze Nacht und sie wurde schläfrig.

22

Klaus Gastner war erstaunt zu hören, dass Ida nicht Auto fahren konnte, oder vielmehr, dass sie keinen Führerschein besaß. Er vermutete gleich, dass man ihn ihr wegen einer Trunkenheitsfahrt oder anderer Verkehrsvergehen abgenommen hatte, aber Ida versicherte ihm, dass sie nur einfach nie die Fahrprüfung gemacht hätte. Als sie in dem Alter war, als alle anderen Freunde, Bekannten oder Mitschüler die Fahrschule besuchten, verwendete sie ihr erspartes Geld darauf, in Europa herumzureisen. Sie fuhr allein per Interrail in den Norden, nach Skandinavien, England und Irland, und in den Süden nach Frankreich und Spanien und weiter die Küste hinunter bis nach Andalusien und hinüber nach Marokko und Tunesien. Auch später hatte sie das Autofahren nie gelernt. Immer wohnte sie in Gegenden, in denen man nicht unbedingt ein Auto brauchte. Sie genoss das Fahren mit öffentlichen Verkehrsmitteln und vor allem das Verreisen mit dem Zug, da sie dadurch viel mehr von der Umgebung mitbekam und von den Menschen erfuhr. Bei näherer Betrachtung war das Reisen jedes Mal ein Abenteuer, auf das sie sich begab. Ein Abenteuer, in dem sie Unwägbarkeiten und Hindernisse überwinden musste, in dem sie manchmal vom Weg abkam und durch schlüssiges Kombinieren einen Ausweg oder die richtige Lösung herausfinden musste. Sie liebte den Aufbruch in das Ungewisse und war stolz, wenn sie Herausforderungen bewältigt hatte.

Aber als sie mit Klaus Gastner vor dem Gasthaus *Am alten Mühlenbach* stand, war keine Zeit, ihm dies ausführlich zu erklären. Ein Beförderungsmittel musste her. Der Kommissar rief auf dem Polizeirevier an und bestellte einen Dienstwagen beim Fahrdienst. Dann beorderte er einen Streifenwagen, der ihnen voraus zu dem Reiterhof fahren sollte, um zu eruieren, ob Sofie dort war. So könnten sie vielleicht Zeit sparen. Zeit, die wahrscheinlich sehr knapp war, weil sie nicht wussten, wie lange Sofie sich schon dort aufhielt. Eingesperrt und allein.

Ida hörte kaum zu, wie Klaus Gastner den Beamten den Weg dorthin genau beschrieb. Sie machte sich Sorgen um ihre Freundin. In ihrer Wahrnehmung dauerte es viel zu lange, bis der Dienstwagen endlich eintraf. Dabei waren es tatsächlich nur wenige Minuten. Der Kommissar hatte offensichtlich die Dringlichkeit der Angelegenheit deutlich machen können.

Über Funk teilte ihm die Besatzung des voraus gefahrenen Streifenwagens mit, dass gerade eine schwarze Limousine den Hof verließ. Die Polizisten nahmen die Verfolgung auf. Gastner und Ida preschten in dem Zivilfahrzeug hinterher, das heißt, sie fuhren in einem Bogen auf sie zu, da sie aus einer anderen Richtung kamen und das verfolgte Fahrzeug sich zurück in die Stadt bewegte, dabei aber nicht den direkten Weg auf der Bundesstraße nahm, sondern eine ruhige Landstraße entlang fuhr. Eilig hatte der Verfolgte es offenbar nicht. Dabei musste er oder sie doch das Blaulicht und die Polizeisirenen bemerkt haben.

Die Funkdurchsage teilte wenige Minuten später mit, dass es sich bei dem Pkw um einen schwarzen Audi mit einem Kennzeichen der Landeshauptstadt handelte. Fahrzeughalter war ein pharmazeutisches Unternehmen. Eduard Stoneheart, schoss es Ida durch den Kopf.

Der Fahrer änderte die Fahrtrichtung. Auch sie fuhren nun in Richtung Stadt und durchquerten den Ortskern. Der Streifenwagen folgte dem schwarzen Audi. Der Kommissar hatte die Anweisung gegeben, dem Wagen zunächst nur nachzufahren, um herauszufinden, wohin er wollte. Etwa zwei Kilometer außerhalb der Stadtmitte bog der Audi in die Lindenstraße ein. Und hielt vor Hausnummer 7. Das war die Adresse von Sofie.

Als sie wenige Augenblicke darauf ebenfalls dort eintrafen, schaltete der Fahrer gerade die Scheinwerfer aus. Immer noch wussten sie nicht, wer es war und weshalb er Sofie in seinem Auto wegschleppte.

Einer der beiden Streifenbeamten ging zu dem Fahrzeug und leuchtete mit einer Taschenlampe hinein, bedeutete dem Fahrer, das Seitenfenster zu öffnen und stellte ihm eine Frage. Ida hielt es nicht mehr im Auto neben Klaus Gastner aus und stürzte auf den Gehsteig, sobald sie hinter dem Streifenwagen anhielten. Durch das Fenster auf der Beifahrerseite sah sie das erschreckte, blasse Gesicht von Sofie und neben ihr den wenig erstaunten, fast arroganten Ausdruck des Fahrers, als er gebeten wurde, seine Papiere vorzuzeigen.

Oliver Steinhardt, oder Stoneheart, wie er sich nach seinem Vater nannte, machte einen freundlichen und hilfsbereiten Eindruck. Höflich. Er lächelte aufgeschlossen und entgegenkommend. Aber irgendetwas stimmte nicht. Er versuchte zu offensichtlich, einen guten Eindruck auf den Polizisten zu machen. Er habe Frau Bergmann nur helfen wollen. Es läge ein Versehen vor. Er könne nicht verstehen, was sie von ihm wollten.

Oliver Stoneheart war auf eine gefährliche Art nett und sympathisch und machte einen so liebenswürdigen Eindruck, dass man sich ihm am liebsten sofort anvertrauen mochte, dass man sich in ihn verlieben könnte, auch wenn er 20 Jahre jünger war. Oder vielleicht gerade deshalb. Ida konnte an Sofies Blick erkennen, dass genau das gerade bei ihr geschah. Bewundernd schaute sie ihn an, suchte seine Zustimmung. Solche Menschen konnten andere mit Leichtigkeit manipulieren.

»Herr Stoneheart hat mich freundlicherweise aus einer unangenehmen Situation befreit. Frau Fabius wollte mich gar nicht entführen«, bestätigte sie der Polizei. »Sie hat einfach überreagiert, weil sie glaubte, wir«, sie warf Ida einen Seitenblick zu, »beziehungsweise die Polizei würde ihren Freund Marius verdächtigen. Sie wollte für ihn einstehen.«

Es klang zusammenhanglos. Der Streifenbeamte warf Kommissar Gastner, der mittlerweile neben ihm auf der Fahrerseite stand, einen Unterstützung suchenden Blick zu. Sofie übersah, dass Frau Fabius sich immerhin der Nötigung und der Freiheitsberaubung strafbar gemacht hatte.

»Würden Sie freundlicherweise aussteigen und uns aufs Polizeirevier begleiten? Wir haben ohnehin einige Fragen an Sie, und da Sie nun schon einmal hier sind, können wir das am besten gleich erledigen.«

Gastner wurde mit einem verächtlichen Blick gestraft. »Dürfte ich bitte Ihren Ausweis sehen? Worum geht es überhaupt?«

Der Kommissar zeigte seinen Dienstausweis, den er bei sich trug, obwohl er privat unterwegs war.

»Es geht um die beiden Morde an Ihrer Mutter und an Ihrer Großmutter. Das können Sie sich sicher denken. Wir möchten Sie als Zeugen befragen.«

»Aber ich war beruflich im Ausland und bin erst heute angekommen, Herr Kommissar. Ich kann Ihnen nicht weiterhelfen.«

»Wir wollen die näheren Umstände der beiden Straftaten aufklären, dabei kommt es auf jede Information an, die wir von den Angehörigen erhalten können.«

Oliver verdrehte die Augen. »Hat das nicht Zeit bis morgen?« Und, mit einem Seitenblick auf Sofie, die immer noch zitternd neben ihm saß: »Es war ein aufregender Abend.«

»Steigen Sie bitte aus«, forderte Gastner ihn höflich, aber bestimmt auf mitzukommen.

Widerstrebend öffnete Oliver die Fahrertür und stieg aus dem Wagen. Auf der anderen Seite half Ida Sofie hinaus, die völlig verfroren und heftig zitternd hinaus wankte. Sie wirkte erschöpft und gleichzeitig seltsam überdreht. Das musste der Schock sein. Sobald das Adrenalin wieder aus ihrem Blut gewichen war, würde sie zusammensacken.

Während der uniformierte Polizeibeamte Oliver am Arm griff und ihn zum wartenden Streifenwagen führte, schlug Ida Kommissar Gastner vor, dass sie Sofie ins Haus begleitete. »Dort kann sie etwas Warmes trinken und sich ausruhen und wir können in Ruhe reden. Das ist sicher besser für sie, als jetzt mit zum Polizeirevier zu fahren.«

Klaus schaute sie mit seinen grauen Augen an, die im Schein der Straßenlaterne dunkelviolett schimmerten. »In Ordnung. Aber morgen muss ich sie dann leider selbst noch einmal vernehmen.«

Sie drückten sich zum Abschied die Hand, seine umschloss die ihre warm und trocken. »Tut mir Leid, dass unser erster gemeinsamer Abend so abrupt enden musste.«

Ida lächelte ihn an. »Mir hat es gefallen. Spannender konnte es kaum sein.«

23

Das goldschimmernde sanfte Licht der Tischlampe im Wohnzimmer tat Sofie gut. Sie war wieder zu Hause. Ida führte sie besorgt und äußerst fürsorglich zu ihrem Sessel. Trotz der Wärme im Raum zitterte sie.

»Du musst dich aufwärmen, am besten ist dafür ein heißes Bad«, bestimmte Ida.

»Ich möchte einfach nur ins Bett.«

»Und ein heißer Tee natürlich.«

Ida war bereits im Badezimmer, danach hörte Sofie ein Brodeln aus der Küche, der Wasserkocher. Ida sah kurz aus dem Flur zur Tür herein, und ging wieder ins Badezimmer.

»Ich würde im Bett sofort einschlafen«, protestierte Sofie schwach.

Ida hatte es gehört, ihr Kopf erschien im Türrahmen. »Und irgendwann aufwachen und furchtbar zittern. Vertrau mir, ich kenne mich da aus. Ein Bad ist das Beste.«

Sie war verschwunden und kurze Zeit später hörte Sofie Schritte über sich. Wahrscheinlich lüftete Ida kurz das Schlafzimmer, damit die frische Luft noch genügend Zeit hatte sich zu erwärmen, bevor Sofie ins Bett fallen konnte.

Ihre Gedanken waren langsamer als Ida. Mit der dampfenden Teekanne stand sie in der nächsten Sekunde vor ihr, eine Tasse in der anderen Hand.

»Muss genau sechs Minuten ziehen.«

»Aber kein schwarzer Tee.«

»Natürlich nicht. Kamille habe ich bei dir gefunden. Vielleicht wäre Salbei noch besser, aber Kamille tut es auch.«

Sie stellte alles auf den Wohnzimmertisch auf ein Platz-Set. Dann setzte sie sich. Kopfschüttelnd betrachtete sie Sofie. »Was machst du nur für Sachen?«

»Frau Fabius war verwirrt, kopflos, sie dachte, Marius hätte Frau Steinhardt umgebracht und wollte ihm helfen.«

»Indem sie es dir anhängt.«

»Oliver hatte gar nichts damit zu tun.«

Ida lächelte mild. »Interessant«, sagte sie nur.

»Dass Oliver Frau Fabius kennt?«

»Ja, das auch. Aber ich meine die ganze Entwicklung.« Dann stand sie auf und lief ins Badezimmer. »Du kannst gleich ins Wasser.«

Gleich darauf stand sie im Wohnzimmer und holte die Teebeutel aus der Kanne und legte sie auf einen Teller, eilte damit in die Küche und kam mit einer zweiten Tasse zurück. »Ich trinke auch etwas.«

Das heiße Getränk in kleinen Schlucken genossen tat tatsächlich gut.

»Woher kennen sie sich? Wen kennt Frau Fabius besser, Oliver oder Marius? Warum hat sie nicht Marius angerufen? Klar, weil sie ihm helfen wollte, er wusste von ihrem Plan nichts. Wie kam sie darauf, dass Marius es gewesen sein könnte?«

Ida redete offen drauflos, ohne dass sie von Sofie eine Antwort erwartete.

»Dazu kann ich etwas sagen«, unterbrach Sofie sie rüde.

Ida sah sie erwartungsvoll an, ohne verärgert zu sein.

»Frau Fabius sagte, Marius sei sehr wütend auf Frau Steinhardt gewesen. Er hielt sie für die Mörderin seiner Mutter und meinte, sie hätte es verdient zu sterben.«

»Gut, in seinen Augen hat sie es verdient zu sterben, aber daraus zu schließen, dass er sie ermordet hat? Schon seltsam, diese Frau Fabius.«

»Wir waren nicht dabei, den genauen Wortlaut von Marius kennen wir nicht.«

»Gut, lassen wir das so stehen. Dann hat Frau Fabius also ganz einfach impulsiv gehandelt und dich entführt.«

Sofie zuckte mit den Schultern.

»Hat sie dich zufällig getroffen?«

»Ich weiß es nicht. Sie kam mit ihrem Wagen angefahren und ich bin eingestiegen, weil sie mir etwas sagen wollte. Es klang sehr dringend.« Sofie schämte sich, so naiv gewesen zu sein, und sah zu Boden.

»Dann hat sie dich abgepasst. Das war ganz und gar nicht impulsiv.«

»Du hast recht«, sagte Ida leise, »aber dennoch muss es nicht völlig geplant gewesen sein.«

Sofie fasste sich und blickte in Idas aufmerksames Gesicht. »Es wirkte nicht so. Und außerdem habe ich mich ohne zu überlegen in ihr Auto gesetzt. Damit konnte sie doch nicht rechnen.«

»Sie kennt dich. Sie hat dich geködert.«

Sofie schluckte. War sie so durchschaubar? »Sie hat auf jeden Fall eingesehen, dass es falsch war und ist geflüchtet und hat mich vielleicht unbewusst eingesperrt. Es war einfach nicht wirklich geplant. Sie hat sich nicht mehr zu helfen gewusst und Oliver angerufen.«

»Und er kommt prompt angefahren und sie ab, wo auch immer sie sich befindet. Das ist schon seltsam.«

»Der Kommissar wird Oliver Stoneheart danach fragen, woher er sie kennt und dann wird sich einiges aufklären. Verrennen wir uns nicht auf einen Nebenschauplatz.«

»Sollen wir uns vielleicht verrennen?«

»Ida, du machst mich verrückt.«

Ida tätschelte Sofies Hand. »Heute ist alles etwas zu viel. Nimm erst mal dein Bad. Und versorge die Wunde an deiner Hand. Du hast dir da was eingerissen.«

Das warme Wasser und der Schaum von Eukalyptus und anderen Kräutern machten Sofie noch schläfriger. Ida saß derweil im Wohnzimmer. Diese Situation, das Wissen um Idas Anwesenheit, ließ sie nicht entspannen. Seit drei Jahren war niemand im Haus, wenn sie badete und davor war es über dreißig Jahre nur Gustav gewesen.

Dennoch wollte sie nicht, dass Ida verschwand und sie alleine ließ. Sofie hatte ihr angeboten, auf dem Sofa zu übernachten. Hatte sie es angeboten oder hatte Ida es sich anbieten lassen? Seit dem Erlebnis mit Frau Fabius war Sofie sich über nichts mehr sicher. Wie viel konnte der Mensch selbst bestimmen und wann fing die Manipulation an?

Als Sofie aufwachte, roch es nach Kaffee. Sie schaute auf die Uhr, zwölf Uhr mittags.

»Es waren nur fünf Stunden, wenn man es genau bedenkt.«

Ida saß in der Küche und aß Kekse, die Sofie schon seit einer Ewigkeit nicht mehr gekauft hatte. »Fünf Stunden?«

»... die ich geschlafen habe, nach dem Bad, aber ich fühle mich topfit. Du hoffentlich auch. Woher kommen die Kekse?«

»Ich war schon unterwegs einkaufen, habe mir dein Fahrrad geliehen.«

Ida versicherte, gut geschlafen zu haben und kritzelte bereits auf weißen Blättern herum, eine leere Kaffeetasse neben sich.

»Ich habe unsere Personen miteinander in Beziehung gesetzt. Es muss einer von ihnen gewesen sein. Weißt du, an wen wir gar nicht mehr gedacht haben? An Frau Brettschneider. Diese Frau Fabius ärgert mich maßlos. Jemand, der so viel handelt, kann es doch nicht sein. Ein Mörder verhält sich unauffällig.«

»Ich kann mir keinen als Mörder vorstellen«, sagte Sofie matt. Fünf Stunden waren doch nicht genug gewesen.

Ida machte eine Geste und lud sie an den Küchentisch zum Frühstück ein. Sie hatte an alles gedacht. Brötchen, Aufschnitt, Marmelade. Schnell setzte sie die Kaffeemaschine in Gang. Sofie frühstücke nie ohne vorher angezogen zu sein, also verschwand sie im Bad und beeilte sich.

Beim Frühstück erörterten sie die Beteiligten. Frau Fabius war Ida zu auffällig, Frau Brettschneider hatte plötzlich kein Motiv mehr, da sie offensichtlich geschäftlich erfolgreich war. Was wollte sie mit Herrn Klein privat? Und der liebe Ehemann von Frau Klein hätte seine Frau eher einen Unfall haben lassen können, um an ihr Geld zu kommen, das er ohnehin von ihr bereitwillig zur Verfügung gestellt bekommen hatte. Marius schied aus, Oliver schied aus. Beide waren zur Tatzeit im Ausland gewesen. Der Sohn von Frau Steinhardt hatte kein Motiv, er wollte nichts von Frau Klein.

»Aha«, trumpfte Ida auf und hielt den Kaffeelöffel in die Luft. »Eduard Stoneheart könnte es missfallen haben, dass seine Ex-Frau ihr Vermögen in Herrn Kleins Firma gesteckt hat. Dadurch wurde das Erbe für seinen Sohn Oliver geschmälert. Da, ein Motiv.«

»Und dann bringt er die Frau um? Dann hätte er eher Herrn Klein umbringen müssen.«

Ida betrachtete sie lächelnd. »Schön, dass es dir wieder gutgeht.« Dann starrte sie auf das Blatt Papier, auf dem sie die Personen und ihre jeweiligen Beziehungen zueinander notiert hatte. »Wir meinen, sie alle hätten kein Motiv, weil wir es nicht erkennen. Wir wissen einfach noch nicht genug über die Beteiligten in unserem Kriminaldrama. Wer hält die Fäden in der Hand, wer dirigiert die einzelnen Figuren und wer ist bloße Marionette? Wer agiert als Schauspieler und wer ist Statist? Und wer ist die Schattenfigur hinter dem Ganzen?«

Sie nahm einen neuen Bogen Papier. »Wir sollten zu unserem Ausgangspunkt zurückkehren: Einen Krimi schreiben.«

Sofie konnte Idas wechselnden Gedankengängen nicht so schnell folgen und reagierte etwas verlangsamt, anscheinend hatte sie sich doch noch nicht vollkommen von dem Schock der Entführung erholt.

»Man kann die Handlung eines Romans konstruieren, indem man einen Rahmen errichtet und die Figuren darin einfügt.« Sie skizzierte mit wenigen Strichen ein solches Konstrukt auf dem Papier.

»Hinter allen Figuren steckt eine Geschichte, etwas, das sie zusammenhält oder erst zusammenfinden lässt«, ergänzte Sofie.

Ida nickte. »Beginnen wir mit Frau Fabius. Aus Anlass des aktuellen Geschehens.«

Sie notierte ihren Namen in der Mitte des Bogens und umkreiste ihn. Dann legte sie mehrere Verbindungsstriche an, die zu weiteren Kreisen führten. In eine dieser Untergliederungen schrieb sie hinein: *handelt impulsiv, aufgeregt, überzogen. Psychisch instabil. Manisch.* Die übrigen Textfelder ergänzte sie wie folgt: *Sie verschwindet nach dem Mord an Frau Klein, die Polizei muss sie suchen, um sie als Zeugin vernehmen zu können. – Sie hält sich überraschenderweise im Haus der Familie Klein auf. – Sie ist mit Marius befreundet. – Sie taucht unerwartet in Sofies Haus auf, fährt sie zur Polizei. – Sie versucht, Informationen aus Sofie herauszubekommen. – Sie lauert Sofie auf der Straße auf, befördert sie im Auto auf einen stillgelegten Gutshof außerhalb der Stadt. – Sie redet wirres Zeug über Marius, hat Angst, dass er des Mordes verdächtigt wird. Sie will den Verdacht von ihm ablenken. – Sie lässt Sofie allein in der Scheune. – Sie ruft von unterwegs Oliver Stoneheart an, der Sofie befreien soll.*

Ida legte den Stift hin und ließ ihre Hände auf dem Tisch ruhen. Es folgte eine kreative Stille, in der sie beide damit beschäftigt waren, den Ideenfluss, der Ida überkommen hatte, zu verarbeiten.

»Wenn ich die Eintragungen in dieser Mind-Map betrachte, macht Frau Fabius einen hyperaktiven und auch labilen Eindruck auf mich. Nur wissen wir leider noch nicht genug über ihren persönlichen Hintergrund. Bisher ist nur bekannt, dass sie in der Landeshauptstadt studiert, aber hier im Ort wohnt.«

Sie nahm erneut den Stift auf und fügte diese Tatsachen zu ihrer Gedankenkarte hinzu und vermerkte dahinter: *Warum? Günstigere Mieten? Anderes Motiv?*

Nun, da sie einmal angefangen hatte zu schreiben, schienen die Worte nur so aus ihr herauszuströmen.

»Außerdem fällt mir ein, dass Frau Fabius gegenüber der Polizei ausgesagt hat, am Tag des Mordes an Frau Klein mit dem Bus zur Volkshochschule gekommen zu sein, wo sie am Schultor Frau Steinhardt getroffen habe. Wie wir wissen, fuhr Frau Fabius aber immer mit ihrem kleinen roten Flitzer durch die Gegend. Warum sollte sie ausgerechnet an diesem Tag mit dem Bus gefahren sein?«

Ida legte den Stift wieder hin und schaute Sofie erwartungsvoll an, die bisher nicht zu Wort gekommen war. Sofie spürte, wie ihr Mund auf und zu schnappte und ihre Lippen sich bewegten, als versuchte sie vergeblich ihre Gedanken in Sprache zu formen. Doch ihr Kopf war leer und sie konnte keine Gedanken einfangen, die sie hätte formulieren können. In ihre Bemühungen hinein durchdrang der altmodische Klingelton des Festnetztelefons die Lautlosigkeit, in die sie hinein geglitten waren. Sofie sprang auf, wobei sie sich das Knie am Tischbein stieß, und eilte in den Flur, um das Gespräch entgegenzunehmen.

»Guten Tag, Kommissar Gastner.«

Obwohl sie nach den gestrigen Ereignissen damit hatte rechnen müssen, dass die Polizei sie einbestellen würde, klopfte ihr Herz plötzlich wie wild und legte ein paar Stolperschritte ein.

»Ich hoffe, Sie haben sich ein wenig von den Aufregungen erholen können, Frau Bergmann. Aber es freut Sie vielleicht zu hören, dass wir Frau Fabius gefunden haben. Wir haben sie verhaftet und ermitteln jetzt wegen Entführung, Freiheitsentziehung und Nötigung gegen sie. Sie wird gerade von meinen Kollegen verhört. Der Sachverhalt ist so weit klar, Frau Fabius bestreitet die Angelegenheit auch nicht, trotzdem muss ich Sie bitten, bald auf dem Polizeirevier vorbeizukommen und uns den Tathergang aus Ihrer Sicht zu schildern.«

»Aber ich möchte keine Strafanzeige gegen sie stellen. Sie war verwirrt und kopflos. Sie wollte mir nichts Böses antun.«

»Bei dem Tatverdacht wegen solch eines ernsthaften Verbrechens ermitteln wir von Amts wegen, Frau Bergmann. Können Sie vorbeikommen, nachdem Sie sich ausgeruht haben? Am Montagnachmittag um vier Uhr? Dann können wir uns in Ruhe unterhalten.«

»Gut, Montagnachmittag um vier Uhr«, wiederholte Ida seine Worte, ohne dass sie richtig zu ihr vordrangen. »Auf Wiederhören, Herr Kommissar.«

Sie ging zurück in die Küche, setzte sich wieder auf ihren Stuhl und griff nach der Kaffeetasse.

»Was ist los?«, fragte Ida. »Du bist ganz bleich geworden.«

»Sie haben Frau Fabius verhaftet und ermitteln wegen Entführung, Freiheitsentziehung und Nötigung. Sie verhören sie gerade.«

Sofie nahm einen Schluck von dem Kaffee, der in der Zwischenzeit kalt geworden war, aber sie nahm es nicht richtig wahr.

»Das habe ich nicht gewollt.«

Ida beugte sich vor und streichelte Sofies Hand. »Es besteht kein Grund, Mitleid mit Frau Fabius zu haben. Was sie getan hat, ist verwerflich. Sie hätte sich auch auf vernünftige Art mit dir unterhalten können. Und die Polizei wird schon herausfinden, was an der ganzen Geschichte mit ihr und Marius dran ist.«

Sofie nickte mit dem Kopf und nahm ein paar tiefe Atemzüge. »Ich bin wohl immer noch nicht ganz bei mir. Und die Aufregungen hören nicht auf. Ich soll am Montagnachmittag meine Aussage machen.«

»Wenn du möchtest, begleite ich dich.«

Sofie richtete sich merklich auf und blickte ihre Freundin an. »Das wäre mir eine große Unterstützung. Danke, Ida.«

24

Klaus Gastner begrüßte sie äußerst freundlich und war Sofie gegenüber hilfsbereit und zuvorkommend. Er behandelte sie fast wie gute Freundinnen, obwohl er sich zu Anfang darüber lustig gemacht hatte, dass sie zu einem Krimi-Lesekreis gehörten.

Sofie kannte noch den Weg zu seinem Büro, aber der Kommissar führte sie gleich nach ihrer Ankunft in einen Gesprächsraum, der offensichtlich auch als Aufenthaltsraum für die Mitarbeiter genutzt wurde, denn er enthielt eine kleine Teeküche und einen Getränke- und Snack-Automaten. Zurzeit hielt sich niemand dort auf und Gastner wählte einen Tisch am Fenster aus, durch das sie auf einen begrünten Innenhof blicken konnten. Nachdem er kurz mit einem Taschentuch über den Tisch gewischt hatte, legte er die Fallakte darauf ab und bat sie, ihm gegenüber Platz zu nehmen. Ein Getränk bot er ihnen allerdings nicht an.

»Also«, wandte er sich, nachdem er die Akte aufgeschlagen und sich ausgiebig geräuspert hatte, an Sofie, »wir haben, wie ich Ihnen bereits am Telefon sagte, Frau Fabius festgenommen. Wir hatten sie noch in der Nacht Ihrer Entführung zur Fahndung ausgeschrieben und ziemlich bald ihren Wagen vor einem Wohnhaus in Eichendorf entdeckt.«

Klaus Gastner schaute Ida an. Bisher hatte er kein Wort über ihr gemeinsames Abendessen im Restaurant *Am alten Mühlenbach* verloren. Allerdings war er damit einverstanden gewesen, dass sie bei der heutigen Vernehmung anwesend war, gewissermaßen als seelische Unterstützung für Sofie, unter der Bedingung, dass sie selbst nichts sagen und sie auch nicht auf andere Weise beeinflussen würde. Aber nun hielt er den Blick auf Ida gerichtet, so als wollte er sie gezielt ansprechen und ihr etwas mitteilen, was er nicht laut und deutlich aussprechen durfte. Sie fragte sich, was das sein sollte, denn Frau Fabius' Wagen war nicht gerade unauffällig und es war sicherlich nicht schwierig gewesen, ihn ausfindig zu machen. Sie notierte sich im Geist den Ort Eichendorf. Er hatte eine Bedeutung.

Sofie, an die die Ausführungen des Kommissars eigentlich adressiert waren, nickte. Sie sah nicht mehr so mitgenommen aus wie am Samstag, hatte sich über das Wochenende erholt und die gewohnte Umgebung zu Hause hatte ihr anscheinend gut getan. Aber sie war aufgeregt wegen des bevorstehenden Verhörs. Sie saß vorne auf der Kante des Stuhls und ihre Körperhaltung wirkte angespannt. Obwohl es sich lediglich um eine Zeugenvernehmung handelte, machte sie den Eindruck, als wäre sie die Beschuldigte.

Auch Klaus Gastner schien das zu bemerken, denn nun fragte er Sofie doch, ob er ihr etwas zu trinken bringen könnte. Sie nickte erneut. »Ein Glas Wasser, bitte.«

Als er aufstand, strich er die Seiten der Akte glatt, so dass sie nicht umschlagen konnten. Kaum war er zu der Teeküche am anderen Ende des Raums gegangen, huschten ihre Blicke gleichzeitig auf die geöffnete Fallakte. Sofie schüttelte kaum merklich den Kopf. Sie hatte bereits einmal im Büro des Kommissars heimlich Aktenmaterial inspiziert und traute sich wohl nicht, dies noch einmal zu tun. Doch Ida beugte sich leicht nach vorne und drehte den Aktendeckel an der Ecke so, dass sie eine bessere Sicht auf den Bericht obenauf hatte. Es war das Festnahmeprotokoll von Stefanie Fabius. Ihr Blick eilte die ausgefüllten Kästchen des Formulars entlang, bis er auf die Adresse des Hauses fiel, vor dem der rote Wagen aufgefunden worden war: Merkurgasse 12. Aber das war nicht das Entscheidende, was sie aufmerken ließ. Es waren vielmehr die Namen der Bewohner die dort in Maschinenschrift verzeichnet waren, und die sie deutlich lesen konnte: *Thomas und Susanne Fabius*.

Mehr konnte sie in der kurzen Zeit nicht erkennen, denn schon kam Klaus Gastner mit einem Glas Wasser für Sofie zurück. Sie nahm es dankbar entgegen und trank ein paar kleine Schlucke.

Er setzte sich, ohne zu bemerken, dass die Akte nun etwas schräger als zuvor auf seinem Platz lag, lenkte das Thema auf Sofies Rolle in dem Entführungsdrama und forderte sie auf, das Geschehen zusammenhängend aus ihrer Sicht zu schildern. Behutsam führte er sie durch das Gespräch und fragte nur hin und wieder nach, wenn er etwas nicht richtig verstanden hatte oder deutlicher erklärt haben wollte.

Nachdem Sofie geendet hatte, blätterte Gastner in der Akte und las etwas nach. »Ihre Aussagen stimmen im Wesentlichen mit dem überein, was Stefanie Fabius uns über den Tathergang erzählt hat«, sagte er. »Außerdem haben wir Oliver Stoneheart hier auf dem Präsidium vernommen. Er konnte uns die fehlenden Tatsachen liefern, so dass wir schließlich ein Gesamtbild der Geschehnisse vom Freitagabend haben.«

Gastner lehnte sich auf seinem Stuhl zurück und schilderte, was er erfahren hatte:

Oliver Stoneheart hatte berichtet, dass es reiner Zufall gewesen sei, dass er Frau Fabius' Anruf entgegengenommen hatte, nachdem diese Sofie in der Scheune zurückgelassen hatte. Oliver war mittags in Lindenburg eingetroffen und war sofort in sein Elternhaus gefahren. Dort verbrachte er den Nachmittag mit seinem Bruder Marius, der einen gestressten und genervten Eindruck machte. Seine Freundin, also Stefanie Fabius, glaubte, Frau Steinhardt habe Frau Klein umgebracht. Wie sie darauf gekommen war, war ihm unerklärlich. Frau Steinhardt habe der ganzen Familie Klein das Leben schwer gemacht, behauptete sie immer wieder. Dabei hatte Marius ihr nur einmal erzählt, dass sich Frau Steinhardt ihrer ehemaligen Schwiegertochter gegenüber sehr tyrannisch verhalten habe. Sie habe ihr noch jahrelang nachgetragen, dass sie Eduard, ihren Sohn, verlassen habe. Jedenfalls befürchtete Frau Fabius, dass die Polizei und vor allem die beiden privaten Ermittlerinnen – damit waren Ida und Sofie gemeint – Marius verdächtigen würden. Immerhin habe sich Sofie unter einem fadenscheinigen Vorwand Zutritt zum Hause Klein verschafft und dort herumgeschnüffelt.

Als Marius dies seinem Bruder erzählte, sei er immer aufgeregter und nervöser geworden. Dabei habe er viel Alkohol getrunken und habe auch Beruhigungsmittel zu sich genommen. Als schließlich das Telefon klingelte, nahm Oliver den Hörer ab. Stefanie Fabius am anderen Ende plapperte einfach drauf los und bemerkte gar nicht, dass sie nicht mit Marius sprach, sondern mit dessen Bruder. Er solle sofort zum alten Reiterhof fahren, dort in der Scheune sei Sofie eingeschlossen. Sie habe das nicht tun wollen, aber sie habe Sofie unbedingt klarmachen müssen, dass Marius unschuldig sei. Nun müsse sie aber dringend weg und er – sie meinte Marius – müsse Sofie dort herausholen. Den Schlüssel hätte sie vor der Scheunentür fallenlassen. Woher Frau Fabius überhaupt den Schlüssel zu der Scheune hatte, konnte die Polizei bisher noch nicht ermitteln. Oliver habe sich daraufhin mit seinem Bruder abgesprochen und da Marius nicht mehr in der Lage gewesen sei Auto zu fahren, habe er, Oliver, seinen Wagen genommen und sei zum Reiterhof gefahren, um Sofie zu befreien. Ein Mitarbeiter von Kommissar Gastner hatte diese Aussage überprüft und auch Marius befragt. Dieser bestätigte nach einigen Widerständen und Ausflüchten, was sein Bruder der Polizei gegenüber angegeben hatte.

Nach dieser Zusammenfassung der Ereignisse war die Zeugenvernehmung beendet. Kommissar Gastner bedankte sich bei Sofie, die seinen Ausführungen aufmerksam gefolgt war und nun nochmals betonte, dass sie keine Strafanzeige gegen Stefanie Fabius stellen wollte, weil diese einfach nur überreagiert hätte und ihr, Sofie, kein Leid hätte antun wollen.

Gastner hörte sich das alles geduldig an. »Ich werde sehen, was ich machen kann, Frau Bergmann. Aber wir müssen die Verdächtige zunächst in Gewahrsam behalten. Wir ermitteln weiter gegen sie. Bisher liegt nur der Tatverdacht der Entführung vor, aber es ist möglich, dass sie etwas mit dem Mord an Frau Steinhardt zu tun hat. Vielleicht kommt sie auch in Untersuchungshaft, aber das entscheidet der Richter.«

Sofie schnappte nach Luft. »Aber wieso sollte Stefanie Fabius die alte Frau Steinhardt getötet haben?« Ihre Stimme klang trocken und brüchig. »Ich habe Ihnen doch eben ausführlich erklärt, dass sie Marius für den Mörder hält und meinte, den Verdacht von Marius ablenken zu müssen.«

»Ein Verdacht, der tatsächlich nie bestanden hatte«, gab Gastner zu bedenken.

Plötzlich war Sofie wieder sehr aufgewühlt und das lag nicht nur an der Erinnerung an das Geschehen in der alten Scheune, sondern auch an der Entwicklung der polizeilichen Ermittlungen, mit denen sie nicht gerechnet hatte. Ida versuchte sie zu beruhigen: »Sie wollte sogar dir die Schuld zuschieben, Sofie. Also ist sie nicht harmlos. Du brauchst sie nicht länger in Schutz zu nehmen.«

Klaus Gastner war inzwischen aufgestanden und brachte damit zum Ausdruck, dass Sofie nicht länger als Zeugin benötigt wurde. Er geleitete sie zur Tür und wies ihnen den Weg zum Ausgang.

»Ich bedanke mich nochmals bei Ihnen, Frau Bergmann«, verabschiedete er sich mit einem Handdruck.

Idas Hand hielt er etwas länger und fester, als nötig gewesen wäre, und blickte sie mit seinen violett schimmernden Augen an. »Kennen Sie sich eigentlich in Eichendorf aus?«

Das *Sie* irritierte Ida. Waren sie nicht schon beim Du angekommen? Dann fiel ihr auf, was er gesagt hatte. Eichendorf war die kleine Nachbarstadt, in der Frau Steinhardt unterrichtet hatte, bevor sie nach Lindenburg gekommen war. An dem dortigen Gymnasium hatte sie Frau Klein kennengelernt. Und irgendwo gab es eine Verbindung zwischen Frau Steinhardt und Stefanie Fabius, von der sie bisher noch nichts wussten.

25

An einem gewissen Punkt in einem Krimi, wenn die Handlung besonders verwirrend ist und viele Fakten nebeneinander und scheinbar zusammenhanglos in der Luft hängen, erscheint oft ein Detail, das sofort als besonders bedeutsam erkannt wird. Auch wenn niemand weiß, warum und in welcher Weise. Fabius – es war kein Zufall, diesen Namen in den Ermittlungsunterlagen der Polizei zu finden, und ebenso war es kein Zufall, dass das Ehepaar Fabius nicht weit von dem Gymnasium in Eichendorf entfernt wohnte.

»Es hilft nichts. Wir müssen zu den Eltern.« Ida hatte die Entscheidung getroffen, die unausweichlich schien. Die Eltern von Stefanie Fabius waren der Schlüssel. Aber zu welchen Schlussfolgerungen war die Polizei gelangt?

Am Dienstagvormittag trafen sich Ida und Sofie an der Bushaltestelle und nahmen den Bus nach Eichendorf. Ida hatte diese Uhrzeit gewählt, weil die Schüler, die sonst die öffentlichen Verkehrsmittel bevölkerten und lärmend und drängend Sitze und Gänge besetzten, bereits abtransportiert worden waren und sie sich gemütliche Sitzplätze in Fahrtrichtung auswählen konnten. So würde die Fahrt nicht allzu strapaziös werden.

Während sie durch die trübe Feld- und Wiesenlandschaft fuhren, waren sie sich einig, dass die geschilderten Vorkommnisse nur bestätigten, dass Frau Fabius ein verwirrter und gestörter, psychisch instabiler Mensch war.

Sie gingen noch einmal alle Informationen durch, die sie erhalten hatten. »Die Dinge haben eine interessante Wendung genommen«, bemerkte Ida. »Oder vielleicht ist es weniger eine Wendung als eine Auflösung. Ein Teil des verworrenen Knotens in dem undurchschaubaren sozialen Gefüge der Beteiligten, Handlungen und Motive entwirrt sich allmählich.« Dennoch wirkte sie unzufrieden.

Eine Dreiviertelstunde später erreichten sie den Stadtkern. An der nächsten Haltestelle stiegen sie aus. In Eichendorf gab es nur ein einziges Gymnasium. Und der Bus hielt direkt davor. Doch die Schule war nicht ihr Ziel. Stattdessen suchten sie das Ehepaar Fabius auf, in der Merkurgasse 12, in einem Wohnviertel, in dem alle Straßen nach Planeten benannt waren.

Das Einfamilienhaus befand sich in einer Nebenstraße. Sie schritten durch die Pforte und klingelten an der weißen Eingangstür. Der vordere Rasen war geschnitten, vereinzelte Blätter lagen neben den rötlichen Büschen. Sie mussten erst in den letzten Tagen gefallen sein, die Bäume auf dem Nachbargrundstück waren schon fast ohne Laub.

Eine Frau in Idas Alter mit blonden kurzen Haaren öffnete die Tür. Die grauen Augen waren rotgerändert und ihre Schultern hingen kraftlos herab. Ansonsten stand eine ältere Ausgabe von Frau Fabius vor ihnen.

»Frau Fabius?«, machte Sofie den überflüssigen, aber für ein Gespräch notwendigen Anfang.

»Ja, bitte?« Ihre Stimme war brüchig und stockend, in einem Tonfall, als würde sie am Telefon sprechen.

»Wir kennen Ihre Tochter aus dem Lesekreis und wollen ihr unsere Hilfe anbieten.« Ida lächelte sie vertrauensvoll an.

»Wir brauchen keine Hilfe, danke.« Frau Fabius, die Ältere, wollte die Tür wieder schließen.

»Meine Freundin hier, Frau Bergmann, ist diejenige, die von Ihrer Tochter entführt worden ist, aber wir möchten Ihnen versichern, dass wir ihr nicht böse sind. Mein Name ist Ida.«

»Es tut mir leid«, sagte Frau Fabius betroffen und betrachtete Sofie wie eine zerbrechliche Puppe.

»Susanne, wer ist denn da?« Die Tür wurde weiter geöffnet und ein blasser, ebenfalls blonder Endvierziger erschien hinter Frau Fabius. »Sind Sie vom *Eichendorf Kurier*? Oder kommen Sie von der Kirche?« Jetzt hatte er Sofie genauer in Augenschein genommen.

»Weder noch. Wir sind Bekannte Ihrer Tochter vom Lesekreis und wollen Ihnen unsere Hilfe …«

»Die brauchen wir nicht. Wir kommen zurecht.«

»Sie kennen Stefanie, Thomas. Diese Frau soll von Stefanie entführt worden sein.«

»Wollen Sie eine Entschuldigung? Gut, ich entschuldige mich, falls es denn so gewesen ist, für das, was meine Tochter Ihnen zugefügt hat. Im Übrigen ist sie in Gewahrsam, wie Sie wissen, und stellt keine Gefahr mehr für Sie dar.« Thomas Fabius wollte die Tür schließen, aber seine Frau stand noch im Türrahmen.

»Was hat sie denn von Ihnen gewollt?« Im unteren Lidrand ihrer Augen sammelte sich Flüssigkeit.

»Susanne, bitte. Wir möchten in Ruhe gelassen werden.«

»Wir sollten uns unterhalten, Ihrer Tochter zuliebe.«
»Wir brauchen keine ...«
»Thomas, ich möchte es wissen.«

Eine Minute später saßen Ida und Sofe auf der cremefarbenen Couch in einem modern eingerichteten Wohnzimmer. Es war aufgeräumt und unpersönlich, als wären die Möbel gerade geliefert worden oder die Familie hier möbliert eingezogen.

Herr Fabius hatte die Hand seiner Frau ergriffen und geleitete sie zum Sessel. Sie hatte kurz in Richtung einer halb offenen Tür geblickt, die vom Wohnzimmer abging und offensichtlich zur Küche führte. Sofies Gefühl sagte ihr, dass sie ihnen einen Kaffee angeboten hätte, wenn ihr Mann sie nicht mit seiner beschützenden Geste davon abgehalten hätte. Er rückte den anderen Sessel zu dem seiner Frau, sie bildeten jetzt zwei Fronten. Zwischen ihnen stand der leere Couchtisch. Ungünstig für ein offenes Gespräch dachte Sofie, in einer Zeitschrift hatte sie über die Bedeutung runder Tische bei Konferenzen gelesen.

»Sie kennen Stefanie gut?«, begann die Mutter umständlich.

»Also, meine Frau möchte wissen, was Stefanie von Ihnen gewollt hat.« Er sprach zielorientiert und sachlich und sah Sofie direkt in die Augen. Er musste es beruflich gewohnt sein.

Ida eilte ihr zu Hilfe. »Das ist nicht ganz klar, deswegen wollten wir ...«

»Soweit ich Sie eben verstanden habe, wollen Sie *uns* helfen.« Er ließ sich nicht abschütteln.

»Ja, indem Sie und wir die Lage Ihrer Tochter verstehen lernen.« Ida griff den sachlichen Ton von Herrn Fabius auf.

»Was für eine Lage? Was wollen Sie andeuten?«

»Thomas, bitte.« Frau Fabius schien es gewohnt, den harschen Ton ihres Mannes glätten zu müssen.

»Stefanie hat mich im Auto mitgenommen und ist mit mir zu einem Reitstall gefahren. Dann ist etwas passiert, was ich mir nicht erklären kann.« Natürlich wusste Sofie mittlerweile, dass Stefanie Fabius es geplant haben musste, aber es schien ihr zu hart für die Eltern. Also versuchte sie, es etwas einfacher klingen zu lassen und vor allem keine Vorwürfe zu machen. Ihre Stimmung half ihr, denn sie war Frau Fabius wirklich nicht böse.

Sie blickte die Eltern an und hatte ihre volle Aufmerksamkeit. »Sie hat einen Freund, Marius Klein, kennen Sie ihn?«

Die Eltern schüttelten den Kopf. »Unsere Tochter ist erwachsen, sie studiert, natürlich hat sie viele Freunde. Wahrscheinlich kennt sie ihn vom Studium.«

»Er studiert Tiermedizin, ist aber schon am Ende der Ausbildung und hat bis vor kurzem ein Praktikum in Schottland gemacht. Es sieht so aus, als ob sie ihn beschützen wollte. Sie fürchtete, dass er jemanden getötet hat.«

Frau Fabius schlug sich die Hand vor den Mund. Herr Fabius blieb stumm, aber sein Körper straffte sich.

»Entschuldigen Sie, das hört sich wohl ein bisschen konfus an. Eine Teilnehmerin unseres Lesekreises wurde getötet. Sie war eine pensionierte Lehrerin und Ihre Tochter muss gedacht haben, dass Marius es getan hat.«

»Wir lesen Zeitung. Wir wissen, dass eine Lehrerin in Lindenburg ermordet wurde. Unsere Tochter hat damit nichts zu tun. Und diesen Marius, den kennt sie wahrscheinlich nur flüchtig. Er muss sie da hineingezogen haben.«

»Im Interesse Ihrer Tochter sollten wir offen sein.« Idas natürliche Haltung kam zum Vorschein, logisch, analytisch, und Herr Fabius wusste damit etwas anzufangen.

»Im Interesse meiner Tochter sage ich besser nichts mehr, was Sie womöglich gegen sie verwenden. Ich weiß wirklich nicht, warum meine Tochter meinte, Sie, Frau Bergmann, irgendwohin fahren zu müssen, wo Sie angeblich nicht mehr wegkamen. Vielleicht haben Sie sie provoziert oder etwas über diesen Marius gesagt. Das kann niemand von uns anderen wissen, nur sie beide.«

»Gut, ich fange dann mit der Offenheit an«, sagte Ida kühl. »Die ermordete Lehrerin war vor 30 Jahren hier am Gymnasium in Eichendorf als Deutschlehrerin tätig.«

»Frau Steinhardt?« Susanne Fabius' Stimme drang nur zaghaft gegen Idas dominanten Vortrag durch. Sie schien sie nicht zu hören.

»Seit einiger Zeit besuchte sie den Lesekreis, zu dem auch Ihre Tochter kürzlich gekommen ist. Offensichtlich fürchtete Ihre Tochter, dass ihr Freund, den sie, wie Sie sagen, nicht kennen, dieser Frau etwas angetan hat. Aber sie fragen nicht, warum sie das fürchtete. Es wäre für mich ein Grund zu fragen, Herr Fabius.«

Herr Fabius war aufgesprungen. »Sie bezichtigen mich, mich nicht um meine Tochter zu kümmern.«

Ida blieb ruhig. »Hat sie Ihnen etwas gesagt?«

Frau Fabius sah zu ihrem Mann hinauf, wie zu einem Heilsbringer, der ihr jetzt die Wahrheit präsentieren könnte.

»Stefanie kannte Frau Steinhardt nicht. Und überhaupt, was hat das Ganze denn mit Ihnen zu tun?« Er war kurz davor einzuknicken.

»Ich denke, Stefanie war nervös, panisch, es war alles zu viel für sie, deswegen war das, was sie mit Sofie gemacht hat, nur eine Art Übersprunghandlung. Sie glaubte, Marius hätte Frau Steinhardt umgebracht. Sie betonte, er könne nichts dafür, weil er bestürzt über den Tod seiner Mutter war, die ebenfalls vor kurzem gestorben ist. Es bestand eine familiäre Verbindung zwischen Frau Steinhardt und Marius' Mutter, deshalb war sie immer präsent im Leben der Familie Klein. Er hatte, um es kurz zu machen, einen Grund diese Frau nicht zu mögen. Und so wie es aussieht, wollte Ihre Tochter meine Freundin dazu bringen einen Mord zuzugeben, um ihren Freund reinzuwaschen.«

Ida machte eine kleine Pause.

»Sie wollte nur diesen Marius beschützen«, wiederholte Frau Fabius fast wie zu sich.

»Er muss sie manipuliert haben«, fasste Herr Fabius zusammen und Sofie war erstaunt, wie wenig durcheinander die beiden trotz dieser Informationsflut schienen. Sie hatten vorher davon gewusst.

»Sie hat nicht mehr zu Hause gewohnt. Sie war wie jede junge Frau, sie hatte Freunde.«

»Hat sie Ihnen nicht von Frau Steinhardt erzählt?«

Frau Fabius schüttelte stumm den Kopf.

»Warum ist sie nur in den verdammten Lesekreis gegangen? So ein Zufall.«

»War es wirklich ein Zufall, Herr Fabius?« Ida wandte sich ihm zu. »Marius Klein hat Frau Steinhardt nicht ermordet. Warum hat Ihre Tochter es dann behauptet?« Es klang vollkommen routiniert.

»Stefanie wusste von Frau Steinhardt und von der Vergangenheit«, brach es aus Frau Fabius hervor.

Herr Fabius öffnete den Mund und seine Lippen formten den Vornamen seiner Frau: *Susanne*. Aber es war kein Laut zu hören. Er hatte keine Kraft mehr.

»Irgendwann hat sie es erfahren, wir wohnen ja nicht weit entfernt von der Schule. Wir hätten wegziehen sollen. Aber hier hatten wir unsere Arbeit und ein schönes Heim. Wir waren zu bequem.« Es sprudelte aus Frau Fabius heraus, es ließ sich nicht mehr aufhalten. »Frau Steinhardt hat mir übel mitgespielt in der Schule.« Sie zog die Luft ein, atmete schwer. »Sie war damals meine Deutschlehrerein.«

Nur wenige Menschen bleiben ihr Leben lang in dem Ort wohnen, in dem sie aufgewachsen sind, die meisten verlassen ihn nach dem Schulabschluss oder der Berufsausbildung. Aber Frau Fabius gehörte noch zu der Generation, die nicht mit dem Credo aufgewachsen war, ständig mobil und flexibel sein zu müssen. Sie hatte Eichendorf nie verlassen.

»Ich war mit dem Sohn von Frau Steinhardt zusammen.«

»Ein Playboy. Er sah gut aus und viele Mädchen liefen ihm hinterher«, fuhr Herr Fabius dazwischen.

Ida runzelte misstrauisch die Stirn. »Zu der Zeit war er aber kein Schüler mehr, und auch nicht an dieser Schule, oder?«

Susanne Fabius schüttelte den Kopf, während ihr Mann sich weiter ereiferte: »Er war ein Aufreißer. Er konnte seine Finger nicht bei sich behalten und über seine Mutter konnte er schnell den Kontakt zu den Mädchen herstellen. Sein Vater war langweilig, seine Mutter eine verbitterte, böse Person und der Sohn ein

Frauenheld, ein gutaussehender, charmanter Tunichtgut mit ein bisschen Bildung.«

»Sie meinen, er hat sich an die Mädchen rangemacht«, sagte Ida sachlich.

»Er hat sie alle bekommen und ...«

... *flachgelegt*, ergänzte Ida in Gedanken. Weshalb sprach er es nicht aus? Sie runzelte erneut die Stirn. »Und woher wissen Sie das alles? Waren Sie auch auf dem Eichendorfer Gymnasium?«

»Ich habe damals noch nicht hier gelebt. Meine Frau und ich haben uns erst später kennengelernt, wir arbeiteten im selben Büro.«

Wie passend, dachte Sofie, die meisten Singles begegneten ihrem späteren Partner am Arbeitsplatz. Bevor es Internetbörsen gab, schränkte sie ihren Gedanken selbst ein.

»Aber meine Frau hat es mir ..., hat es uns erzählt.«

»Frau Steinhardts Mann, war er auch Lehrer?«

Susanne Fabius nickte bestätigend. »Er unterrichtete Mathe bei uns.« Seit die Sprache auf ihre ehemalige Deutschlehrerin und deren Sohn gekommen war, war sie auf ihrem Sessel zusammengeschrumpft und ihre Stimme klang leise und hoch, wie bei einem Kind. »Aber er ist bereits vor vielen Jahren gestorben.«

Sofie hatte sich bisher keine Gedanken um Frau Steinhardts Mann gemacht. Aber sicher konnte sie das große Haus nicht immer alleine bewohnt haben und schließlich musste es auch einen Vater für Eduard Steinhardt geben. Aber wollten sie so weit zurück in die Vergangenheit? Wo war dann die Verbindung zu Frau Fabius, die sie so verzweifelt suchten?

Während Sofie überlegte, behielt Ida die Kontrolle. »Was hat Frau Steinhardt denn genau getan?«, wandte sie sich weiter an Frau Fabius, deren Ehemann bewusst ignorierend.

»Eduard war meine Jugendliebe, aber er hat mich nur manipuliert. Seine Mutter wusste es. Nicht nur das. Sie wollte uns demütigen. Ich weiß nicht wieso, ich hatte ihr nichts getan. Sie hasste junge Frauen, sie war damals schon alt und vergrämt. Eduard hat mich fallen lassen und ich war eine Zeitlang das Gespött der Klasse. Wie konnte ich mir nur einbilden, dass so ein anziehender junger Mann etwas an mir finden könnte? Ich hätte es als Jugenddummheit sehen müssen und weitermachen mit dem Leben, aber ich konnte nicht. Ich war zu sensibel. Und Frau Steinhardt hat uns alle gequält, uns niedergemacht, die Mädchen mit Selbstvertrauen konnten es überwinden, aber ich hatte keines. Ich war danach ein Nichts.«

Thomas Fabius schlang die Arme um seine Frau, sie hatte einen Beschützer gefunden.

»Eines Tages wollte ich nicht mehr leben, danach habe ich lange in Therapie verbracht und Tagebuch geschrieben. Stefanie hat es gefunden und gelesen. Ihr wurde klar, warum ihre Mutter immer so bedrückt war. Sie hatte es auch nicht leicht in der Schule. Thomas hat versucht, das mitzubekommen, im Kontakt mit den Lehrern, ich war dazu nicht imstande.«

Thomas Fabius hatte die Arme von seiner Frau gelöst und starrte nun vor sich hin. »Ich musste mit Stefanie zur Schulpsychologin, weil sie sich geritzt hatte und sich die Haare ausriss. Sie konnte mir nicht erklären, weshalb Stefanie sich so verhielt, wir haben sie unterstützt, wo es nur ging.«

»Vielleicht hat sie sich mit mir identifiziert«, versuchte Frau Fabius ihre Tochter zu rechtfertigen. »Und dann hat sie Frau Steinhardt getroffen. Warum nur, warum?« Sie schlug sich die Hände vors Gesicht und schluchzte.

Sofie wusste nicht, ob es ihr bewusst war, aber Susanne Fabius hatte gerade ihrer Tochter ein Motiv für den Mord an Frau Steinhardt gegeben. An der Art, wie Thomas Fabius nun seine Frau wieder umklammert hielt, war klar, dass auch er es erkannt hatte.

Idas Miene zeigte beides, Bedrückung wegen des Kummers der Eltern und ein wenig Triumph, weil sie ein Motiv gefunden hatten und höchstwahrscheinlich die Mörderin von Frau Steinhardt.

»Ich verspreche Ihnen, Stefanie zu helfen«, sagte Sofie, leise und unaufdringlich wie Hintergrundmusik, aber die beiden waren in ihrer Welt versunken.

Auf der Heimfahrt konnte Sofie sich nicht entspannen. »Wir haben das Motiv, aber dennoch könnte sie ein Alibi haben.«

»Motiv, Mittel und Gelegenheit«, sagte Ida.

Das Motiv war Rache, das Mittel Gift, das Stefanie Fabius sich von oder über Marius, dem angehenden Tierarzt, heimlich besorgt hatte, und die Gelegenheit konnte die Polizei überprüfen. Aber es gab keinen Zweifel mehr, dass Stefanie Fabius die Täterin war.

»Du hast vorhin etwas angedeutet. Meinst du, es war kein Zufall, dass sie Frau Steinhardt begegnet ist?«, fragte Sofie.

»Ich glaube, sie ist sehr intelligent und zielstrebig, aber auch genauso sensibel wie ihre Mutter und ihr darüber hinaus auch sehr ergeben. Sie könnte Marius durch Zufall kennengelernt haben, aber denk daran, er war lange in Schottland und sie studiert etwas ganz anderes.«

Ida schaute nachdenklich zum Fenster, konnte aber nur ihr eigenes Spiegelbild betrachten, weil es draußen schon dunkel geworden war. »Sie hat Marius vorgeschoben, dabei traf alles, was sie Marius angedichtet hat, auf sie selber zu. Da sie ein sehr emotionaler Mensch ist, war die Methode auch nicht genau durchdacht. Sie hat eine Gelegenheit ergriffen, und dennoch alles anders gemacht.«

Sofie sah sie fragend an. »Anders als beim Mord an Frau Klein?«

»Frau Klein wurde von einer anderen Person umgebracht. Das haben wir von Anfang an vermutet und es deutet immer noch alles darauf hin.«

»Aber wer?«

Ida schaute sie fast traurig an und zuckte resigniert mit den Schultern.

26

Als sie auf dem Weg nach Hause neben Sofie im Bus saßen und ihr Gespräch versiegt war, fühlte Ida sich leer und ausgepumpt und kein bisschen euphorisch. Dazu hatte sie auch keinen Grund, denn was Stefanie Fabius vollbracht hatte, war eine Nachahmungstat gewesen. Sie hatte den Mord, der an Frau Klein verübt worden war, imitiert. Es sollte so aussehen, als hätte der Täter auch die alte Frau Steinhardt aus dem Weg getötet. Ein Serienmörder, der sich auf ältliche Lehrerinnen spezialisierte.

Aber Stefanie Fabius war viel zu stümperhaft vorgegangen. Sie hatte Frau Steinhardt unendliches Leid zugefügt; diese musste einen schmerzhaften und grausamen Todeskampf durchstehen, bis sie endlich erlöst wurde. Erst im Nachhinein wurde Ida bewusst, wie gefährlich Stefanie Fabius war, wie sehr sie sie unterschätzt hatten und wie viel schlimmer die Entführung von Sofie hätte ausgehen können.

Ida wandte sich an Sofie, die neben ihr saß und drückte den dicken Stoff ihrer Jacke, dabei war sie selbst diejenige, die aufgemuntert werden musste. »Wir werden auch den Mörder von Frau Klein finden. Ich verspreche es dir.«

Als sie am Busbahnhof in Lindenburg ankamen, wären sie am liebsten getrennte Wege gegangen, jede in ihr eigenes Zuhause, um eine Nacht über das Geschehene schlafen und alle Eindrücke sacken lassen zu können, aber die Angelegenheit war dringlich, die Polizei musste darüber informiert werden, was sie von dem Ehepaar Fabius erfahren hatten. Kommissar Gastner hatte ihnen gegenüber erwähnt, dass die Polizei vermutete, Stefanie Fabius könnte etwas mit dem Mord an Frau Steinhardt zu tun haben. Ida und Sofie konnten diesen Verdacht bestätigen. Bisher war Stefanie Fabius nur in Polizeigewahrsam, aber wenn der dringende Tatverdacht einer vorsätzlichen Tötung gegen sie vorlag, musste sie in Untersuchungshaft.

Also bewegten sie ihre müden Körper zum Polizeirevier. Klaus Gastner war nicht persönlich im Haus, deshalb gaben sie ihre Aussage einem älteren Kollegen zu Protokoll, der Innendienst schob und mit stoischer Miene auf der Tastatur seines Computers einhämmerte, so als hätte er das Tippen noch zu Zeiten mechanischer Schreibmaschinen gelernt. Er versprach, Gastner so bald als möglich über die neuen Erkenntnisse zu informieren. Erst dann konnten sie sich voneinander verabschieden und sich in ihre persönlichen Rückzugsorte begeben.

Klaus Gastner rief Ida am selben Abend noch an und bedankte sich für ihre Mithilfe. Einen Tag später erfuhr Ida, dass er Stefanie Fabius noch ein weiteres Mal verhört hatte und sie zusammengebrochen war. Sie hatte weitschweifig und mit vielen Rechtfertigungsversuchen geschildert, wie sie sich an Herrn Feinstein, den Nachbarn von Frau Steinhardt und bekannten Bücherliebhaber, herangemacht hatte, um Informationen über die verhasste ehemalige Lehrerin ihrer Mutter aus ihm herauszubekommen. Von ihm hatte sie den Hinweis erhalten, dass Frau Steinhardt ein Aquarium besaß. Bereitwillig berichtete Stefanie Fabius weiter, wie sie sich Zugang zu Frau Steinhardts Wohnung verschafft und ihrem Opfer aufgelauert hatte, um ihm die tödliche Dosis des Fischgiftes zu injizieren, das sie sich in großer Menge besorgt hatte. Die alte Frau war fast wehrlos, da sie sich bereits zum Schlafen ins Bett gelegt und sich zuvor die übliche Schlaftablette einverleibt hatte.

Noch nicht vollständig aufgeklärt war, von wem Stefanie Fabius das Gift des Steinfisches bekommen hatte. Ihr Freund Marius war zwar Student der Tiermedizin, aber er hatte nie Zugang zu irgendwelchen giftigen Substanzen gehabt. Auch war er nie über Schottland hinausgekommen und der Steinfisch lebte nun einmal in tropischen Gewässern. Wahrscheinlich war, dass Oliver Stoneheart, der für ein Pharmaunternehmen tätig war, ihr oder Marius das Mittel verschafft hatte. Aber der junge Stoneheart war hart zu knacken, *Nomen est Omen*.

Idas Vermutung bestätigte sich, dass Stefanie Fabius geistig krank, zumindest aber sehr labil war. Sie hatte jahrelang mitbekommen, wie ihre Mutter unter den Folgen der psychischen Gewalt, begangen durch eine Erziehungsperson, gelitten hatte. Oft übertragen sich die Folgen seelischer Traumata auf die nächsten Familienangehörigen, meist die Kinder, und Stefanie Fabius hatte selbst Schäden davon getragen, weil sie in der Umgebung und dem Einflussbereich ihrer gestörten Mutter aufgewachsen war.

Nun wurde Stefanie Fabius auch wegen des dringenden Tatverdachts des Mordes an Frau Steinhardt beschuldigt. Ein Sachverständiger sollte ihren geistigen Zustand untersuchen und von diesem Gutachten hing es ab, ob sie mit einer Freiheitsstrafe oder einer psychiatrischen Unterbringung rechnen musste.

Obwohl die beiden Freundinnen sich vorgenommen hatten, mindestens eine Nacht über das Erlebte zu schlafen und erst dann wieder ihren Gedankenapparat in Gang zu bringen, ließ Ida die Sache mit Stefanie Fabius keine Ruhe. Und es nervte sie, dass sie mit der Aufklärung des Mordes an Frau Klein bisher nicht weitergekommen waren.

Ida hatte ausschlafen wollen, aber am Mittwochmorgen erwachte sie schon früh, weil ihre Füße kribbelten und sie nicht länger im Bett liegen bleiben konnte, ohne dass eine Flut von Bildern auf sie einströmte. Sie wollte nicht ins Grübeln verfallen, also stand sie auf, zog ihre alte Jogginghose, dicke Socken und einen ausgeleierten Pullover an und kochte sich eine Kanne Tee.

Sie blieb den ganzen Tag zu Hause, trank literweise schwarzen Tee, aß Knäckebrot mit Gurkenscheiben, schrieb an ihrem Laptop, recherchierte im Internet und erstellte eine Mindmap. Aber die innere Unruhe blieb, ein geordnetes, systematisches Denken war nicht möglich.

Am Nachmittag hielt sie es nicht mehr aus und beschloss, einen Spaziergang zu machen. Manchmal half es, das aufgebaute Adrenalin abzulaufen.

Es war schon zu spät für einen Spaziergang im Park oder im nahegelegenen Wald, die Dämmerung hatte früh eingesetzt, also ging sie durch die Altstadt von

Lindenburg. Der Rundgang über die alte Stadtmauer war im November grau und trostlos und über dem ehemaligen Burggraben lag eine bleierne Stille. Ihr begegnete kein Mensch, worüber sie froh war, denn wie so häufig, wenn ihr Geist auf Hochtouren lief, konnte sie zu viele Sinneseindrücke nicht ertragen. Sie konnte die Gegenwart von Menschen, Gesichtern, Gesprächen, Stimmungen, Nebengeräuschen, Musik, die Schrift von Werbetafeln und Zeitungen, den Lärm des Autoverkehrs, Farben und Bilder nicht ausschalten. Alles drang ungefiltert auf sie ein und steigerte ihre innere Anspannung, sie war dem schutzlos ausgeliefert. Aber in diesem tristen Kleinstadt-November war sie keinen zusätzlichen Reizen ausgesetzt, außer, dass es nach abgestandenem Rauch schmeckte, wie nach einem Kaminfeuer, das erloschen war, aber noch vor sich hin schwelte. Zunächst glaubte sie, jemand hätte in der Nähe ein Feuer gemacht, aber dann wurde ihr bewusst, dass es wieder nur eine Sinnestrübung gewesen war.

Nachdem sie einige Runden um den Stadtkern gelaufen war, wagte sie sich in die Innenstadt. Sie versuchte ihre Geschwindigkeit zu verringern und sich den anderen Passanten anzupassen. So schlenderte sie durch das Zentrum der gemütlichen Kleinstadt. Sie begegnete vielen Pärchen in ihrem Alter, die gemeinsam über den Markt gingen und letzte Einkäufe erledigten. Bald würde der Herbst vorbei sein und die Vorweihnachtszeit beginnen, das Rathaus und die Gassen der Fußgängerzone würden mit Lichterketten geschmückt sein, die die Furcht vor den dunklen Ahnungen des Winters vertreiben sollten.

Diese Stadt bestand fast nur aus älteren Ehepaaren, so jedenfalls kam es Ida vor. Harmonisch, einträchtig, routiniert gingen sie ihren Erledigungen nach, die Frauen geschäftig voran und die Männer die vollen Einkaufskörbe hinterher tragend. Für sie war es weniger wichtig, den Einkaufszettel abzuarbeiten, denn den hatten ohnehin ihre Ehefrauen besser im Kopf, als das Auto strategisch günstig geparkt zu haben. So ähnlich musste auch das Ehepaar Klein durch Lindenburg gewandelt sein, ging es Ida durch den Kopf. Sie hatten dazu gehört zu dieser spießigen und altbackenen Einwohnerschaft, gebildet aus Zweiergemeinschaften, Einfamilienhäuschen und blitzblank geputztem Jahreswagen in der Garage. Aber hinter der gleichmäßigen Fassade verbargen sich Geheimnisse, Lügen und Vertrauensbrüche.

In der Fußgängerzone lag auch der Kaffeeladen, in dem Ida das Handy für Sofie gekauft hatte. Viel geholfen hatte es ihr nicht, als sie am selben Abend von Stefanie Fabius entführt worden war. Gerade als Ida an dem Laden vorbeiging öffnete sich die Eingangstür und ein – wie sollte es anders sein – Ehepaar mittleren Alters verließ das helle Innere, einen aromatischen Kaffeeduft mit sich heraustragend. Genau so waren an jenem Vormittag Frau Brettschneider und Eduard Stoneheart aus dem Laden getreten, gerade als Ida hatte hineingehen wollen.

Frau Brettschneider! Sie hatten sie völlig aus dem Bewusstsein verloren. Kurz nachdem sie Frau Klein tot im Gruppenraum des Volkshochschul-Pavillons aufgefunden hatten, hatten sie einen Plan entwickeln wollen, um an Frau Brettschneider heranzukommen, hatten den Gedanken dann aber nicht weiter verfolgt. Die

Ereignisse hatten sie überholt und sie waren auf eine andere Verfolgungsspur geraten. Sofie hatte sich auf die nähere Umgebung und die Familienangehörigen von Frau Klein konzentriert und dann war auch noch Frau Steinhardt gestorben. Und so hatten sie einen losen Faden nach dem anderen fallen lassen und nicht weiter verfolgt. Nun war es an der Zeit, sich wieder Frau Brettschneider zuzuwenden.

Plötzlich hatte Ida das dringende Bedürfnis, sich mit jemandem über Tatsachen, Indizien und gewonnene Erkenntnisse auszutauschen und die verschiedenen Handlungsstränge zusammenzuführen.

Klaus Gastner hatte am Telefon etwas überrascht geklungen, als sie ihm angeboten hatte, sich für seine Abendessen-Einladung zu revanchieren und ihn im *Burger for Burgers* zu treffen, einem Hamburger-Restaurant nicht weit von ihrer Wohnung entfernt. Er brauchte einige Zeit um sich zu besinnen. Spontaneität gehörte offensichtlich nicht zu seinen herausragenden Eigenschaften.

Dann kam die vorwurfsvolle, lauernde Frage: »Rufst du mich an, weil du Informationen über die Ermittlungen von mir haben willst?« Sie waren also wieder beim Du angekommen.

»Ich hatte einen langen und aufregenden Tag und ich würde gerne einfach nur abschalten«, erwiderte Ida.

Sie hörte ein unterdrücktes Lachen am anderen Ende der Leitung. »Schade, ich dachte, wir könnten unsere Erkenntnisse zusammenfügen.«

Sie wusste nicht, was sie antworten sollte. Der private Klaus Gastner unterschied sich von dem professionellen und scheinbar unbeteiligten Kommissar und sie konnte nicht sofort einordnen, mit welcher Seite seiner Persönlichkeit sie es gerade zu tun hatte. Die private Seite gefiel ihr jedenfalls wesentlich besser.

Aber Klaus fuhr schon fort: »Deine Einladung kommt zum richtigen Zeitpunkt. Ich muss dringend eine Pause machen und ohne deinen Anruf würde ich es wohl nie schaffen, mich von meiner Arbeit loszureißen. Treffen wir uns gleich dort? In einer Viertelstunde?«

Wenig später saßen sie an einem kleinen Tisch ganz hinten in dem überfüllten, hauptsächlich von jungen Leuten frequentierten Burger-Laden, jeder hatte einen quadratischen Teller mit einem hausgemachten gebratenen Fleischklops auf Brötchen vor sich, garniert mit Zwiebelringen, frischem Gemüse und delikaten Saucen, dazu eine Flasche mit Fassbrause, aus der ein breiter schwarzer Strohhalm ragte.

Sie steckten ihre Köpfe zusammen, um verstehen zu können, was der andere sagte, ohne den enormen Lärmpegel übertönen zu müssen, der in dem durchdringend nach heißem Fett riechenden Restaurant herrschte. Sie wollten die anderen Gäste ungern an dem Inhalt ihres Gesprächs teilhaben lassen. Außerdem konnte Ida auf diese Weise die störenden Eindrücke so gut es ging ausblenden.

Sie zählte auf, was sie über Frau Brettschneider zusammengetragen hatte: »Nachdem wir die Leiche von Frau Klein im VHS-Pavillon gefunden hatten, stand Angelika Brettschneider unter Schock. Sie musste von den Sanitätern betreut werden«, erinnerte sie sich. »Aber das muss nichts zu bedeuten haben. Denn sie hatte den Ersatzschlüssel für den Pavillon. Sie hatte ihn von der VHS bekommen, als Frau Klein einmal erkrankt war und nicht zum Lesekreis kommen konnte.«

»Wann genau?«, unterbrach Klaus Gastner sie, während er sich eine Pommes frites in den Mund schob.

»Irgendwann im Oktober. Diesen Schlüssel hat sie nicht wieder an das Sekretariat zurückgegeben.«

Klaus wischte sich die Finger an der Serviette ab, holte ein kleines, schwarzes, stark strapaziertes Moleskin-Notizbuch aus der Seitentasche seines Jacketts und machte sich eine Notiz.

»Bleibt immer noch die Frage, wo der Schlüssel von Frau Klein geblieben ist«, fügte Ida hinzu.

Auch das notierte sich der Kommissar.

Ida nahm einen Bissen Fleisch und kaute gründlich. Dann spülte sie mit einem Schluck Limonade nach. »Wenige Tage nach dem Tod von Frau Klein hat Sofie Frau Brettschneider im Haus der Familie Klein getroffen. Sie war dort mit dem trauernden Ehemann zusammen.« Zwischen zwei weiteren Bissen fuhr sie fort: »Ich habe herausgefunden, dass Angelika Brettschneider Herrn Klein Geld geliehen oder vielmehr in seine Firma investiert hat. Die Firma ging den Bach runter, stand kurz vor der Insolvenz.«

Klaus blätterte mit dem Daumen in den Seiten seines Notizbuchs und nickte dann zustimmend: »Ein Großhandelsbetrieb für Medikamente.«

Ida schluckte. Hier bestand eine weitere Verbindung, die sie bisher nicht beachtet hatte. Frau Kleins erster Ehemann, Eduard Stoneheart, leitete ein Pharmaunternehmen. Auch er stand in geschäftlichen Beziehungen zu Frau Brettschneider.

»Welche Motive hat Frau Brettschneider?«, unterbrach Klaus ihren Gedankenfluss. »Warum investiert sie in das Unternehmen von Herrn Klein?«

»Sie will Macht über ihn ausüben«, schoss es aus Ida heraus. »Genau so, wie sie über die Ehefrau ihres Geschäftspartners Macht ausüben wollte. Deshalb war sie in den Krimi-Lesekreis gegangen, den Frau Klein leitete.« Das bisher schummrige, verschwommene Bild wurde klarer. »Sie wollte Stärke demonstrieren durch ihre Anwesenheit, ihr Wissen und ihre Intelligenz. Frau Klein sollte wissen, dass sie unter Beobachtung stand. Dass sie sich keinen Fehler erlauben durfte. Weil der nämlich unbarmherzig bestraft werden würde und den Ruin für das Ehepaar bedeuten könnte«, zog sie die Schlussfolgerung. »Irgendwann hat Frau Klein einen solchen Fehler begangen. Und sie wurde bestraft. Tödlich.

»Moment, Moment«, wurde sie von Klaus Gastner gebremst. »Nicht so voreilig. Halten wir zunächst fest, dass Frau Brettschneider ein finanzielles und wirtschaftliches Interesse am Geschäft von Herrn Klein hatte.«

»Ein solches Interesse hatte übrigens auch Frau Klein«, fiel Ida ein. »Sie hatte ebenfalls in das Unternehmen ihres Ehemannes investiert. Das heißt, sie hatte eine Bürgschaft übernommen«, stellte sie richtig.

Ida machte eine Pause. Klaus Gastner schaute sie erwartungsvoll an, aber bevor sie weiter reden konnte, musste sie erst etwas zu beißen haben. Sie griff nach einer knackigen Scheibe Gurke und kaute darauf herum. Wieder war sie auf eine Tatsache gestoßen, der sie bisher viel zu wenig Beachtung geschenkt hatte: »Frau Klein muss über erhebliche finanzielle Mittel verfügt haben, sonst hätte die Geschäftsbank Ihres Mannes sie gar nicht erst als Bürgin akzeptiert«, formulierte sie ihren Gedanken in Worte. »Und das, obwohl sie nur eine einfache Lehrerin war?«

Fragend schaute Ida Klaus an, der wieder eifrig mitgeschrieben hatte. Dann legte er Notizbuch und Stift beiseite und beendete seine Hamburger-Mahlzeit.

»Frau Klein hat nach der Scheidung von ihrem ersten Ehemann abgeräumt. Sie hat eine stattliche Abfindung herausgeschlagen, dazu Aktienanteile an seinem Pharmaunternehmen. Der Wert der Aktien ist über die Jahre enorm gestiegen, weil Mister Stoneheart so erfolgreich war. Er konnte sein Unternehmen an einen weltweiten Konzern verkaufen. Deshalb konnte sie die Bürgschaft für die Geschäftsverbindlichkeiten ihres zweiten Ehemannes übernehmen«, klärte er Ida auf. Auch er war fleißig gewesen und hatte einiges über die Hintergründe von Frau Klein in Erfahrung gebracht.

»Eduard Stoneheart muss es bereut haben, ihr so viel Vermögen überlassen zu haben«, spann sie den Gedankenfaden weiter. »Er war verärgert, wollte sich das Geld eines Tages wiederholen. Deshalb setzte er Frau Brettschneider auf sie an.«

Sie fischte noch ein Salatblatt vom Teller. Sie konnte nur wirklich gut denken, wenn sie etwas zu kauen hatte. »Frau Brettschneider wurde auch tatsächlich mit Eduard Stoneheart zusammen gesehen.«

Klaus Gastner zog fragend die Augenbrauen hoch.

»Von mir. Zufällig. Sie liefen mir über den Weg.«

Er nickte und gab ihr zu verstehen, dass sie weiter erzählen sollte.

»Sofie glaubt, dass die beiden ein Liebespaar sind. Das kann, muss aber nicht so sein. Vielleicht sind sie ebenfalls Geschäftspartner.«

Klaus nickte wieder. Dann sprach er die Frage aus, die ihn beschäftigte: »Welche gemeinsamen Interessen verfolgen Frau Brettschneider und Herr Stoneheart?«

Wieder kam Ida schnell, vielleicht zu schnell, zu einer Schlussfolgerung: »Sie wollen an das Vermögen von Frau Klein.«

»Aber hätten sie durch ihren Tod einen Vorteil gehabt?«, gab er zu bedenken.

Ida zählte die verschiedenen Möglichkeiten auf: »Wenn das Unternehmen von Herrn Klein in Insolvenz gegangen wäre, hätte Frau Klein wegen der übernommenen Bürgschaft mit ihrem Vermögen einstehen müssen. Das Geld wäre dann weg gewesen. Durch den Tod von Frau Klein war die Bürgschaft verfallen. Also mussten sie auf andere Weise an das Geld herankommen, bevor Herr Klein bankrottging.«

»Ja, aber die Erben sind ihre beiden Söhne Marius und Oliver sowie der Ehemann Klein. Herr Stoneheart hat als geschiedener erster Ehemann nach Aufhebung der Gütergemeinschaft keinerlei Erbschaftsansprüche mehr gegen Frau Klein«, wandte Klaus ein. Er stand gedanklich auf einer Ebene mit Ida, das war bisher nur wenigen Männern gelungen.

»Aber vielleicht haben sie vor, das Unternehmen von Herrn Klein zu übernehmen. Sein Vermögen wäre durch die Erbschaft von Frau Klein bereichert.«

Klaus schüttelte nachdenklich den Kopf. »Sie müssten erst einmal bezahlen, um an die Gesellschaft heranzukommen. Und der andere Weg, die Firma von Herrn Klein gezielt in die Insolvenz zu führen, würde genau zum Gegenteil führen von dem, was sie erreichen wollten. Ein leerer Unternehmensmantel bringt ihnen gar nichts. Nein, es muss noch eine andere Möglichkeit geben, um Zugriff auf das Vermögen von Frau Klein zu erhalten.«

»Es sei denn ...«, überlegte Ida laut, »es sei denn, Herr Stoneheart lässt seinen Sohn Oliver für sich handeln. Er könnte über ihn Einfluss auf die Geschicke des Unternehmens nehmen. Vielleicht braucht er einen Vertrieb für seine Medikamente hier in Deutschland.«

Sie legte das Besteck beiseite und lehnte sich zurück, soweit das in diesen engen Räumlichkeiten überhaupt möglich war. Ihr Begleiter aber beugte sich noch weiter vor. Seine Augenfarbe war wieder von stahlgrau zu dunkelviolett gewechselt, als er seinen Blick in ihren versenkte. »Das Gespräch mit dir war wieder einmal sehr anregend.«

Seine Hände legten sich auf ihre und umschlangen sie in einem warmen, trockenen Griff.

»Leider, leider, leider muss ich nun aber zurück an meinen Schreibtisch in dem kleinen stickigen Büro. Und es wird Zeit, Frau Brettschneider aufs Polizeirevier zu bestellen und sie sich einmal ausführlich vorzunehmen.« Er hob ihre Hände, beugte sich darüber und hauchte einen Kuss darauf. »Aber vielleicht können wir unser Gespräch später am Abend fortsetzen.«

Ida entzog ihm ihre rechte Hand, um ihm über die Wange zu streichen. »Ich glaube, wir haben genug geredet. Aber wir können den späteren Abend gerne entspannter verbringen.«

27

Die Strahlen der tiefstehenden Sonne streiften die Sträucher und den nebelfeuchten Rasen des hinteren Gartens nur flüchtig und suchten schnell den Weg durch das Küchenfenster ins Haus. Noch immer Nachmittag, dachte Sofie. Manchmal passiert so vieles, dass die Zeit stehenzubleiben schien. Sie trat in die Küche und blinzelte ins Sonnenlicht. Durch das Fenster sah sie ihre Nachbarin in ihrem Garten arbeiten, Laub zusammen harken und in Papiertüten stopfen. Ihr runder Rücken war ein einziger Vorwurf. Sofies kleiner Garten hatte sich in ein Meer aus schmutzig braunen Blättern, Zweigen und Matsch verwandelt. Es hatte nicht geregnet, aber die morgendliche und abendliche Kühle presste die Feuchtigkeit aus der Luft auf den Boden.

Sofie fühlte sich unendlich müde, es war zu viel passiert. Aber letztendlich änderte sich nichts. Warum nicht, fragte sie sich. Weil sie schon mit dem Leben abgeschlossen hatte und nur noch der Wächter des Hauses und einer Vergangenheit war, die noch nicht vergessen werden durfte? Etwas, das nicht vergessen werden durfte, sollte man aufschreiben, wie so viele Chronisten aus früheren Zeiten es getan hatten.

Sie sah den Block auf dem Küchentisch, ergriff ihn und nahm sich vor, richtiges Schreibpapier zu besorgen, viele und gute Stifte und vielleicht einen Computer. Sie schrieb: *Emma Klein, Ida Wirtz, Sofie Bergmann, Maria Steinhardt, Stefanie Fabius, Angelika Brettschneider.*

Sie stockte, nur Frau Brettschneider war noch übrig aus ihrem Lesekreis. Außer Ida und ihr natürlich. Schnell schrieb sie weiter: *Johann Klein, Marius Klein, Oliver Stoneheart (Steinhardt), Eduard Stoneheart, Maria Steinhardt.*

Bei Frau Steinhardt, die sie nun schon das zweite Mal notiert hatte, fielen ihr noch ein: *Herr Feinstein, Frau Freitag und Tochter Nadine Freitag, die Nachbarinnen von Frau Steinhardt.*

Inzwischen war es draußen dunkel geworden und die Schrift auf dem Block war kaum noch zu erkennen. Sofie stand auf und schaltete das Licht an.

Sie war in der Küche, um sich einen beruhigenden Tee zuzubereiten, als es an der Haustür klingelte. Vor der Tür stand Oliver Stoneheart.

»Entschuldigen Sie die späte Störung.«

Sofie sah in seine dunklen Augen, sein eleganter Anzug schimmerte im Licht der Straßenlaterne.

»Es geht Ihnen doch wieder besser?«

Sofie schluckte. »Ja, danke.«

»Darf ich hereinkommen? Nur ganz kurz.«

Aus Höflichkeit ließ sie ihn herein.

Die Nachbarn gegenüber hatten die Vorhänge zugezogen, der Herbst veranlasste die Menschen wieder in ihr Privatleben zurückzugleiten. Sofie wusste nicht, was Oliver Stoneheart von ihr wollte, aber ein gutaussehender Mittdreißiger, weitgereist und mit einer glänzenden Karriere, klingelte nicht ohne Grund an der Tür einer über 60-jährigen Witwe aus einer Kleinstadt.

»Sie haben doch noch nicht geschlafen?«

»Nein«, widersprach sie vehement, »ich gehe nicht früh schlafen. Außerdem wollte meine Freundin noch anrufen.« Sofie beglückwünschte sich innerlich zu diesem spontanen Einfall.

»Ich wollte mir gerade Ingwertee machen, möchten Sie auch eine Tasse?«

»Gerne.«

»Es ist sehr nett, dass Sie sich nach mir erkundigen. Ich habe Ihnen Umstände gemacht, aber ich habe der Polizei gesagt, dass Sie mir nur geholfen haben.«

Er lächelte nachsichtig. »Die Polizei denkt sowieso, was sie will. Das muss Sie nicht beunruhigen.«

Er saß in ihrer Küche, strahlte Selbstvertrauen und Arroganz aus und hielt seine Hände aneinandergelegt auf dem Tisch. »Marius hat mir erzählt, dass Sie bei ihnen waren und kondoliert haben. Sie haben meine Mutter gemocht, nicht wahr?«

»Sie war ein sehr warmherziger Mensch.«

Oliver Stoneheart sah aus dem Fenster in die Dunkelheit. »Sie haben sie gefunden?«

Sofie nickte.

»Können Sie mir vielleicht sagen, wie genau?«

»Hat Ihnen Ihr Stiefvater nichts gesagt?«

»Er war nicht dabei, oder?« Er sagte es sehr sanft, aber die Ungeduld blitzte hervor.

Während sie Wasser in den Wasserkocher füllte, erzählte Sofie ihm von der geschlossenen Tür, das wichtigste Detail, von der vornübergebeugten Gestalt von Frau Klein, den Teilnehmerinnen, die kamen, der Polizei und dem Notarzt. Kurz zuckte sein Mundwinkel.

»Sie sah nicht aus, als ob sie Schmerzen gehabt hätte?«

Sofie brauchte nicht zu überlegen, den Anblick würde sie nie vergessen. »Sie hatte einen friedlichen Ausdruck auf dem Gesicht.«

»Das ist eine Erleichterung.«

»Haben Sie sie nicht gesehen? Ich meine – noch einmal?«

»Ich will es nicht. Der Anblick von Großmutter hat mir gereicht.«

Sofie wurde klar, dass er den schmerzverzerrten Gesichtsausdruck seiner Großmutter vor Augen hatte, so wie ihn Ida beschrieben hatte.

»Mein Vater und ich waren zusammen da. Er brauchte mich.«

Sie schwiegen, während Sofie das kochende Wasser über den Tee goss. In ihr machte sich Enttäuschung breit. Das war alles, er wollte nur die Gewissheit, dass seine Mutter nicht hatte leiden müssen.

Er machte Anstalten sich zu erheben.

»Ihr Tee, er ist gerade fertig«, hielt Sofie ihn zurück

Er lehnte sich wieder zurück, entspannte sichtlich.

»Können Sie sich einen Grund denken, warum jemand Ihrer Mutter das hätte antun wollen?«

Er sah sie mit großen Augen an. »Natürlich nicht. Sie sagten selbst, dass sie ein wunderbarer Mensch war.«

»Ja, das war sie. Aber derjenige, der das getan hat, hatte bestimmte Gründe. Ein Mörder ist kein guter Mensch.«

»Ich weiß es wirklich nicht. Wenn Stefanie Fabius es nicht getan hat, fällt mir niemand ein.«

»Sie war es nicht. Sie ist der impulsive Typ. Die Tat an Ihrer Mutter hingegen war sorgfältig geplant.«

Er atmete tief ein und in seinen Augen blitzte es auf.
»Gift zu besorgen ist auch geplant.«

»Aber die Vorgehensweise ist anders.«

»Sie meinen einerseits den friedlichen schnellen Tod durch das Gift und andererseits die brutale Variante, dazu der Tatort, hier die Schule, dort das eigene Heim.«

»Ihr Tee wird kalt«, erinnerte Sofie ihn.

Er umschlang die Tasse mit beiden Händen wie eine Frau. Schlanke, zarte Hände, stellte sie fest.

»Ich wusste, Sie würden mir helfen. Haben Sie vielleicht etwas Gebäck?« Er lächelte sie an.

»Womit sollte ich Ihnen helfen? Bestimmt nicht mit Gebäck, denn ich bin nicht zum Einkaufen gekommen.«

»Sie kaufen es? Ich dachte, Sie backen selbst.«

»Ich komme nicht dazu.«

»Weil Sie so viel mit Recherchieren zu tun haben?«

»Ich habe Ihrem Stiefvater kondoliert und kannte Frau Fabius aus dem Lesekreis, alles andere ist so passiert.«

Er lächelte wieder. Diesmal war es ein trauriges Lächeln. »Sagen Sie mir, was Sie denken. Nehmen Sie keine Rücksicht auf mich oder Marius.«

»Ich denke, dass weder Marius noch Sie es waren, das ist alles, was ich denke.«

»Meinen Stiefvater haben Sie nicht ausgeschlossen.«

»Doch, eigentlich schon.«

»Es ist oft der Ehemann«, fuhr er fort.

»Er hat seine Frau – Ihre Mutter – geliebt.«

»Sind Sie sicher?«

»Ich weiß nichts Gegenteiliges. Sie müssten das besser wissen, es ist Ihre Familie.«

Er seufzte und sah wieder aus dem Fenster. »Es ist viele Jahre her, dass wir eine Familie waren, aber damals hat er sie geliebt. Er war noch erfolgreich, konnte sie ernähren, oder besser uns. Ich war die Beigabe.«

»Wie hat er sich Ihnen gegenüber verhalten?«

»Er war in Ordnung. Als Marius auf der Welt war, hat er ihn natürlich bevorzugt, aber da war ich schon älter. Außerdem hatte ich meine Großmutter, die mich verwöhnt hat. Marius war immer neidisch auf mich.«

Sofie musste an Marius' Aussage denken, dass sein Bruder neidisch auf *ihn* war.

»Ihre Großmutter war immer präsent in Ihrem Leben?«

»Selbstverständlich.«

»Und Ihr Vater?«

Seine Miene verdüsterte sich nur eine Sekunde, dann war er wieder er selbst. »Mein Vater hatte viel zu tun. Aber ich habe ihn oft gesehen. Dafür hat Großmutter gesorgt.«

Frau Steinhardt hatte die Fäden in der Hand gehalten.

»Glauben Sie, mit diesen Informationen kommen Sie weiter?«

»Ich möchte mir ein Bild machen.«

»Sie versuchen gerade meinen Stiefvater auszuschließen, weil Sie es so wollen. Aber man sollte objektiv sein, besonders, wenn man nicht zur Familie gehört.«

»Dann sollten Sie der Polizei die Arbeit überlassen, die ist objektiv.«

»Vielleicht, aber sie ist dumm.«

»Sie denken das von Kommissar Gastner?«

»Besonders intelligent erscheint er mir nicht. Sie waren es doch, die Frau Fabius entlarvt hat.«

»Meine Freundin und ich.«

»Aber Sie sind mir lieber als Ihre Freundin. Erstens kenne ich Sie schon und zweitens ...«

»... zweitens, denken Sie, mich besser manipulieren zu können«, unterbrach sie ihn.

»Sie sollten eine bessere Meinung von sich selber haben.«

Sofie verschluckte sich und musste husten. Er stand auf und tätschelte ihr leicht den Rücken. »Außerdem versteht Ihre Freundin sich zu gut mit dem Kommissar, sie ist nicht unvoreingenommen.«

»Was meinen Sie? Meine Freundin und der Kommissar?«

»Nach ihrer Entführung sind die beiden zusammen vorgefahren. Und vorhin habe ich sie in einem Restaurant sitzen gesehen.«

»Ich glaube, dass Sie ihr gefolgt sind und jetzt sind Sie hier, weil Sie ganz genau wussten, dass ich zu Hause bin.«

»Auf dem Weg hierher kam mir der Kommissar in seinem Auto entgegen. Gut, ich bin ihm gefolgt. Ihm, nicht ihr. Ich war neugierig.«

»Und er hat es nicht gemerkt?«

»Ich glaube nicht. Vielleicht ist er zu abgelenkt.« Er legte seinen Kopf schief und lächelte breit.

»Was erwarten Sie von mir?«, fragte Sofie matt.

»Ich wollte mich mit Ihnen austauschen.«

»Im Augenblick weiß ich nicht, was ich denken soll. Außer vielleicht, dass Sie unbedingt Beweise gegen ihren Stiefvater wollen.«

»Mir ist nur aufgefallen, dass sie ihn ausschließen wollen.«

»Also sind wir beide nicht objektiv.«

»Sie sind wirklich *tough*. Also gut, ich erzähle ihnen, was ich weiß. Ich weiß, dass mein Stiefvater in finanziellen Schwierigkeiten steckt, ich weiß, dass er eine Investorin hat, die er naiverweise als seine Assistentin ausgegeben hat, um Mutter nicht zu beunruhigen. Ich glaube nicht, dass sie seine Geliebte ist. Warum meine Mutter umgebracht wurde, was dahinter steckt, weiß ich nicht. Sollte man jetzt eher die Todesart, den Tatort oder ein mögliches Motiv untersuchen? *Cui bono* fragen? Aber es könnte ja auch ein personenunabhängiges Motiv sein.«

»Was ist ein personenunabhängiges Motiv?«

»Sie sind doch in einem Krimi-Lesekreis. Oder gibt es diese Vokabel nicht? In Thrillern kommen andauernd diese Massenmörder vor, Serienkiller und so weiter, die nur deshalb jemanden umbringen, weil sie zeigen wollen, dass sie es können. Es trifft jemanden, der zur falschen Zeit am falschen Ort war.«

»Wir lesen Krimis und nicht Thriller und jemanden umzubringen, nur um zu zeigen, dass man es kann, ist absurd.«

»Krimi, Thriller, was ist der Unterschied?«

»Dass es in einem Krimi kein personenunabhängiges Motiv gibt, zum Beispiel. Es ist ein Rätsel, und das kann man nur lösen, wenn es einigermaßen logisch ist.«

»Ich dachte, es käme vor allem auf die Spuren und die Alibis an.«

»Es muss ein Motiv geben.«

»Gerade die Art und Weise lässt aber darauf schließen, dass jemand schlau sein wollte. Ein geschlossenes Zimmer, ich bitte Sie.«

»Vielleicht war das nicht geplant.«

»Jemand hat unabsichtlich abgeschlossen, obwohl eine Leiche dort drin war?«

»Hatte Ihre Mutter den Schlüssel für den Kursraum zu Hause vergessen? Die Polizei sucht nämlich danach. Man muss annehmen, dass der Mörder ihn mitgenommen hat.«

»Sie suchen den Schlüssel? Es wundert mich nicht, dass die Polizei ihn nicht gefunden hat. Ich werde nachsehen. Aber wenn sie ihn zuhause vergessen hatte, wie kam sie dann in den Raum?«

»Der Raum war schon geöffnet gewesen.«

»Und woher wissen Sie das?«

»Von einer Aussage.«

»Wer hat die Aussage gemacht? Vielleicht war es gelogen und diese Person hat etwas zu verbergen.«

Sofie wagte ihm nicht von Frau Steinhardts Anruf zu berichten.

»Ein Hausmeister hat nichts zu verbergen, er macht seine Runde und weiß, wann welcher Kurs läuft.« Sofie überlegte kurz, ob sie Herrn Brommer die falschen Fragen gestellt hatte. Möglicherweise hatte er unwissentlich etwas beobachtet.

Olivers Augen wurden zu Schlitzen. »Der Raum war offen, meine Mutter brauchte ihren Schlüssel nicht, konnte vielleicht gar nicht bemerken, dass er nicht da war. Oder der Schlüssel war da und der Mörder hat zugeschlossen. Aber warum? Damit niemand hineinkommt? Eine solche Verzögerung ist aber nur sinnvoll, wenn meine Mutter noch nicht tot war.«

Er blickte Sofie wieder voll an an. »Sie müssen mir helfen. Ich weiß nicht, wo ich anfangen soll.«

Er hatte genau das Richtige im richtigen Moment gesagt, um sie bei der Stange zu halten.

»Ich glaube, die Polizei ist klüger als Sie denken. Wir kommen jetzt nicht weiter, das sehen Sie doch ein?« Ihre Stimme wurde schleppend.

»Ich denke, Sie haben recht. Ich werde im Haus meiner Mutter nach dem Schlüssel suchen. Und Sie«, er grinste wieder, »haben dann die Gelegenheit mit Ihrer Freundin zu sprechen. Hoffentlich kommen Sie beide auf neue Ideen.«

»Es werden keine Ideen sein, die die Polizei nicht auch hätte. Ihrer Meinung nach steht meine Freundin ja so gut mit dem Kommissar.«

»Aber sie wollen doch meiner Mutter Gerechtigkeit widerfahren lassen.«

»Die Polizei macht nur ihre Arbeit. Das ist der Unterschied. Apropos, wenn Sie Ihren Stiefvater nicht unbedingt ausschließen wollen, können sie mehr als Vermutungen bringen, vielleicht Fakten über seine Geschäfte.«

»Sie sind ganz schön raffiniert. So einfach kann ich aber nicht in dem Haus ein- und ausgehen, schließlich wohne ich dort schon lange nicht mehr. Wahrscheinlich konnten Sie das sogar besser, wie mir Marius berichtet hat.«

»Das war ein Kondolenzbesuch.«

»Und ein geliehenes Buch.«

»Ihre Mutter war sehr nett zu mir und …«

»Und ich habe meine Mutter so gut gekannt, dass ich weiß, dass sie Bücher verschenkt oder nicht aus der Hand gegeben hat, aber verliehen hat sie nichts.«

Sofies Gesicht wurde rot.

»Aber sehr einfallsreich von Ihnen.«

Er stand auf. »Ich will Sie nicht weiter aufhalten, ich muss noch etwas essen.« Er sah Sofie an, machte aber nicht den Fehler sie einzuladen, obwohl er es sekundenlang in Erwägung gezogen zu haben schien.

Sofie musste sich in Acht nehmen. Sie musste sich sehr in Acht nehmen.

28

Nur zu gerne hätte Ida Klaus Gastner am Abend noch in ihre Wohnung eingeladen. Aber er musste bis spät in die Nacht im Büro bleiben, um weiter an dem Fall zu arbeiten. Sie stünden kurz vor einem Durchbruch, erklärte er ihr eine Stunde nach ihrem gemeinsamen Abendessen im *Burger for Burger* am Telefon. Als sie versuchte, weitere Informationen aus ihm herauszulocken, wurde er freundlich und distanziert. Alle Erkenntnisse könne er ihr nun leider nicht weitergeben.

Sie hatte plötzlich das dringende Bedürfnis mit Sofie zu reden. Also machte sie es sich mit einem Glas Rotwein auf der Couch gemütlich und rief sie an. Es klingelte nur einmal und schon nahm Sofie ab. Sie klang aufgeregt und zugleich erleichtert.

»Ida, du bist es. Endlich.«

Offensichtlich hatte sie ihren Anruf erwartet. Es musste Gedankenübertragung gewesen sein, wie es bei Menschen häufig vorkommt, die vertraut miteinander sind.

»Hättest du nur wenige Minuten früher angerufen, dann ...«

Und sie erzählte von dem Besuch, den Oliver Stoneheart ihr in ihrer Wohnung abgestattet hatte.

Schon wieder einer dieser unvorhergesehenen und scheinbar sinnlosen Zusammenkünfte, dachte Ida, während sie sich bemühte, aufmerksam zuzuhören und die seltsamen Fragen und Anspielungen von Oliver Stoneheart zu entschlüsseln. Was hatte er Sofie wirklich mitteilen wollen? Dass sein Stiefvater der Täter war? Dass die Polizei beziehungsweise Sofie und sie ihre Ermittlungen mehr auf Herrn Klein konzentrieren sollten? Oder wollte er gerade von ihm ablenken, indem er ihre Überlegungen in diese Richtung lenkte? Denn schließlich unterhielt Herr Klein eine enge Beziehung zu Frau Brettschneider, um die sie sich bisher so gut wie gar nicht gekümmert hatten.

Sofie glaubte nicht, dass einer der Söhne Frau Klein umgebracht hatte. Und welches Motiv sollte Herr Klein gehabt haben? Er hätte überhaupt nicht von ihrem Tod profitiert. Wieder landeten sie bei Frau Brettschneider. Alles deutete momentan auf sie hin und Ida war froh, dass der Kommissar sie morgen vernehmen wollte.

Als Ida Klaus Gastner erwähnte, stockte Sofie kurz. »Ist er jetzt bei dir?«

»Wie kommst du darauf?«

»Weil du weißt, dass er Frau Brettschneider vorgeladen hat.«

Ida versuchte, Sofies indirekte Frage über die Art der Bekanntschaft mit Klaus Gastner zu umgehen: »Ohne Verbindungen zum ermittelnden Kommissar kommen wir mit unseren Nachforschungen nicht weiter. Wir brauchen ihn. Nur die Polizei kann den Tatort nach Spuren untersuchen, Beweise sichern, Zeugen vorladen und Verdächtige verhaften.«

»Und diese Verbindung stellt Kommissar Gastner dar?«, fragte Sofie misstrauisch.

»Er hat uns auf die Spur von Frau Fabius und ihren Eltern gebracht und er hat mir mitgeteilt, dass es an der Zeit sei, Frau Brettschneider aufs Polizeirevier zu bestellen und sie sich einmal ausführlich vorzunehmen. Von ihm können wir die fehlenden Mosaiksteinchen bekommen, die uns für das endgültige Bild unseres Kriminalfalls fehlen.«

Eine Pause entstand. Dann sagte Sofie nachdenklich: »Ich glaube, ich habe auch einen solchen Helfer. Einen persönlichen Informanten. Oliver Steinhardt. Er hat mir nicht nur einen Hinweis gegeben, sondern mir auch versprochen, im Hause der Familie Klein nach dem Schlüssel zu suchen, der bisher noch nicht aufgetaucht ist.«

Das Geheimnis des Schlüssels für den verschlossenen Raum hatten sie immer noch nicht geklärt.

»Ich brauche noch etwas Zeit, um darüber nachzugrübeln und meine Gedanken zu sortieren«, ergänzte Sofie.

Sie entschieden, nun tatsächlich schlafen zu gehen. Nachdem sie sich für den nächsten Nachmittag bei Sofie verabredet hatten, wünschten sie sich eine gute Nacht.

Aber Ida war viel zu aufgedreht, um sofort einzuschlafen. Auch der Rotwein trug diesmal nicht dazu bei, das ersehnte Abtauchen in den Schlaf zu beschleunigen. Sie lag noch lange wach und fragte sich, ob es Sofie ähnlich erging, ob auch sie den Wind von draußen an Fenster und Türen ihrer Behausung rütteln hörte und seinem Raunen lauschte, das wie murmelnde Stimmen wirkte, und ob auch ihre Gedanken nicht zur Ruhe kamen.

Eine ihrer hervorstechenden Eigenschaften war Ungeduld. Sie mochte nicht warten, sondern die Dinge sofort erledigen. Trieb eine Idee sie zu einem Vorhaben an, so musste sie sie unverzüglich umsetzen. Das hatte nichts mit unüberlegter Impulsivität zu tun, sondern mit Neugierde, Wissensdurst, Tatendrang und Passion. An diesem Vormittag wurde Idas nervöse Unruhe noch durch den Wind verstärkt, der in der Nacht an Kraft zugenommen hatte und zu einem so heftigen Herbststurm geworden war, dass die Bäume in den Gärten heruntergedrückt wurden und fast waagerecht geneigt waren.

Vergeblich versuchte sie, Klaus Gastner zu erreichen, um zu erfahren, was die Vernehmung von Frau Brettschneider ergeben hatte. Aber er war nicht in seinem Büro und auf dem Handy wollte sie ihn nicht anrufen. Als nächstes versuchte sie, die Anschrift von Frau Brettschneider herauszubekommen. Doch die Suchmaschine zeigte in dieser Hinsicht keine Treffer. Auch in den sozialen Medien war sie nicht eingetragen. Ida rief bei der VHS an und sprach mit der unfreundlichen Sekretärin, die üblicherweise die Anmeldungen entgegennahm. Die Adresse von Teilnehmern gebe sie prinzipiell nicht heraus, das sei aus Datenschutzgründen nicht erlaubt. Wieder ein Fehltreffer.

Um sich abzulenken, setzte Ida sich an ihren Laptop und schrieb alles auf, was aus ihrer Sicht zu dem Kriminalfall beitrug. Sie begann damit, den zeitlichen Ablauf des Todestags von Frau Klein aufzuzeichnen. Der VHS-Pavillon materialisierte sich in ihrer Vorstellung und wurde Handlungsort für die Geschehnisse und die beteiligten Personen. Sofie und sie trafen an diesem Abend ziemlich spät ein, wenige Minuten vor 19 Uhr.

Trotzdem waren die anderen Teilnehmerinnen noch nicht da. Die Tür zum Gruppenraum war abgeschlossen. Darin saß die tote Frau Klein – was sie zu diesem Zeitpunkt allerdings noch nicht wussten. Frau Fabius, Frau Brettschneider und Frau Steinhardt hatten sie erst bemerkt, nachdem der Hausmeister die Tür aufgeschlossen und Polizei und Krankenwagen gerufen hatte. Wann sie hereingekommen waren, wussten sie nicht. Frau Fabius hatte berichtet, sie habe Frau Steinhardt am Schultor getroffen. Sie selbst sei ziemlich spät gekommen, der Bus habe Verspätung gehabt. Blieb die Frage, warum sie an diesem Abend nicht mit ihrem roten Flitzer gekommen war.

Frau Steinhardt hingegen hatte behauptet, sie wäre früher, vor allen anderen, schon da gewesen und hätte auf dem Pult im geöffneten, aber leeren Gruppenraum einen Schlüssel liegen sehen, den sie eingesteckt hätte, weil sie zur Toilette gehen wollte. Es musste der Zweitschlüssel gewesen sein, auch wenn die Polizei das Exemplar, das Frau Klein immer bei sich trug, bisher nicht gefunden hatte. Es blieb abzuwarten, ob er im Hause Klein auftauchte. Oliver Stoneheart war darauf angesetzt. Ungeklärt war noch, wann Frau Steinhardt tatsächlich am Ort des Geschehens eingetroffen war, vor oder nach Sofies und Idas Erscheinen.

Dann war da noch Frau Brettschneider. Sie hatte von den Sanitätern ein Beruhigungsmittel bekommen. Das war alles, was sie bisher über diesen Abend wussten.

Nachdem Ida den zeitlichen Ablauf niedergeschrieben hatte, notierte sie *Wo war Frau Brettschneider zum Zeitpunkt des Mordes?* und der Vollständigkeit halber auch *Wo war Herr Klein?*. Anschließend formulierte sie alle Informationen und Notizen aus.

Sie schrieb ohne Unterbrechung mehrere Stunden lang und tauchte so intensiv in die Geschehnisse ein, dass sie darüber das Mittagessen vergaß und nicht mitbekam, wie der Sturm draußen allmählich abflaute und zu einem Herbstwind normaler Stärke wurde. Erst das Vibrieren und der begleitende Klingelton ihres Handys, das ihr einen Anruf von Sofie signalisierte, rissen sie aus ihrer Parallelwelt.

»Frau Brettschneider!« Sofie stieß diesen Namen so atemlos hervor, dass Ida unwillkürlich befürchtete, sie hätten es mit einer weiteren Leiche zu tun. Aber dann verkündete Sofie etwas völlig Unverhofftes: »Sie will sich mit uns treffen.«

Wieder einer dieser Zufälle, wie er nur in konstruierten Kriminalfällen vorkam, dachte Ida ärgerlich. Aber im Laufe dieser Geschichte hatte es so viele unerwartete Zusammentreffen von Personen gegeben, dass sie sich kaum noch wunderte. Es hing mit Sofie zusammen. Sie zog die Menschen mit ihrer sozialen Empathie an wie eine Kerze die Nachtfalter.

»Hat sie gesagt, worum es geht?«

»Sie wollte nicht am Telefon darüber sprechen. Aber sie möchte, dass du auch dabei bist. Wir sollen einen Treffpunkt vorschlagen.«

Alle entscheidenden Ermittlungen und Gespräche hatten in Sofies Küche stattgefunden oder waren von dort ausgegangen. Deshalb zögerte Ida nicht lange und schlug vor: »Lade Frau Brettschneider zu dir nach Hause ein. Ich mache mich auch sofort auf den Weg. Wir sehen uns gleich.«

Angelika Brettschneider war schick und elegant gekleidet wie immer, aber dennoch wirkte sie etwas derangiert, vielleicht lag es am Lippenstift, der über die Konturen ihrer Lippen hinauslief und leicht verschmiert war, oder an ihren Haaren, die nicht wie üblich gleichmäßig geformt, sondern zerzaust waren. Aber das konnte auch am Wind und nicht an ihrer inneren Befindlichkeit liegen. Der Wind nämlich hatte wieder aufgefrischt und pfiff durch die undichten Stellen im Flur und durch den Kamin.

Sie hatte einen Becher mit Kaffee vor sich stehen, den sie scheinbar nicht angerührt hatte, und taxierte Ida mit eiskalten blauen Augen, als sie sich ebenfalls an den Küchentisch setzte und von Sofie einen heißen Kaffee vorgesetzt bekam.

»Ich habe auch Kekse eingekauft. Ich hatte den ganzen Tag über nichts zu tun, also habe ich aufgeräumt, die Küche geputzt und meine Vorräte aufgefüllt.« Sofie plapperte daher, als wären sie zu einem Kaffeekränzchen zusammengekommen. Aber wahrscheinlich wollte sie nur ihre Nervosität überspielen. Sie stellte einen Teller Gebäck auf den Tisch und zog sich einen Stuhl heran.

»Ich soll Ihnen schöne Grüße von Kommissar Gastner ausrichten«, eröffnete Frau Brettschneider, an Ida gerichtet, das Gespräch. »Er hat mich heute Morgen im Präsidium vernommen. Als Verdächtige, nicht als Zeugin. Ich nehme an, das habe ich Ihnen beiden zu verdanken.«

Ihre Augen wanderten von Ida zu Sofie und wieder zurück, ohne dass sie dabei den Kopf mit bewegte. Sie saß gerade aufgerichtet und steif da, aber der Zeigefinger ihrer linken Hand zuckte auf der Tischdecke.

»Sie haben der Polizei entsprechende Hinweise gegeben. Schließlich schnüffeln Sie schon eine Weile hinter mir her.« Der Blick blieb auf Sofie geheftet. »Oder glauben Sie, ich hätte nicht bemerkt, dass der Kondolenzbesuch bei Herrn Klein nur vorgetäuscht war?«

Sie schaute wieder zu Ida. »Und Sie, Sie sind mir sogar gefolgt. Oder wollen Sie behaupten, unsere Begegnung in der Lindenburger City sei zufällig gewesen? Schauen Sie nicht so unbeteiligt, Ida, Sie wissen genau, dass ich den Nachmittag meine, an dem Sie mir und Eduard Stoneheart vor dem Handyladen begegneten.«

Sie schien bemerkt zu haben, dass der Zeigefinger immer hektischer auf und ab wippte, deshalb legte sie beide Hände ineinander in den Schoß und beugte sich vor. »Ich habe nichts mit dem Mord an Frau Klein zu tun! Das möchte ich hier ein und für alle Mal klarstellen.«

Ida wollte sie nicht länger ansehen und griff nach den Keksen, die sie so sehnlich vermisst hatte. Die frischen Plätzchen waren noch ziemlich hart und sie musste kräftig hinein beißen. Es krümelte.

»Ich habe ein Alibi.« Frau Brettschneiders Stimme kippte leicht in den Höhen. »Die Polizei hat es überprüft. Ich werde nicht länger verdächtigt.«

Ida kaute ihren Keks zu Ende und nahm einen Schluck von dem köstlichen, frisch aufgebrühten Kaffee.

»Frau Brettschneider«, bemühte sich Sofie nun, die spannungsgeladene Atmosphäre etwas aufzulockern, »ich wollte nur Herrn Klein mein Beileid aussprechen. Niemals bin ich Ihnen aufgelauert oder Ihnen nachgegangen. Auch meine Freundin nicht.« Ein kurzer, flehender Seitenblick zu Ida. »Wir wollten nur wissen, warum jemand der freundlichen und herzlichen Frau Klein etwas so Schreckliches antun konnte. Was aber nicht heißt, dass wir dachten, dass Sie diejenige Person waren, die ...« Sofie verhedderte sich und brach den Satz ab.

Ida stellte unterdessen ihre Kaffeetasse wieder ab und fand sich erneut dem starren Blick ihres Gegenübers ausgesetzt. »Warum erzählen Sie uns nicht einfach, was Sie wissen und was aus Ihrer Sicht am Abend des Todes von Frau Klein geschah?«

Brettschneiders Blick flackerte, als sie mehrmals kurz hintereinander mit den Lidern blinzelte. Ihre Haltung lockerte sich etwas und sie nahm zum ersten Mal einen Schluck aus ihrer Tasse. »Ich war an dem Abend mit Herrn Klein zusammen. Wir waren in seinem Büro und haben geschäftliche Dinge besprochen. Wie Sie bereits wissen, habe ich mich finanziell an seinem Unternehmen beteiligt.«

Ida und Sofie schauten sich verstohlen an. Sie hatten denselben Gedanken: Ob das stimmte? Möglich wäre, dass Frau Brettschneider sich mit Herrn Klein abgesprochen hatte und sie sich nun gegenseitig ein Alibi für den Tatzeitpunkt verschafften. Aber ihre Zweifel sollten schnell zerstreut werden.

»Anschließend gingen wir zu einem Notar, der unsere Vereinbarung protokollierte und beglaubigte. Es hat sich ziemlich lange hingezogen, weil viele Details festgehalten werden mussten, und wir verließen die Kanzlei erst kurz vor 19 Uhr. Der Notar kann das bestätigen. Anschließend fuhr ich sofort zur VHS. Ich wollte unbedingt noch zu dem Lesekreis, um dort mit Frau Klein zu sprechen. Sie hat sehr unter der finanziellen Misere ihres Mannes gelitten und sich ständig Sorgen gemacht. Das alles hat sie sehr mitgenommen. Sie musste sogar in ärztliche Behandlung, weil sie so gestresst war. Ich wollte ihr mitteilen, dass der Notartermin gut verlaufen war und dass ihre Bürgschaft durch meine Beteiligung nicht mehr nötig war.«

Durch das lange Reden war Frau Brettschneiders Mund trocken geworden und sie nahm einen weiteren Schluck Kaffee. »Ich war sehr in Eile. Als ich am VHS-Pavillon ankam, waren dort schon Polizei- und Krankenwagen vorgefahren. Alles war in unheimliches blaues Licht getaucht. Ich rannte in den Pavillon und zum Gruppenraum. Dort sah ich, wie die Sanitäter Frau Klein auf eine Trage legten. Sie sah so friedlich aus. Ich konnte gar nicht glauben, dass ihr etwas zugestoßen war.«

Sie starrte vor sich hin, so als liefe das Geschehene vor ihrem inneren Auge ab und als müsste sie alles noch einmal durchleben. »Dabei habe ich ihr doch eine freudige Nachricht überbringen wollen.«

Ihre Stimme verlor sich. Für einen Augenblick war es völlig still in der Küche. Aber draußen wütete der Herbststurm, nun in Orkanstärke.

Sofie beugte sich vor und legte ihre Hand wie zur Beruhigung auf den Tisch. »Der Tod von Frau Klein hat Sie sehr getroffen.«

Frau Brettschneiders Blick fokussierte sich. Sie war mit ihrer Aufmerksamkeit wieder bei ihnen.

»Trotzdem wären wir Ihnen sehr dankbar, wenn Sie uns bei der Aufklärung behilflich sein würden.« Sofie lenkte das Thema behutsam, aber bestimmt in die Richtung, die sie haben wollte: »Sie haben auch geschäftliche Beziehungen zu Eduard Stoneheart?«

Die Antwort kam widerstrebend, aber ehrlich: »Meine Beteiligung an der Firma von Herrn Klein kommt ihm indirekt zugute. Er kann darüber seine Medikamente auf dem deutschen Markt vertreiben. Aber unsere Beziehung ist persönlicher Natur. Wir wollen heiraten. Geschäftliche Dinge spielen dabei keine Rolle.«

»War Frau Steinhardt damit einverstanden?« Die Frage schoss aus Ida heraus, bevor ihr bewusst wurde, dass sie sie ausgesprochen hatte. Sie spürte, wie Sofie neben ihr zusammenzuckte, aber Frau Brettschneider schien nicht erstaunt.

»Wir haben uns über Frau Steinhardt kennengelernt. Eines Abends nach dem Krimi-Lesekreis holte Eduard seine Mutter ab und sie machte uns miteinander bekannt. Ich hatte fast den Eindruck, sie hätte es arrangiert. Zunächst schien sie sich darüber zu freuen, dass ihr Sohn und ich uns näherkamen, sie lud uns sogar gemeinsam zum Essen bei sich zu Hause ein. Aber nachdem Eduard und ich eine engere Beziehung eingegangen waren und feststand, dass es eine ernste Sache würde, begann sie plötzlich, mir gegenüber höhnische und abwertende Bemerkungen zu machen. Erst waren es nur unbedeutende Sticheleien, dann wurden Beleidigungen daraus, wegen meines Aussehens, wegen meiner Art mich zu kleiden. Sie hasste mich wegen meines beruflichen Erfolgs. Und weil ihr Sohn mich liebt. Das konnte sie nicht ertragen.«

Wieder schaute Ida Sofie von der Seite an. Anscheinend hatte Frau Steinhardt ihr missgünstiges und eifersüchtiges Verhalten bis zu ihrem Lebensende fortgeführt.

»Eduard hat mir erzählt, dass seine früheren Beziehungen meist nicht lange anhielten. Dass er in jungen Jahren nur lose Liebschaften gehabt hatte und die Mädchen sofort wieder fallenließ, nachdem er von ihnen bekommen hatte, was er wollte. Seine Mutter kontrollierte herrschsüchtig jede Romanze, jede Affäre, die er einging, um sie anschließend zu zerstören. Er wurde ebenso gedemütigt wie die Mädchen, die er im Stich ließ.«

Frau Brettschneider musste ihre Rede wieder unterbrechen, um einen Schluck zu trinken. Sie fragte nach einem Glas Wasser. Nachdem Sofie aufgesprungen war, um es ihr einzuschenken, nahm sie es dankbar an. Mittlerweile zitterte nicht nur ihr linker Zeigefinger, beide Hände vibrierten. Sie trank und setzte dann ihren Bericht fort: »Eduard konnte lange Zeit keine feste Beziehung zu einer Frau aufbauen. Er war unfähig dazu. Ich dachte, ich wäre die erste Frau, mit der es funktionierte. Doch dann erfuhr ich von seiner ersten Ehe. Er hatte Emma Klein geliebt. Tief und innig. Er wollte sie nicht verlassen. Aber seine Mutter hatte sich zwischen die beiden gedrängt, hatte sie so lange drangsaliert und tyrannisiert, bis schließlich erst Frau Klein daran zerbrach – damals hatte sie ihren ersten Nervenzusammenbruch – und dann auch Eduard. Er schaffte es einfach nicht, sich gegen seine Mutter zu stemmen. Deshalb ging er schließlich ins Ausland. Um ihrem Einfluss zu entfliehen.«

»Aber der Kontakt zu seiner Mutter brach nie ab«, ergänzte Sofie, »wegen Oliver.«

Frau Brettschneider schüttelte den Kopf. »Da Eduard nicht mehr greifbar war, übte sie ihre Boshaftigkeit weiter an Frau Klein aus. Über ihren Enkel.«

Sie trank ihr Glas Wasser aus und sank in sich zusammen. Sie hatte sich reinwaschen wollen und nun war alles aus ihr herausgeflossen, was sie durch strenge Disziplin hatte verbergen wollen, um den äußeren

Anschein der perfekten Welt der erfolgreichen Unternehmerin und welterfahrenen Frau zu wahren.

Ida und Sofie schauten sich stumm an. Auch nach der Scheidung hatte sich Frau Steinhardt also in das Leben von Frau Klein eingemischt und es mit ihrer zwanghaften Zerstörungswut vergiftet.

Der Sturm draußen toste, aber Ida kam es vor, als käme das Geräusch von den Gedanken, die sich in ihrem Kopf überschlugen. Konnten sie Frau Brettschneider glauben oder spielte sie ihnen nur eine Komödie vor? Auf Ida wirkte die Inszenierung zu konstruiert. Sie war misstrauisch, weil Frau Brettschneider sich unmittelbar nach ihrer polizeilichen Vernehmung bei Sofie gemeldet hatte. Woher kam ihr Bedürfnis, sich ausgerechnet gegenüber ihnen reinzuwaschen? Und stimmte es, dass sie bis gegen 19 Uhr beim Notar gewesen war, außerhalb der Bürozeiten? Hätte sie anschließend noch Zeit gehabt, zum Pavillon der VHS zu gehen und Frau Klein zu töten?

Und dann die Sache mit Frau Steinhardt. Wollte auch Frau Brettschneider sie von den wahren Tatsachen ablenken? Hielten wirklich alle Beteiligten sie für so schusselig oder trottelig, dass sie nicht in der Lage wären, logisch zu denken und einen Kriminalfall durch analytisches Deduzieren zu lösen? Wer gab ihnen das Recht, solche voreiligen Schlüsse über ihre Fähigkeiten zu ziehen, nur weil sie Frauen mittleren Alters waren?

Ida bemühte sich, sich nicht von dem Sturm mitreißen zu lassen, der in ihrem Inneren tobte. Um sich zu beruhigen und ihre Konzentration wiederzuerlangen, legte sie die Fingerspitzen an die Schläfen und schloss die Augen. Sie kehrte in Gedanken zu Frau Steinhardt zurück. Was hatte sie Sofie am Telefon erzählt? Dass sie bei ihrem Eintreffen im VHS-Pavillon einen Schlüssel auf dem Pult hatte liegen sehen, dass sie diesen Schlüssel genommen hätte und damit zur Toilette gegangen sei. Dass die Tür zum Gruppenraum verschlossen gewesen sei, als sie zurückkam. Und dass sie diesen Schlüssel immer noch habe.

Ida bemerkte kaum, dass Sofie Frau Brettschneider inzwischen zur Wohnungstür geleitete. Allerdings hörte sie die Drohung, die der Gast zum Abschied aussprach: »Ich hoffe, Sie hören jetzt auf mit ihrer Schnüffelei in Angelegenheiten, die Sie nichts angehen.«

»Sofie«, sagte Ida, als sie in die Küche zurückkam, »wir müssen den Schlüssel finden.«

Sofie zwinkerte, als müsste sie erst wieder auf Idas Wellenlänge umschalten. »Welchen Schlüssel meinst du jetzt, den von Frau Klein oder den Ersatz?«

»Frau Brettschneider hat ihn nicht im Büro der VHS zurückgegeben und wir haben sie nicht danach gefragt, ob sie den Schlüssel noch hat und wo er sich befindet.«

Sofie setzte sich wieder auf ihren Stuhl. »Wie konnten wir das vergessen?«

»Gehen wir einmal davon aus, dass Frau Klein wie üblich als erste am Unterrichtsort erschienen war und den Raum aufgeschlossen hatte. Sie hat dann ihren Schlüssel auf das Pult gelegt und ist noch einmal hinausgegangen, aus welchem Grund auch immer. Vielleicht hat sie etwas in den Briefkasten der VHS am Pavillon eingeworfen. In der Zwischenzeit kam Frau Steinhardt, sah den Schlüssel dort liegen und nahm ihn, weil sie ihn für die Toilettentür brauchte. Als sie zurückkam, war der Gruppenraum abgeschlossen – es muss Frau Brettschneider gewesen sein, denn sie hatte den Zweitschlüssel, es sei denn, sie hatte ihm jemand anders gegeben – jedenfalls war der Gruppenraum abgeschlossen und Frau Steinhardt behielt den Schlüssel von Frau Klein.«

Sofie folgte mit gerunzelter Stirn. Die Geschichte mit den beiden Schlüsseln hatte sie schon immer verwirrt.

»Du hast bisher angenommen, dass Frau Klein ihren Schlüssel nicht dabei hatte. Das ist aber ein Denkfehler, denn sie muss den Raum ja aufgeschlossen haben, als sie ankam. Und da Frau Steinhardt ihn weggenommen hat, muss der Mörder oder die Mörderin selbst einen Schlüssel dabeigehabt haben, um den Raum nach der Tat abzuschließen.«

Ida stand auf und schenkte sich etwas Kaffee nach. Sie verbrannte sich fast den Mund, als sie übereifrig einen Schluck nehmen wollte. Sie stellte die Tasse wieder ab, blieb aber an der Arbeitsfläche stehen.

»Denk einmal genau nach, Sofie: Wenn Oliver Stoneheart den Schlüssel von Frau Klein nicht im Hause Klein finden sollte, wo könnte er sonst noch sein?«

Sofie starrte vor sich hin. »In der Rebgasse«, antwortete sie wie in Hypnose.

Ida nickte. »Und hier kommt endlich Herr Feinstein ins Spiel. Ich hoffe, er kann uns weiterhelfen.«

29

Unbeholfen zeigte Herr Feinstein auf einen Sessel. Sofie hatte ihre gewohnte Masche abgezogen. Dabei war sie wie immer halbwegs ehrlich geblieben, als sie sich als Mitarbeiterin der VHS ausgegeben und einen Schlüssel eines Kursraumes zurückgefordert hatte, den Frau Steinhardt noch haben musste.

Er entsprach Sofies Bild eines zurückgezogen lebenden Büchermenschen. Grau gekleidet, klein und schmalbrüstig und mit einer runden Brille auf der Nase. Sie war für einige Sekunden irritiert. Es war ihm sichtlich unangenehm sie zu empfangen, Besuch zu empfangen im Allgemeinen, er schien nicht viel Wert auf menschlichen Kontakt zu legen oder er war ihn einfach nicht mehr gewohnt.

»Frau Steinhardt«, begann er umständlich, »war meine Vermieterin. Ich weiß nicht, was ich tun soll, wenn ich hier ausziehen muss.«

Er lebte in zwei Zimmern mit Büchern, das Wohnzimmer war mit Regalen bis unter die Decke bestückt. Einige Möbelstücke deuteten an, dass hier auch gewohnt wurde, aber hauptsächlich wurde hier gelesen.

»Hat ihr Sohn Ihnen mitgeteilt, dass Sie ausziehen müssen?«

»Nein, noch nicht, aber er hatte schon früher gesagt, dass er hier nie wohnen will.«

»Vielleicht wird er es vermieten.« Eine schwache Vermutung. Das Haus war zu groß und wahrscheinlich für Eduard Stoneheart zu unmodern. Unweit des Zentrums gelegen würde es auf dem Immobilienmarkt sehr viel bringen. Ohne Mieter selbstverständlich.

Sofie sah sich um. Herr Feinstein knetete die Hände, während seine schmale Gestalt leicht schwankte.

»Ich kann Sie nicht in die Wohnung lassen, die Polizei hat alles verriegelt.«

»Die Ermittlungen am Tatort sind abgeschlossen«, sagte Sofie bestimmt und musste sich davon abhalten ihn zu verbessern: er meinte wohl *versiegelt*.

»Sind Sie den ganzen Tag zu Hause oder haben Sie feste Termine?«

»Ich habe mittwochs den Filmnachmittag, da gibt es immer Dokumentationen im *Souterrain* über Kunstschätze, antike, indianische, oder ab und zu gute Verfilmungen über richtige Literatur, Homer oder Chaucer. Kein Hollywood.« Wenn er in vertraute Gewässer kam, fiel es ihm nicht schwer sich mitzuteilen.

»Und dienstags bin ich in der Bibliothek, ein kleines Ritual«, er schlug die Augen nieder. Er lese Kunst und Literaturzeitschriften.

»Hatte Frau Steinhardt besondere Termine, vielleicht hier im Haus?«

Er errötete. »Sie hatte diesen grässlichen Menschen, der ihr das Aquarium sauber machte.«

»Dienstags?«

»Ja, einmal im Monat.« Sofie fragte sich, ob das wichtig war. Flüchtete Herr Feinstein deswegen jeden Dienstag in die Bibliothek?

»Der Mensch vom Aquariumsdienst hat mich am Dienstagnachmittag heraus geklingelt. Einen Wohnungsschlüssel hatte er nicht, den wollte Frau Steinhardt niemandem geben, außer ihrem Sohn natürlich und mir. Mir hat sie auch vertraut. Er, also der Mensch vom Aquariumsdienst, war schon früher hier gewesen, als ich noch in der Bibliothek war, aber es hatte ihm niemand geöffnet. Und da haben wir sie dann gefunden.« Seine Schultern sackten zusammen.

Nach etlichem Hin und Her hatte sie die Fakten, die sie interessierten. Herr Feinstein war dienstags und mittwochs nicht im Haus und Frau Steinhardt hatte an diesen Tagen ebenfalls Termine. Herr Feinstein hatte sich nach Frau Steinhardt gerichtet. Ein wirklich angenehmer Mieter. Frau Fabius hatte er in der Bibliothek kennengelernt, sie hatte sich ihm als gute Bekannte seiner Vermieterin vorgestellt. Sofie vermutete, dass sie das Haus beobachtet hatte.

Schließlich ließ er sie in Frau Steinhardts Wohnung. Sie sah innen genauso pompös aus wie das große Haus von außen. Schwere dicke Teppiche und das riesige Aquarium im großen Wohnraum.

Es klingelte. Das verabredete Zeichen, Ida würde Herrn Feinstein ablenken mit einem Verkaufsgespräch oder was sie sich inzwischen ausgedacht hatte. Sie hatte gewartet, bis sie in der Wohnung von Frau Steinhardt waren.

Herr Feinstein zögerte, trat von einem Fuß auf den anderen. Es klingelte noch einmal, ungeduldig, wie es Sofie schien. Sie lächelte ihm aufmunternd zu. Er entschloss sich endlich zu gehen.

Die Wohnung war riesig und dabei konnte Sofie nur das Wohnzimmer sehen. Sie würde Stunden brauchen und Ida konnte Herrn Feinstein nur ein paar Minuten lang ablenken, damit sie auch dort nachsehen könnte, wo man es üblicherweise nicht tat. Fieberhaft durchlief sie das Wohnzimmer, suchte im Schlafzimmer im Nachttisch. Sie hatte sogar leichte Baumwollhandschuhe angezogen, um keine Spuren zu hinterlassen. Der Schlüssel konnte überall sein. Schminktisch, den hatte sie auch, nichts. Badezimmer, alles vorhanden, Cremes, Lotionen, Tuben und Tabletten, nichts.

Sofie stand wieder im Wohnzimmer. Auf einer Seite befand sich ein bis zur Decke reichendes Bücherregal, die gehobene Ausführung von Herrn Feinsteins Regalen. In Augenhöhe standen Kriminalromane, einen Teil davon hatten sie im Lesekreis besprochen. Sofie blickte sich um. Wo versteckte man am besten etwas?

Ein Buch lag auf einem Tisch neben der Couch, ein Haushaltsbuch, die alte Steinhardt war penibel, kein Wunder. Dann kam Sofie eine Idee. Reichte die Zeit? Das Gemurmel an der Haustür drang an ihr Ohr. Ida gab sich alle Mühe. Sofie sah unter den Ausgaben nach, aber das hatte die Polizei bestimmt auch getan. In dem Buch befanden sich Quittungen. Sie verglich sie mit den Eintragungen. Zu einem Betrag mit Datum vom Donnerstag in der Woche vor Frau Kleins Tod gab es keine Quittung. Er stammte nicht vom Lebensmittelgeschäft, der Reinigung oder einem anderen Geschäft, das Frau Steinhardt regelmäßig aufgesucht hatte, auch nicht von den Dienstleistungen, die sie regelmäßig in Anspruch nahm, Friseur, Aquarium etc., einfach nur 54,79 € und *A*. Aber keine Quittung. Eine Frau, die alle Quittungen des laufenden Monats aufhob, unter anderem eine über 1,50 € für Mineralwasser, sollte keine Quittung über 54,79 € haben für ein *A*?

Sofie steckte das Buch kurzerhand in ihre Handtasche. Die Polizei war schon hier gewesen, sagte sie sich, es war kein Beweisstück, außerdem war der Mordfall Steinhardt geklärt. Wieder trat sie ans Bücherregal. Ein Versteck musste unauffällig sein. Das, was versteckt wurde, war entscheidend für die Art des Verstecks. Geld und Wertgegenstände versteckte man vor Einbrechern, aber nicht einen normal aussehenden Schlüssel, den musste man nicht verbergen, denn er würde durch diese Tatsache erst Bedeutung erlangen, nein, man musste ihn nur harmlos erscheinen lassen.

Herr Feinstein stand plötzlich im Zimmer, während sie die Bücher betrachtete. Ida erschien hinter ihm.

»Ich verstehe das nicht, Frau Steinhardt hat noch Bücher bestellt.« Er sah Sofie ratlos an.

Sie griff die neue Situation auf. »Hatte sie einen besonderen Büchergeschmack?«

»Büchergeschmack?«

»Krimis?«, fragte Ida und deutete auf die Sammlung in Augenhöhe.

»Das war nur zur Unterhaltung. Sie war Deutschlehrerin, Literatur, verstehen Sie, Goethe, Schiller, Dramen, steht alles da oben.« Er deutete in die Luft. Sie legten die Köpfe in den Nacken. Herr Feinstein seufzte.

»Sie hatte für Kunst und andere außereuropäische Kulturen wenig Sinn. Warum sie sich für einen Band über antike Hochkulturen und ihre Kunstschätze interessierte, weiß ich bis heute nicht.«

Sofie blickte über die Bücher und zuckte dann mit den Schultern. »Hier ist nichts Derartiges.«

»Sie hatte ihn sich von mir geliehen.«

»Könnte ich vielleicht einmal hineinsehen?«

»Den habe ich natürlich wieder an mich genommen.«

Sofie sah Ida an. Die rollte ihre Augen nach oben. Sie zeigte hinter Herrn Feinsteins Rücken mit dem Zeigefinger nach oben und tippte ihm dann auf die Schulter, verabschiedete sich wortreich und entfloh ins Treppenhaus, die Tür schepperte, Herr Feinstein kam bis zur Wohnzimmerschwelle, drehte sich dann zu Sofie um und sah sie entgeistert an. Sie musste seinen Gedanken zuvorkommen.

»So eine unverschämte Person, bestimmt von der Presse.«

»Was?« Herr Feinstein schrak zusammen. »Habe ich etwas Schlimmes gesagt?«

»Nichts«, Sofie tätschelte seine Schulter, »gar nichts, ihr Handy hat vibriert, haben Sie es nicht gehört? Hier konnte sie nichts entdecken und hat es sich anders überlegt. Zur nächsten Sensation, Sie wissen doch, wie Reporter sind.«

Sofie betete, dass man Idas Schritte in der oberen Wohnung nicht hören würde und redete weiter laut auf Herrn Feinstein ein, um ihn und sich selbst zu beruhigen.

Herr Feinstein stand immer noch verdattert in der zum Flur geöffneten Wohnzimmertür. Wie aus heiterem Himmel, so schien es, fiel ihm wieder ein, warum sie noch da war, und sein einziger Wunsch schien darin zu bestehen, seine Ruhe wiederzuerlangen.

Er deutete in den quer verlaufenden Flur. »Wenn Sie den VHS-Schlüssel wollen, warum sehen Sie nicht dort mal nach. Frau Steinhardt war eine ordentliche Frau. Da ging nichts verloren.«

Sofie schritt etwas näher und äugte an Herrn Feinstein vorbei um die Ecke. Neben der Garderobe befand sich tatsächlich ein Schlüsselbrett. Mindestens zehn Schlüssel in derselben Größe, Kellerschlüssel, Gartenschuppenschlüssel, Schlüssel für Speicher und alle möglichen Türen hingen einträchtig neben- und untereinander. Als Mitarbeiterin der VHS sollte sie den betreffenden Schlüssel schnell ausfindig machen können. Wieder kam ihr Ida zu Hilfe, während sie skeptisch die Schlüssel betrachtete.

Herr Feinstein und sie zuckten gleichzeitig zusammen, als das Telefon in Frau Steinhardts Wohnzimmer klingelte. Sie bedeutete ihm hinzugehen, er zögerte. Das Telefon verstummte. Herr Feinstein seufzte erleichtert, dann klingelte es wieder. Diesmal zuckte nur er. Ida war wieder aus dem Haus. Herr Feinstein starrte das Telefon an, während Sofie flink drei ähnlich aussehende Schlüssel an sich nahm. Einen von ihnen hielt sie demonstrativ zwischen Daumen und Zeigefinger, die anderen beiden waren in ihrer Handfläche verborgen. Dann hörte sie ihn zaghaft fragen: »Hallo? Hallo, wer ist da?«

Vielleicht Einbrecher, die sehen wollten, ob jemand zuhause ist, wollte sie sagen, aber sie hielt den Mund. Sie würde sich bei Herrn Feinstein später noch genug entschuldigen müssen.

30

Sie hatten den Schlüssel gefunden. Sofie hatte drei ähnlich aussehende Schlüssel aus der Wohnung von Frau Steinhardt mitgenommen, jeder davon einzeln und lose, nicht an einem Schlüsselbund befestigt. Frau Klein hatte damals einen roten Anhänger an ihrem Schlüssel zum Kursraum angebracht mit einem Schildchen, auf dem *VHS Pavillon, Gruppenraum 1* vermerkt war. Deshalb hatte Ida nach dem Auffinden von Frau Kleins Leiche am Tatort auch nach einem roten Schlüsselanhänger in ihrer Tasche Ausschau gehalten. Frau Steinhardt musste die Kennzeichnung entfernt haben, damit der Schlüssel unauffällig zwischen all den anderen Exemplaren hängen konnte, ohne dass er auf den ersten Blick zu identifizieren war. Sofie hatte intuitiv die richtige Form der drei Schlüssel erkannt. Als sie am späten Nachmittag zu dem verschlossenen Raum zurückkehrten, an den Ausgangspunkt des Geschehens, wo alles seinen Anfang genommen hatte, machte es direkt beim ersten Versuch, einen der Schlüssel in das Türschloss zum Gruppenraum ihres ehemaligen Krimi-Lesekreises zu stecken, *klack* und das Schloss sprang auf. Sofie schaute Ida mit weit aufgerissenen Augen an, so als wurde ihr erst jetzt bewusst, dass sie ein wichtiges Beweisstück gefunden hatten.

Ida zog die Tür so weit auf, dass sie in den Raum schlüpfen konnten. Um diese Uhrzeit konnte man nur die Umrisse der Tischbänke erkennen. Sie drückte auf den Lichtschalter und nach einigem Flackern wurde der Unterrichtsraum grell erleuchtet von zwei Reihen Leuchtstoffröhren, die entlang der Decke verliefen. Ida würde sich nie an dieses kalte Licht gewöhnen, das keine Schatten warf und jede Unebenheit, jeden noch so kleinen Makel erbarmungslos bloßlegte. Ihr schauerte. Die Luft war abgestanden und roch leicht nach Terpentin. Es war kalt. An dem Abend, an dem Frau Klein ermordet worden war, hatte das Licht gebrannt und die Heizung war voll aufgedreht gewesen. Warum war es in dem Gruppenraum so unerträglich heiß und stickig gewesen? Hans-Peter hatte damals in der Rechtsmedizin gesagt, dass die Hitze der Grund dafür sein könnte, dass sie keine Verfärbungen der Haut an der Leiche gefunden hatten. Ida hatte geglaubt, er meinte die Todesflecken, die nach Eintritt des Todes als fleckige Verfärbungen der Haut erkennbar werden, weil das Blut und die anderen Körperflüssigkeiten innerhalb der Gefäße der Leiche nach unten absinken. Aber bei einer warmen Umgebung hätten sich sehr viel schneller dunklere, lilafarbene Flecken zeigen müssen, und im Gegensatz dazu hätten in der Kälte hellrote Flecken entstehen müssen. Doch Hans-Peters Hinweis deutete auf etwas ganz anderes hin, nämlich darauf, dass kein Sauerstoff mehr an das Hämoglobin im Blut gebunden wurde, was wiederum ein Anhaltspunkt für eine Vergiftung gewesen war. Wieder war etwas ihrer Aufmerksamkeit entgangen. Was hatte sie sonst noch übersehen?

»Sie haben die Sitzordnung verändert«, stellte Sofie fest. Sie war hinter ihr eingetreten und stand nun zögernd im Türrahmen. Im Lesekreis von Frau Klein hatten sie immer wenige Tische seitlich der Tafel zu einem Block zusammengeschoben und in einem kleinen Kreis darum gesessen. Das Pult von Frau Klein hatte mittig davor gestanden. Die übrigen Tische waren unbenutzt an zwei gegenüberliegenden Wänden aufgereiht gewesen. Nun wurden offensichtlich sämtliche Tische benötigt, denn sie standen in einer U-Form und nahmen den gesamten Raum ein. An der Vorder- und Hinterfront waren Staffeln aufgestellt, an den Wänden hingen große Plakate mit Öl- und Aquarellmalerei. Im Waschbecken neben der Tafel befanden sich verschmutzte Pinsel und Gläser mit reichlichen Farbflecken.

»Können die Teilnehmer den Raum nicht sauber hinterlassen?«, grummelte Sofie beim Anblick des unaufgeräumten Kursraums, der nun offensichtlich von einer Malgruppe genutzt wurde.

Ida ging zum Fenster, öffnete es und schaute hinaus auf ein eingefasstes Stück Gras und Gestrüpp. Hier, von der Rückseite des Gebäudes aus, konnte man den seitlich am Pavillon entlanglaufenden Außenweg erkennen, der zu den Toilettenhäuschen führte. Weiter hinten, zwischen den spärlichen Bäumen, lag der Bungalow des Hausmeisters. Es brannte kein Licht. Anscheinend fand heute kein VHS-Kurs statt, also konnte er sich freinehmen oder er hatte anderweitig zu tun.

Irgendwo dort draußen musste der Mörder gestanden haben.

»Sofie, bleib bitte hier am Fenster stehen. Ich gehe etwas nachschauen.«

Ida ließ ihrer Freundin keine Gelegenheit Nachfragen zu stellen und war schon zur Tür hinaus.

An dem Abend von Frau Kleins Tod hatten Ida und Sofie hier vor der verschlossenen Tür zum Gruppenraum gestanden. Ida hatte recherchiert. Bei einem geschlossenen Raum als Tatort kamen drei Möglichkeiten in Betracht. Erstens: Der Täter ließ sich mit dem Opfer zusammen einschließen und war (noch) im selben Raum, wenn er wieder regulär geöffnet wurde. Zweitens: Das Opfer schloss sich selbst ein und der Täter schoss von außen, etwa durch ein geöffnetes Fenster, in den Raum hinein auf die Person. Bei der dritten Möglichkeit verschloss der Täter den Raum selbst, nachdem er sein Opfer darin getötet hatte.

Ida beschloss, der Sache nachzugehen und marschierte um den Pavillon herum.

»Ida, bist du das?«, rief Sofie ihr durch das geöffnete Fenster zu, nachdem sie auf der Rückseite des Gebäudes angelangt war.

Ida beruhigte sie mit wenigen Worten und begann, den Boden der Grünfläche zu untersuchen. Er war vor allem unter dem Außenfenster vom Regen der vergangenen Tage aufgeweicht. Der stürmische Wind hatte Zweige abgerissen, die zusammen mit den letzten noch vorhandenen Laubblättern den Untergrund bedeckten. Es fiel nur wenig Licht von innen aus dem Fenster auf das Gestrüpp draußen und Ida konnte mit bloßem Auge nichts entdecken. Aber was hatte sie auch erwartet? Etwas, das nicht auch die Polizei bereits aufgefunden hätte? Wenn sie denn danach gesucht hatte. Giftpfeile, Blasrohre, Spritzen, Rückstände von Gift?

Sie stellte sich an das Fenster. Der Sims war ziemlich niedrig, sie konnte sich mit den Ellenbogen darauf abstützen. Der Mörder hätte es ohne Weiteres ebenso tun können, um eine ruhige Hand zu haben. Er hätte in den erleuchteten Gruppenraum gesehen, hätte Frau Kleins Rücken und verletzlichen Nacken vor sich gehabt und hätte nur den tödlichen Schuss abgeben müssen.

»Ida, du machst mir Angst, wenn du so hier herein starrst.«

Ida schaute von ihrem Platz am Fenster auf das Lehrerpult. Es stand in einem spitzen Winkel zum Fenster, so dass die Person, die an dem Schreibtisch saß, dem Betrachter schräg, fast seitlich zugekehrt wäre. Der Täter hätte nie und nimmer aus dieser Position von der Fensterbank die Person am Pult treffen können, jedenfalls nicht die Stelle im Nacken, die so empfindlich zwischen Halswirbelsäule und Hinterkopf lag. Der Winkel war einfach zu ungünstig. Die Flugbahn eines Giftpfeils hätte niemals akkurat auf diese Stelle aufgetroffen, dort, wo man die Einstichstelle nicht sehen würde, weil sie vom Haar verdeckt war.

Aber dann fiel Ida etwas ein. »Sofie«, flüsterte sie aufgeregt, so als müsste sie vorsichtig sein, dass niemand sie hörte. »Schieb das Pult an die gewohnte Stelle zurück.«

Sofie blickte verstört. »Was hast du vor?«

»Ich möchte etwas nachprüfen. Bitte, mach schnell.«

Widerstrebend ging Sofie vom Fenster weg und zurück in den Gruppenraum. Sie musste einige Tische verschieben, um das Pult umstellen zu können. Aber dann hatte sie es geschafft. Der Schreibtisch stand genau an der Stelle, wo er immer gestanden hatte, wenn

Frau Klein den Krimi-Lesekreis abhielt. Das Ergebnis war, dass Ida von außen durch das Fenster zwar immer noch auf das Pult sehen konnte, aber die Sitzposition hatte sich entscheidend verändert.

»Sofie, setz dich bitte auf den Stuhl.«

Nun bewegte Sofie sich schon etwas flinker. Wahrscheinlich hatte sie begriffen, worauf Ida hinauswollte. Sie setzte sich hin und rückte den Stuhl so, wie auch Frau Klein ihn immer an den Tisch geschoben hatte. Auch nahm sie dieselbe Körperhaltung ein, die die Lehrerin üblicherweise hatte. Idas Vermutung stimmte. Die Person auf dem Stuhl hatte dem Betrachter am Fenster komplett den Rücken zugekehrt und saß in direkter Richtung zu der Stelle, von wo aus der Täter den vermeintlichen Giftpfeil abgeschossen hatte. Auf einer schnurgeraden Linie. Es passte genau.

»Danke, Sofie. Ich komme wieder zurück zu dir ins Zimmer.«

Ida stakste zurück durch den Matsch. Hans-Peter war doch zu etwas Nutze gewesen und hatte sie bei diesem Detail auf die richtige Fährte gebracht. Der Täter hatte das Mittel, das Frau Klein zunächst betäuben sollte, mit einer Pfeilspitze injiziert. Sie war völlig arglos gewesen.

»Der Täter – oder die Täterin – hat Frau Klein tatsächlich mit einem Giftpfeil ermordet«, eröffnete sie Sofie, als sie wieder bei ihr im Gruppenraum angekommen war.

Sofie hatte in der Zwischenzeit die Tische wieder an ihre ursprüngliche Ausgangsposition zurückgeschoben, sie dachte wirklich an alles, denn es durfte nicht auffallen, dass sie ohne Erlaubnis der VHS in den

Kursraum eingedrungen waren, und ließ sich auf einen Stuhl sinken, diesmal nicht auf den am Pult.

»Hat Frau Steinhardt sich deshalb den Kunstband von Herrn Feinstein über antike Hochkulturen und ihre Kunstschätze ausgeliehen?«, wandte sie ein. Sie hatte genau verfolgt, was Ida draußen hinter dem Pavillon veranstaltet hatte und hatte selbst ihre Schlussfolgerungen gezogen.

In dem Buch stand genau beschrieben, wie die Azteken und andere indigene Völker Blasrohre benutzten, um Giftpfeile auf Tiere abzuschießen. Sie wendeten Curare an, alkaloide Gifte, die zu einer schlaffen Muskellähmung und schließlich durch die Lähmung der Atemmuskulatur zum Atemstillstand führen. Genau, wie es auch bei dem Mittel zur Muskelrelaktanz bei Frau Klein war, das dem Täter ermöglichte, ihr das tödlich Gift zu spritzen. Sie waren auf dem Weg zum VHS-Pavillon zu einem kleinen Zwischenhalt in der Bibliothek vorbeigegangen. Dort hatte Ida nach dem Band gesucht, von dem Herr Feinstein berichtet hatte. Den Titel hatte sie sich bei ihrem Besuch in der Wohnung Feinstein noch schnell notiert.

»Glaubst du, dass Frau Steinhardt die Mörderin ist? Sie hatte doch gar kein Motiv.«

Ida schüttelte den Kopf. »Ich denke, Frau Steinhardt hat sich auch Gedanken darüber gemacht, wie ihre ehemalige Schwiegertochter ums Leben gekommen ist und hat sich deshalb das Buch ausgeliehen. Der Täter wusste genau, wie das Gift zu applizieren war, damit es seine tödliche Wirkung schnell und schonungslos entfalten konnte. Und er hat den Raum verschlossen, nachdem er die Tat vollendet hatte.«

Ida hatte das Rätsel des geschlossenen Raums gelöst: Der Mörder hatte einfach Elemente der zweiten und der dritten Alternative miteinander kombiniert. Sie rekonstruierte den Tatablauf:

»Frau Klein hat den Gruppenraum aufgeschlossen und den Schlüssel wie üblich auf das Pult gelegt. Dann war sie noch einmal weggegangen, vielleicht um etwas zu erledigen. Aber was? Frau Klein war auch Lehrerin am Gymnasium, auf dessen Gelände sich der VHS-Pavillon befand, vielleicht hat sie noch etwas aus ihrem Fach im Lehrerzimmer geholt oder etwas in den Briefkasten der VHS gesteckt. Jedenfalls kam in der Zwischenzeit Frau Steinhardt an und nahm sich den Schlüssel, weil sie zur Toilette wollte. Sie muss sehr langsam unterwegs gewesen sein, denn als sie, nachdem sie Frau Fabius am Eingang zum Schulgelände getroffen hatte, zurückkam, war die Tür zum Gruppenraum verschlossen. Der Täter hingegen handelte schnell, denn als Frau Klein – während des Toilettengangs von Frau Steinhardt – wieder zurückkam und, wie es ihre Gewohnheit war, das Fenster zum Lüften öffnete und sich an das Pult setzte, betäubte er sie mit der Pfeilspitze durch das Blasrohr, kam danach in den Gruppenraum und verabreichte ihr das tödliche Gift. Dann schloss er das Fenster, drehte die Heizung voll auf, ging hinaus, verschloss den Gruppenraum und lief weg.«

»Das bedeutet, er muss tatsächlich einen eigenen Schlüssel gehabt haben«, überlegte Sofie, »und Frau Brettschneider war die einzige, die einen solchen im Besitz hatte. Aber sie kam erst kurz nach uns an und hatte zuvor einen Notartermin. Nachweislich.«

»Frau Brettschneider kann den Schlüssel an jemanden weitergegeben haben«, gab Ida zu bedenken.

Sofie grübelte weiter. »Der Täter lief weg. Hätten wir ihm nicht begegnen müssen?«

»Wir wissen nicht genau, wie viel Zeit er tatsächlich gehabt hat. Eine Viertelstunde? Zehn Minuten?«

Sie gab Sofie ein Zeichen, den Gruppenraum mit ihr zu verlassen und die Tür wieder sorgfältig abzuschließen. Dann leitete sie sie hinaus auf den Weg, der seitlich am Pavillon entlang führte.

»Selbst wenn die Zeit noch knapper war – was ich aber angesichts der Hitze in dem Gruppenraum, als wir eintrafen, nicht glaube«, führte sie ihre Überlegungen fort, »und wenn der Mörder es wirklich sehr eilig gehabt hätte, konnte er den anderen Weg nehmen, den Außenweg zu den Toilettenhäuschen entlang und über den Lehrerparkplatz.«

Sie leitete Sofie weiter am Schulgebäude und einem kleinen Schulgarten vorbei. Der Parkplatz befand sich auf der anderen Seite des Geländes, wo der Haupteingang für die Lehrer war. Dort konnte der Täter seinen Wagen geparkt haben, oder einfach über den Parkplatz geflüchtet sein.

»Dann ist es möglich, dass Frau Steinhardt ihm begegnet ist«, stellte Sofie fest. »Hat sie ihn erkannt? Hat sie vielleicht deshalb so lange gebraucht, um zurückzukehren?«

»Frau Steinhardt hatte den Schlüssel zum Gruppenraum«, kam Ida wieder zu der Sache mit den mysteriösen Schlüsseln zurück. »Weshalb sie ihn nicht zurückgegeben hat oder einfach verschwinden ließ, ist für mich unverständlich. Stattdessen rief sie dich an, Sofie, und erzählte irgendeine wirre Geschichte darüber, dass sie den Schlüssel noch hätte.«

»Sie wollte eine Erklärung dafür liefern, dass sie im Besitz des Schlüssels war und außerdem deutlich machen, dass es der *falsche* Schlüssel war, also nicht der von Frau Klein.«

»Aber dieses mysteriöse Telefongespräch war unsinnig, meinst du nicht auch?«, fragte Ida. »Hätte Frau Steinhardt nicht diese verworrene Geschichte erzählt, hätte überhaupt niemand den Schlüssel bei ihr vermutet.«

Aber auch hierfür hatte Sofie eine Erklärung: »Wenn sie den Täter wirklich gesehen hat, dann wollte sie mir vielleicht einen Hinweis geben. Dumm, dass sie es nicht getan hat, oder zumindest so verklausuliert, dass ich es nicht begriffen habe. Frau Steinhardt war halt etwas eigenartig und nicht ganz richtig im Kopf.«

Wie auch Stefanie Fabius, dachte Ida. Waren denn alle kriminell veranlagten Menschen verhaltensgestört?

»Aber es wurde der Gerechtigkeit Genüge getan«, stellte Sofie fest. »Und das ist doch der Hauptgrund dafür, einen Kriminalfall aufzulösen. Das ist der Antrieb für den Ermittler.«

»Die Ermittlerinnen«, berichtigte Ida sie.

»Frau Steinhardt wurde für ihre Taten bestraft, indem sie von Frau Fabius getötet wurde«, setzte Sofie unbeirrt ihre Überlegungen fort. »Eine Art unbewusste Selbstjustiz.«

»Sie wurde dafür bestraft, dass sie von einer übersteigerten Eifersucht getrieben war, tyrannisch und rachsüchtig. Was für ein Zufall, dass ausgerechnet Frau Fabius ihr begegnen musste, die sich an ihr rächen wollte, weil sie ihre Mutter schikaniert hatte. Eine

Handlung, die das gesamte spätere Leben dieser traumatisierten Frau und ihres Freundes, respektive späteren Ehemannes so sehr beeinflusst hat, dass selbst die Tochter davon in Mitleidenschaft gezogen wurde und schließlich in ihrem paranoiden Wahn einen Realitätsverlust erlitt.«

Ida unterbrach sich und ließ noch einmal das gesamte Geschehen vor ihrem inneren Auge vorbeiziehen. Sofie sagte nichts und so ließen sie der Stille Raum, damit ihre Gedanken sich entfalten konnten.

Ida wurde bewusst, dass alles von Anfang an direkt vor ihren Augen gelegen hatte. Sie verfluchte sich dafür, dass sie bei den Ermittlungen so nachlässig gewesen war. Oder war sie einfach nur abgelenkt gewesen durch die vielen sich überschlagenden Ereignisse? Sie war nicht allein die Initiatorin der Handlung, sondern hatte Sofie mit einbezogen, hatte sie aufgefordert, ihre Geschichte aufzuschreiben. Und das war dabei herausgekommen: Sie war unkonzentriert geworden und nicht mehr auf die Tatsachen fokussiert.

Sie waren viele Umwege gegangen, um letztlich an den Ausgangspunkt zurückzukehren. Aber sie waren in immer tiefere Schichten vorgedrungen. Nun mussten sie nur noch den Mörder von Frau Klein überführen und sein Motiv aufdecken.

Zunächst aber mussten sie dafür sorgen, dass die Polizei, in Person von Kommissar Klaus Gastner, das Beweisstück erhielt. Sie mussten ihm den Schlüssel zum Gruppenraum des Krimi-Lesekreises überbringen.

31

Es regnete nicht. Frau Klein hätte Regen verdient. Nie war Regen so willkommen wie zu einer Beerdigung. Ida und Sofie hatten persönliche Trauerkarten mit dem Termin der Beerdigung erhalten. Frau Klein wäre auch ohne sie nicht nur im kleinen Kreis beigesetzt worden. Eine unüberschaubare Anzahl Menschen – unter ihnen wohl auch frühere Schüler und Kollegen sowie, der besonderen Todesumstände wegen, die halbe Kleinstadt aus betroffenen, insgeheim jedoch eher neugierigen Bürgern – war zusammengekommen. Unauffällig am Rande der Menge stand Kommissar Gastner. Ida hatte mit ihm über ihre neuen Erkenntnisse gesprochen und man konnte ihm ansehen, dass er nicht besonders erfreut war. Eine Tatortbegehung mit einem logischen, wenn auch nur wahrscheinlichen Resultat von zwei Laien. Seine gesamte Polizeitruppe hatte es nicht rekonstruieren können. Aber selbstverständlich hatten sie die Mittel in Betracht gezogen, verschiedene Möglichkeiten erörtert, Alibis überprüft, und sie hatten sich auch auf das Motiv gestürzt und Johann Klein, den Ehemann, durchleuchtet. Er konnte es nicht gewesen sein, so das Ergebnis. Das war alles gewesen, was Ida definitiv von Kommissar Gastner herausbekommen hatte, alles andere, einschließlich der Geschäfte von Herrn Klein, hatte er für sich behalten.

Nachdem der Sarg ins Grab hinuntergelassen worden war, zerstreute sich die Menge leise und behutsam, aber entschlossen. Um den Angehörigen ihr Beileid auszusprechen, kamen nur noch die persönlich Betroffenen und ein paar Hartgesottene. Ida und Sofie reihten sich ein.

Johann Klein stand neben seinem Sohn Marius, der wiederum neben seinem Halbbruder Oliver, so waren die Familienverhältnisse auch nach außen sichtbar.

»Herzliches Beileid«, flüsterte Sofie, als sie bei den Angehörigen angelangt waren. Herr Klein sah sie fast schon feindselig an, während er Ida ein gequältes Lächeln schenkte. Marius wirkte teilnahmslos und schien sie nicht zu erkennen, aber Oliver bedankte sich und nickte ihr zu.

Ida und Sofie gingen langsam den Hauptweg entlang.

»Wo ist eigentlich das Grab von Gustav?«

»Weiter dort hinten«, sagte Ida und deutete vage nach rechts. »Wir können gerne zusammen hingehen, aber nicht heute.«

Ida atmete tief ein. »Versteh mich nicht falsch, bitte.«

Sofie blieb stehen. »Du meinst, du möchtest unauffällig stehenbleiben, damit wir vielleicht noch mit jemandem reden können? Dann sag es. Du musst nicht Gustav vorschieben.« Ihre Stimme bebte.

»Du hast recht«, antwortete Ida. »Entschuldige.«

Erinnerungen kamen. Sofie dachte an die vielen Male, an denen sie das Witwendasein hervorgekehrt hatte, um Informationen zu erhalten. Sie müsste sich schämen und ließ es stattdessen an Ida aus. Dann schwand ihre Kraft.

»Es tut mir leid. Ich war doch diejenige, die Gustav oft vorgeschoben hat, um ...« Sofie kamen die Tränen.

«Nein, das hast du nicht. Er ist Teil von dir, da gibt es nichts, was man vorschieben könnte«, sagte Ida mit der ihr eigenen Entschiedenheit. »Dein Mann hat dir im Leben viel geholfen, warum sollte er es nicht weiterhin tun? So musst du das sehen.«

»Ida«, schluchzte Sofie noch und musste jetzt erst recht weinen.

Ihr Gespräch ließ sie länger auf dem Friedhof verweilen. Sie gehörten zu den letzten Personen in der Nähe des Grabes. Oliver Steinhardt kam auf sie zu, breitete seine Arme aus, umfasste sie links und rechts und nahm sie mit in das nahe gelegene Café zu dem bestellten Leichenschmaus.

Herr Klein hatte zuletzt noch Kommissar Gastner erspäht und ihn, beherrscht wie er war, wohl um die jüngsten Erkenntnisse gebeten. Marius ging ihnen voraus zum Café, entschlossen und offensichtlich erbost über die geschäftsmäßige Art seines Vaters.

Es war eine Doppelbeerdigung gewesen. Die Trauerfeiern für Frau Klein und für Frau Steinhardt waren am selben Tag, zum selben Termin angesetzt worden, nur hatte man Frau Steinhardt zuvor eingeäschert, so dass ihre Urne unauffällig zu dem Urnenschrank am anderen Ende des Friedhofs gebracht werden und ihr Sohn Eduard sowie ihr Enkel Oliver Abschied nehmen konnten, während die anderen Trauergäste sich um Frau Kleins Grabstätte versammelt hatten.

Das erzählte ihnen Oliver, als sie in dem Café gegenüber dem Friedhof saßen. Er hatte sie an das Ende der langen Tafel gezogen, an dem bereits sein Vater Eduard mit Frau Brettschneider Platz genommen hatten. Während Herr Klein auf dem Friedhofsgelände noch mit Marius und Oliver zusammengestanden und den Eindruck einer zusammengehörigen Familieneinheit erweckt hatte, hatten sich die nach außen sichtbaren Familienverhältnisse mit der Sitzordnung im Café eindeutig geändert. Während Herr Klein, Marius und zwei weitere Personen – wohl nahe Angehörige – am oberen Kopfende saßen, fanden sich die Stonehearts am unteren Ende des Tisches ein. Ida und Sofie saßen dazwischen und bildeten quasi das Mittelstück, indem sie beide Familienteile voneinander trennten. Ein Riss ging durch diese Familie und Frau Klein war das Bindeglied gewesen.

Eine weitere Person, die zu beiden Familienteilen in Verbindung stand, war Frau Brettschneider. Sie saß ebenfalls in der Mitte der Tafel, ihnen direkt gegenüber, und trug eine Maske der scheinbaren Teilnahmslosigkeit auf dem Gesicht.

Sofie hatte sich bereitwillig von Oliver führen lassen, sie schien noch benommen von den Ereignissen, der Friedhofsbesuch hatte sie durcheinandergebracht. Sie ließ sich von ihm Kaffee einschenken und Schnittchen sowie kleine Kuchenstücke servieren. Ida beschränkte sich darauf, die Anwesenden zu beobachten.

Johann Klein kam etwas später in den Speiseraum und warf Ida und Sofie einen missbilligenden Blick zu, sagte aber nichts. Die Höflichkeit verbot ihm wohl, sie wegzuschicken. Oliver kommentierte sein Eintreffen mit der Bemerkung: »Na, hast du noch schnell einen Deal mit der Polizei abgeschlossen? Oder hast du dem

Kommissar deine Verdächtigungen mitgeteilt? Wer hat deiner Ansicht nach Mutter umgebracht?«

Klein bedachte ihn mit einem zornigen Blick und setzte sich. Dabei presste er die Lippen zusammen, so als wollte er sich eine unangemessene Antwort verkneifen.

»Weiß die Polizei, dass dein Geschäft nur so lange überleben konnte, weil Mutter dir finanziell geholfen hat?«, rief Oliver über die Länge des gesamten Tisches seinem Stiefvater zu. Er war offensichtlich nicht bereit, ihn aus der Schlinge zu lassen: »Geldmittel, über die sie nur verfügte, weil sie bei der Scheidung von meinem Vater abgeräumt hatte.«

Eduard Stoneheart blickte seinen Sohn vorwurfsvoll an, mischte sich aber nicht in das Gespräch ein.

Oliver wandte sich nun an Ida und Sofie. Er hatte offensichtlich ein starkes Mitteilungsbedürfnis, denn er klärte sie über die näheren Umstände auf: »Der Anwalt meiner Mutter hat damals eine stattliche Abfindung ausgehandelt. Dazu gehörten auch Aktienanteile an dem Unternehmen meines Vaters, die im Laufe der Zeit erheblich in ihrem Wert gestiegen sind. Sie hat ihr Vermögen sinnvoll angelegt, so hat es sich über die Jahre vermehrt.«

Eduard Stoneheart hatte es sicher bereut, ihr die Wertpapiere überlassen zu haben, dachte Ida.

Oliver musste ihre Gedanken gelesen haben. An seinen Vater gewandt, fuhr er fort: »Mutter hatte immer Anteil an deinem Erfolg. Auch, als ihr schon längst nicht mehr zusammen wart.«

Fasziniert hörte Ida zu. Sie bekamen das Motiv für die Mordtat an Frau Klein auf dem Silbertablett geliefert. Von den Beteiligten höchstpersönlich.

Sie hatten einmal darüber diskutiert, wie man am besten einen Krimi schreibt. In den Ratgebern zum kreativen Schreiben heißt es, man solle einen Krimi von hinten schreiben, also die gesamte Handlung schon feststehend konstruieren und – ausgehend von der Auflösung am Ende der Geschichte – im Nachhinein die Hinweise einstreuen. Hier war es genau umgekehrt verlaufen. Sie waren mit einem Kriminalfall konfrontiert worden, von dessen Verlauf und Ausgang sie nichts wussten. Sie begannen am Anfang und ließen sich von den Geschehnissen mitziehen. Erst nach und nach entwickelte sich die Geschichte vor ihren Augen und offenbarte die Wahrheit. Und seltsamerweise funktionierte Idas Theorie auch in der Praxis: dass nämlich die Figuren die Geschichte erzählen und die Handlung vorantreiben. Sie mussten den Beteiligten nur zuhören und zuschauen. Und das tat sie nun, indem sie sich genüsslich zurücklehnte.

Denn nun brauste Johann Klein am anderen Ende des Tisches auf: »Du als ihr Sohn bist derjenige, der von ihrem Geld profitiert hat! Und zwar nicht nur von dem Vermögen, das sie aus der Ehe mit deinem Vater behalten hat und das ihr übrigens auch zustand, nein, du hast dich außerdem von deiner Großmutter verwöhnen lassen, denn dein Vater war ja nicht anwesend.«

»Sie verdrehen die Tatsachen, Herr Klein«, ließ sich nun doch Eduard Stoneheart vernehmen: »Sie allein haben von meinem Erfolg profitiert. Ihr Geschäft hätten Sie sich ohne mein Geld gar nicht leisten können. Und auch nicht den Lebensstil, den Sie mit Ihrer Familie führten.«

»Ja, dafür hat schon Ihr lieber Sohn gesorgt, Herr Stoneheart! Oder soll ich doch lieber Steinhardt sagen? Er hat alles aus uns heraus gesogen, was nur ging. Die Ausbildung auf einer teuren Privatschule, Studium im Ausland, schickes Auto und teures Apartment.« Klein war mittlerweile aufgestanden und fuchtelte wild mit den Armen, während er sich austobte: »Fast alles ging für Oliver drauf.«

Marius saß neben seinem Vater und blickte ebenfalls grimmig zu Oliver und dessen Vater hinüber.

»Aber das haben Sie geschickt gemacht, Herr Stoneheart! Sie brauchten nur den richtigen Zeitpunkt abzuwarten, bis ich bankrott am Boden lag und dann ihre schicke Frau Brettschneider auf mich ansetzen. Nun warten Sie ab, dass das Geschäft sich erholt und wieder Gewinne abwirft. Dann werden Sie zuschnappen wie eine Giftschlange und es aufkaufen.«

Klein setzte sich wieder hin. Er war knallrot im Gesicht und sichtlich erschöpft von seinem Wutausbruch. Aber er war noch nicht am Ende seiner lange aufgestauten Rede angekommen: »Ihre Mutter, die alte Frau Steinhardt, hat meine Familie tyrannisiert und uns das Leben unerträglich gemacht. Sie hat sich in die Erziehung von Oliver eingemischt, nur das Beste sollte gut genug für ihn sein. Sie hat ihn auf ihre Seite gezogen und ihm auch noch den Job in Ihrem Unternehmen beschafft. Sie hat meine Frau grob beschimpft, mit Schuldgefühlen erpresst und klein gemacht, bis sie schließlich all ihr Selbstvertrauen verlor. Die kleinen Inseln, die Emma sich geschaffen hatte, wie den Krimi-Lesekreis, wurden zerstört. Frau Steinhardt drang auch dort ein und setzte ihren subtilen Terror fort. Und die Anwesenheit von Frau Brettschneider hat den Druck auf meine Frau noch erhöht. Ich frage mich, Herr Stoneheart, wie kann nur so viel Hass in einem Menschen stecken? Und warum?«

»Meine Großmutter wollte lediglich den Erbanteil, der mir zustand und der unberechtigterweise in den Besitz meiner Mutter gelangt war, aus dem Vermögen der Kleins herausholen«, antwortete Oliver an Stelle seines Vaters und verteidigte damit das widerwärtige Verhalten von Frau Steinhardt.

In was für ein Familiendrama waren sie hier nur hineingeraten? Ida schaute Sofie an, die neben ihr saß, in der erhobenen Hand eine Gabel mit einem Stück Kuchen, das sie vergessen hatte weiter zu essen.

Frau Brettschneider sog hörbar die Luft ein. Um ihren Mundwinkel zuckte es. Irgendwie war auch sie hier hineingeraten, denn strenggenommen gehörte sie nicht zur Familie – oder noch nicht.

Eduard Stoneheart schien ihre zunehmende Nervosität zu spüren. »Herr Klein, ich verstehe ihre Wut«, begann er vorsichtig, »aber lassen Sie mich das hier nur erklären.« Stoneheart blieb ungewöhnlich gelassen. »Frau Brettschneider ist nicht von meiner Mutter auf sie angesetzt worden. Im Gegenteil, Sie haben sie doch in den Lesekreis geschickt. Warum eigentlich? Um ihn zu erhalten?«

»Sie haben mich manipuliert«, stieß Klein aus.

»Eduard, lass mich das klarstellen«, sagte nun Frau Brettschneider mit deutlicher Stimme, der man aber ihre Beherrschtheit anmerkte. »Du musst es zugeben, Johann, wir haben das doch besprochen. Erst nachdem ich in den Lesekreis gegangen war, hast du mir offenbart, dass Frau Steinhardt die Ex-Schwiegermutter deiner Frau ist. Unsere Geschäftsbeziehung hatten zu diesem Zeitpunkt nichts damit zu tun. Jedenfalls nicht für mich. Erst später erfuhr ich von Eduard, was für ein Mensch Maria Steinhardt war. Sie hat versucht mich zu beeinflussen, aber ich habe alles getan, um objektiv zu bleiben.«

»Soll ich dir das glauben?«

»Mir nicht, aber deiner Frau. Sie wird dir doch Einiges aus ihrer ersten Ehe erzählt haben. Sie wird dir doch gesagt haben, wie Eduard ist.«

»Ja, allerdings. Er hat sie betrogen.«

Angelika Brettschneider hatte sich verkalkuliert. Sie schluckte, fing sich aber sehr schnell. »Sie wird dir gesagt haben, wie er wirklich war. Das meine ich.«

»Sie hatte keinen regelmäßigen Kontakt mehr zu ihm, nur wenn es um Oliver ging, das ließ sich nicht vermeiden.«

»Es hat keinen Zweck, Angelika«, unterbrach sie Eduard Stoneheart. »Er behauptet, Oliver habe sie ausgequetscht. Dabei redet der Mann nur von seiner Firma. Wenn Oliver nicht so viel gekostet hätte, hätte Emma mehr in sein Unternehmen investieren können. Und Emma? Er hat ihr lediglich gegönnt, dass sie einen Lesekreis führt. Wenn jemand egoistisch ist, dann doch wohl er.«

Johann Klein geriet wieder in Rage und erhob sich. »Wie können Sie es wagen! Ich habe Emma geliebt. Und sie ist mir genommen worden. Sie konnten es nie ertragen, dass sie Sie verlassen hat.«

Sofie sah Frau Brettschneider an, die die Hand von Eduard drückte, damit er nicht darauf einging. Nach dem letzten Ausbruch von Herrn Klein, der jetzt in sich zusammengesunken auf dem Stuhl saß und von Marius umarmt wurde, war es still.

Die Situation in dem muffigen und spießigen Café war angespannt. Nach dem emotionalen Ausbruch von Herrn Klein, den Oliver provoziert hatte, saßen die Gäste über ihre Teller gebeugt und vermieden jeglichen Blickkontakt mit den Hauptpersonen.

Leider nahm das Gespräch nicht die erhoffte Richtung. Ida wusste, wer der Mörder war, daran bestand kein Zweifel. Sie hatten es durch die Rekonstruktion des Tathergangs aufgeklärt. Er hatte das Mittel (Gift) und die Gelegenheit und er hatte kein Alibi.

Das hatte Klaus Gastner ihr heute Morgen, als sie sich vor der Trauerfeier auf dem Friedhofsgelände trafen, bestätigt. Er hatte ihre Version der Tatbegehung überprüft. Widerwillig. Denn er war nicht erfreut darüber gewesen, dass sie anstelle der Polizei noch einmal den Tatort aufgesucht und herausgefunden hatten, was sich am Abend von Frau Kleins Tod im Pavillon der VHS zugetragen hatte. Bisher hatte Ida den Eindruck gehabt, er könnte gut mit ihr zusammenarbeiten und er hätte eine gewisse Bewunderung für ihre Kombinationsgabe und ihre Fähigkeiten als Ermittlerin. Sie war schulbuchmäßig vorgegangen, als sie mit Sofie zusammen die Tatortbegehung gemacht und das Geschehen rekonstruiert hatte. Aber entweder gingen ihre Kenntnisse weit über das hinaus, was die Kriminalpolizei bei der Aufklärung von Mordfällen an kriminaltechnischen Mitteln zur Verfügung stand, oder Klaus war eifersüchtig darauf, dass sie als Autodidaktin in der Lage war, die Hinweise schneller und sorgfältiger zusammenzufügen als er. Allerdings waren ihre Erkenntnisse viel zu wertvoll gewesen, als dass er sie als bloße Spinnerei hätte abtun können. Also hielt er einen Vortrag darüber, dass aufgestellte Versionen niemals

als Wahrheit angesehen werden durften, bevor sie verifiziert waren. Bis dahin handelte es sich bloß um begründete Vermutungen, die auf Tatsachen beruhten. Die Richtigkeit der Annahmen musste erst bewiesen werden. Dies stellte sich in ihrem Fall allerdings als schwierig heraus, da Frau Klein in einem geschlossenen Raum getötet worden war, keine Zeugen anwesend gewesen waren und der Mörder bisher kein Geständnis abgelegt hatte. Also mussten sie einen lückenlosen und widerspruchsfreien Indizienbeweis liefern oder den Mörder dazu bringen, dass er sich zu seiner Tat bekannte. Die Hinweise mussten sich so sehr verdichten, dass sie einem direkten Beweis gleichkamen und der Grad der Wahrscheinlichkeit so hoch war, dass alles für eine einzige Version des Tathergangs sprach.

Ida hatte versucht, Klaus Gastner darauf hinzuweisen, dass sie das Motiv des Täters aufdecken wollten. Aber diese Sichtweise gefiel ihm nicht. »Wir wollen hier nicht Sherlock Holmes spielen«, wies er sie zurecht. Und es folgte ein weiterer Vortrag, diesmal darüber, dass es nur in britischen oder amerikanischen Krimis auf die Theorie von Gelegenheit, Mittel und Motiv ankomme. Nach deutschem Strafrecht sei allein die Beweisführung entscheidend. »Wenn Tat und Täter nachgewiesen sind, braucht es kein Motiv mehr«, meinte er und dozierte weiter: »Die Motivation eines Tatverdächtigen ist nur durch spezielle Zielsetzungen sichtbar.«

Ida wollte Klaus nicht noch mehr reizen und hielt ihre Gedanken zurück. Denn im Grunde verwendete er nur andere Begrifflichkeiten, meinte aber dasselbe wie sie: Unter *speziellen Zielsetzungen* verstand er beispielsweise Bereicherung, sexuelle Befriedigung oder Rache.

Für Ida waren dies alles Tatmotive. Aber sie stimmten darin überein, dass sich die spezielle Zielsetzung oder Motivation des Täters nur durch die Täterpersönlichkeit, Personen- und Sachzusammenhänge sowie Informations- und Beweismittelauswertung herausfinden ließ.

Und sie waren dabei, diese Puzzleteile zusammenzufügen.

Ida und Sofie hatten der Polizei den Schlüssel zum Gruppenraum des Krimi-Lesekreises übergeben. Ein wichtiges Beweisstück. Die Ermittlungen von Gastner hatten ergeben, dass Frau Steinhardt am Todestag von Frau Klein nicht zeitgleich mit Frau Fabius am Schultor angekommen, sondern tatsächlich schon früher am Tatort eingetroffen war, wie sie selbst behauptet hatte. Frau Brettschneider war erst später dazu gekommen, weil sie zuvor einen Notartermin gehabt hatte. Das Alibi war unumstößlich. Aber es konnte ihr auch jemand geholfen haben.

Nun kam es auf die Täterpersönlichkeit an.

Klaus Gastner hatte mit Ida vereinbart, dass sie und Sofie sich der Trauergesellschaft anschließen und in Erfahrung bringen sollten, wie sich die einzelnen Beteiligten verhielten und wie ihre persönlichen Beziehungen zueinander und ihr Verhältnis zu den beiden Verstorbenen waren. Häufig war es auf Beerdigungen so, dass die bis dahin verborgenen Konflikte der Hinterbliebenen offen zu Tage traten und sie mehr von sich preisgaben, als sie wollten. Das sollten sie ausnutzen. Und Oliver hatte ihnen die Möglichkeit eröffnet, indem er sie mit in dieses Café geführt hatte.

Ida lenkte ihre Aufmerksamkeit wieder auf das Geschehen und die Anwesenden in der Runde.

Sofie merkte, wie sie den Kuchen mit der Gabel zerdrückte. Sie neigte sich zu Ida und flüsterte: »Ich fragte mich, warum Frau Klein sich das hat gefallen lassen, all die Jahre über. Dass Frau Steinhardt sich in die Erziehung des Enkels einmischte und dass sie dann auch noch die Dreistigkeit besaß, in ihren Krimi-Lesekreis zu kommen.«

»Vielleicht machte es ihr nicht mehr so viel aus, nachdem Oliver erwachsen geworden war«, gab Ida zu bedenken. »Der Einfluss von Frau Steinhardt schwand. Frau Klein ließ sich nicht mehr so leicht einschüchtern. Und das konnte sie beweisen, indem sie ganz gelassen mit ihrer Anwesenheit in der Gruppe umging.«

»Frau Klein hätte wegziehen können, Abstand zwischen sich und Frau Steinhardt schaffen.«

»Ich denke nicht, dass die Familie Klein so ohne Weiteres die Stadt hätte verlassen können, als die Kinder noch klein waren. Auch hatten sie ein eigenes Haus und das Unternehmen des Ehemannes.« Ida schenkte sich etwas Kaffee nach, um gedanklich wach zu bleiben. »Wieso glaubst du, dass Frau Steinhardt ihre ehemalige Schwiegertochter umgebracht hat? Was soll deiner Ansicht nach der Auslöser für die Tat gewesen sein?«

»Wenn wir von der Täterpersönlichkeit ausgehen, wie du mir erklärt hast, dann war Frau Steinhardt psychisch gestört. Sie wurde von ihrem Hass verzehrt, weil sie ihren Sohn Eduard nicht hatte bei sich halten können und weil er sich anders entwickelte, als sie wollte, so dass sie sich allmählich in Allmachtsfantasien hineinsteigerte.«

Ida trank noch einen Schluck Kaffee und ließ nachwirken, was Sofie gesagt hatte. Tatsächlich konnte bei einer solchen Verhaltensstörung, wie sie bei Frau Steinhardt offensichtlich vorlag, der Auslöser für eine Straftat ganz banal sein. Etwas Unbedeutendes, mit dem andere nicht rechnen würden oder das sie mit dem gärenden Rachegefühl der Betroffenen nicht in Verbindung bringen würden, beispielsweise Frau Kleins Emanzipation von der übermächtigen Ex-Schwiegermutter, könnte schon ausreichen. Aber Sofie irrte sich. Frau Steinhardt war nicht die Mörderin.

Am anderen Ende des Tisches entstand Bewegung. Schnell trank Ida ihre Tasse leer. Marius, der sich bisher sehr zurückhaltend und still verhalten hatte, verließ plötzlich das Café. Sie sah, wie er seine Jacke nahm und aus der Tasche eine Packung Zigaretten kramte. Sie beschloss ihm nach draußen auf eine kleine überdachte Terrasse zu folgen.

32

Marius hatte bereits eine Zigarette angezündet, als Ida auf die Terrasse hinauskam, und zog gierig daran. Sie überlegte kurz, ob sie ihn auch um eine bitten sollte, sie spürte schon den leicht bitteren Geschmack des Tabaks im Mund, als sie sich den ersten Zug vorstellte, aber dann riss sie sich zusammen. Zu viele Jahre hatte sie schon ohne dieses vermeintliche Beruhigungsmittel durchgehalten, das ein Rettungsanker gewesen war, etwas, woran sie sich festhalten konnte, wenn sie keinen Halt hatte.

Marius blies den Rauch, den er tief eingezogen hatte, mit einem langen Stoß aus. Der Qualm blieb über ihnen hängen wie weißer Dunst, der sich zu einem leichten Nebel zerstäubte.

»Haben Sie genug gehört?«, fragte er fast bösartig. »Haben Sie alles erfahren, was Sie über unsere Familie wissen wollten?«

Ida verschränkte die Arme vor der Brust, um sich vor der Kälte zu schützen, aber auch vor Marius' Angriffslust. »Es muss damals schwer für Sie gewesen sein.«

»Vermutlich nicht schwieriger als für andere Heranwachsende. Obwohl unsere Familienkonstellation sicherlich außergewöhnlich ist.« Er nahm einen weiteren tiefen Zug voller Nikotin. »Ich hatte geglaubt, es sei alles vorbei. Als Oliver endlich auszog und die alte Steinhardt sich nicht mehr bei uns blicken ließ. So hätte es immer sein können: Nur Mutter, Vater und ich. War es aber nicht.«

Er trat die Zigarette, nur halb aufgeraucht, aus und musterte Ida. Sie erkannte die Augen seiner Mutter.

»Meine Mutter war froh, dass sie und ihre Freundin in ihrem Krimi-Lesekreis waren. Sie hat mir von Ihnen erzählt.«

»Wir haben oft gestritten, weil wir unterschiedlicher Meinung waren.«

Marius schmunzelte. »Ein Zeichen dafür, dass sie jemanden gerne mochte. Nur wenn sie sich mit einer Person sicher fühlte, traute sie sich, ihre wohlwollende Maske abzulegen und auch Kritik zu äußern.«

»Ihre Mutter meinte, man dürfe einen Krimi nicht aus der Perspektive einer Amateur-Ermittlerin schreiben. Es gebe nur eine begrenzte Zahl von Leichen, über die sie stolpern könne, sie begegne nicht so vielen Tötungsdelikten wie ein Berufsermittler und habe auch nicht die Untersuchungsmethoden, die einem Polizeiapparat zur Verfügung stehen. Wenn eine Hobby-Detektivin zu häufig und zu viel herausfindet, verliert die Geschichte an Glaubwürdigkeit.«

Marius betrachtete sie aufmerksam. »Aber Sie und Sofie haben doch sehr viel herausgefunden.«

»Haben wir das tatsächlich?«, fragte Ida zweifelnd. Sie dachte an die Gespräche mit Kommissar Klaus Gastner, an die Informationen, die er möglicherweise hatte und die er ihnen vorenthielt, aber auch an die Erkenntnisse, die Sofie und sie auf eigene Initiative und durch Kombinationsgabe gewonnen hatten. Was fehlte ihnen noch, um das Gesamtbild zu vervollständigen? Was könnte Marius noch dazu beitragen?

»Sie sagten, Sie hätten nur geglaubt, es sei alles vorbei«, griff sie den Gedanken auf, den sie eben nicht so richtig hatte fassen können. »Was kam noch?«

Marius kramte wieder die Schachtel hervor und zündete sich eine neue Zigarette an. Nachdem er tief inhaliert hatte, sprach er: »Er kam wieder in unser Haus. Die alte Hexe war weg, aber ihr Sohn Eduard kam wieder. Im Spätsommer, in meinen Semesterferien, kurz bevor ich nach Schottland fuhr. Er stand plötzlich in unserem Wohnzimmer. Wollte die Firma meines Vaters übernehmen. Er hat über Jahre den Kontakt zu Oliver wieder aufgebaut. Ganz gezielt, um ihn dann für sein Pharmaunternehmen abzuwerben. Und über Oliver muss er auch erfahren haben, dass die Vertriebsgesellschaft meines Vaters, die er so gut gebrauchen konnte, um sein Imperium in Deutschland auszubauen, einen Investor brauchte.«

Marius pumpte noch eine Dosis Rauch und Nikotin durch seine Lungen und blies es als weiße Wolke wieder aus. »Aber Vater wollte nicht. Es war ja auch geradezu unverschämt, dass ausgerechnet der Ex-Mann meiner Mutter auftauchte und sich erbot, das Familiengeschäft aufzukaufen.«

Er blickte angewidert auf das glühende Ende seiner Zigarette und trat sie dann am Boden aus.

»Und meine Mutter? Sie blieb zunächst freundlich, wie sie es immer getan hatte. Duckte sich demütig. Aber dann weigerte sie sich, ruhig und bestimmt. Sie wollte mit der Familie Steinhardt nichts mehr zu tun haben. Sie wollte mit dem noch vorhandenen Geld, das sie nach der Scheidung von Olivers Vater erhalten hatte, dem notleidenden Geschäft meines Vaters helfen.«

Er starrte vor sich hin. Dann lachte er höhnisch auf. »Aber dann schickte er die elegante Frau Brettschneider vor. Als Strohfrau. Und mein Vater fiel auf sie herein. Er glaubte wirklich, diese attraktive Frau wäre an einem Geschäft mit ihm interessiert.«

Marius trat mehrmals auf die am Boden liegende Zigarettenkippe ein, obwohl sie schon längst verglüht war. »Das hat meine Mutter letztlich das Leben gekostet.«

33

»Sie sollten erzählen, weshalb Sie Oliver von seiner Familie entfremden wollten, Eduard.« Marius war zusammen mit Ida wieder in den Innenraum gekommen und ließ dem lang angestauten Frust freien Lauf. »Oder du, Oliver, weißt du etwa nicht, dass dein Vater dich nur deswegen in sein Pharmaunternehmen geholt hat, weil er dein Wissen über die Naturmedizin indigener Völker ausnutzen will?« Marius hatte sich wieder neben seinen Vater gesetzt und starrte seinen Halbbruder und Eduard Stoneheart erwartungsvoll an.

Ida nahm neben Sofie Platz, die sie erfreut und erleichtert ansah. Ida überlegte, wie sie einen möglichst eleganten Übergang im Handlungsverlauf schaffen konnte. Marius hatte ihr im Grunde alles gesagt, was sie zur endgültigen Lösung des Falls benötigten, aber sie hatten es mit äußerst raffinierten Tätern zu tun, die alles haargenau ausgeklügelt hatten. Es war schwer, ihnen beizukommen.

»Ihr Vater hat große Pläne mit Ihnen, Oliver«, griff Ida in das Gespräch ein, bevor Oliver auf die Frage seines Halbbruders antworten konnte. »Sie sollen ihm Informationen liefern, die Sie in jahrelanger Forschungsarbeit angereichert haben, und dafür sollen Sie eine winzige Beteiligung an seinem Pharmaunternehmen erhalten, das er hier in Deutschland mit seinem neuen Konzept betreiben möchte, Naturmedizin, gestohlen von den Urvölkern Südamerikas und Afrikas, für deren Entwicklung und Vermarktung er keine Zulassung der Arzneimittelbehörden benötigt. Aber Sie lechzen so sehr nach der Anerkennung ihres Vaters, dass Sie das gar nicht bedacht haben.«

Oliver blieb sprachlos mit verwirrtem Gesichtsausdruck sitzen.

»Sie haben das Vertriebsgeschäft von Herrn Klein schon längst übernommen, nicht wahr?«, richtete Ida sich an Eduard Stoneheart. »Herr Klein hat es vorhin selbst gesagt: Sie warteten ab, bis er insolvent war und schickten dann Frau Brettschneider vor, um ihm den geschäftlichen Todesstoß zu versetzen. Nur müssen Sie nicht mehr abwarten, dass das Geschäft sich erholt und wieder Gewinne abwirft, bevor Sie es aufkaufen. Denn das ist schon längst geschehen.«

Stoneheart hatte die Arme vor der Brust gekreuzt und schaute sie hinter einer Maske der Ausdruckslosigkeit an. So verhielt er sich wahrscheinlich auch in Geschäftsverhandlungen, ausharren und darauf lauern, dass der Gegner seine Taktik und seine Schwachpunkte offenbare, um dann zuzustoßen. Sie musste sich jetzt konzentrieren und durfte keine Schwäche zeigen.

»Der Notartermin, den Frau Brettschneider am Tag der Ermordung von Emma Klein wahrnahm, war der Beglaubigungstermin für die Geschäftsübernahme der Vertriebsgesellschaft Johann Klein. Frau Brettschneider investierte in ihrem eigenen Namen, aber die Person, die dahintersteht, sind Sie, Herr Stoneheart.«

Sah sie ein leichtes Zucken in seinem unteren rechten Augenlid?

»Frau Brettschneider ist nur die Strohfrau für Ihre unlauteren Machenschaften.«

Ida schaute nun in Angelika Brettschneiders helle kühle Augen. »Es fügte sich gut, dass Sie sich dadurch zugleich ein Alibi verschaffen konnten.«

Und deshalb wurde auch Frau Kleins Bürgschaft nicht mehr benötigt. Das hatte Frau Brettschneider fälschlicherweise als gutwilligen Akt ihrerseits gegenüber dem Ehepaar Klein darstellen wollen.

»Wir vergaßen, Sie zu fragen, wann Sie eigentlich den Schlüssel an die VHS zurückgegeben haben«, fuhr Ida fort.

Die Angesprochene wurde blass im Gesicht und kniff die Lippen zusammen. Ida musste den Überraschungseffekt ausnutzen. »Als Sie Sofie und mir einen Besuch abstatteten, war es Ihnen so wichtig, den Verdacht abzustreiten, den die Polizei gegen Sie hegte, dass es schon auffällig war. Offensichtlich wollten sie die Aufmerksamkeit von sich ablenken. Also frage ich Sie jetzt, Frau Brettschneider: Wann haben Sie den Zweitschlüssel, der sich noch in Ihrem Besitz befand, an die VHS zurückgegeben?«

Statt sofort zu antworten, nahm Angelika Brettschneider einen Schluck Wasser aus dem Glas, das neben ihrer Kaffeetasse stand. Ihre Finger zitterten leicht. »Tut mir Leid, daran kann ich mich beim besten Willen nicht erinnern. Im Oktober vielleicht?«

»Nein. Denn laut der Auskunft der Sekretärin, die übrigens nicht besonders erfreut war, war der von Ihnen geliehene Schlüssel nicht zu ihr zurückgelangt.«

Ida legte eine kurze Kunstpause ein.

»Bis heute Morgen, als jemand zur Außenstelle der VHS fuhr und in den Briefkasten beim Gymnasium schaute. Dort nämlich hatte der Täter den vermissten Schlüssel hineingeworfen. Und zwar Sie, Herr Stoneheart.«

Sie hatte ihre Stimme in der Manier von *Hercule Poirot* erhoben und richtete den Blick nun auf Eduard Stoneheart. Dieser blickte zynisch mit erhobenen Augenbrauen zurück. Aber er wirkte auch trotzig und das verriet seine Betroffenheit.

»Bedauerlicherweise war die Polizei bisher nicht auf die Idee gekommen, in dem Briefkasten nachzuschauen. Er wird nur selten von den Dozenten genutzt und hat ansonsten keine weitere Funktion. Deshalb warfen Sie den Schlüssel nach der Tat hinein, damit Frau Brettschneider später behaupten konnte, Sie hätte ihn schon im Oktober dort hineingetan. Niemand hätte es nachprüfen können.«

Sie ließ wieder eine kleine Pause entstehen, damit ihre Worte nachwirken konnten.

»Leider konnten Sie nicht wissen, dass Frau Klein kurz vor ihrer Ermordung ein Schreiben an die VHS in den Briefkasten geworfen und die Sekretärin darüber informiert hatte. Diese hatte deshalb am Tag nach der Tat den Briefkasten geleert. Der Schlüssel befand sich zu diesem Zeitpunkt eindeutig nicht darin. Was beweist, dass er nachträglich hineingeworfen wurde.«

Eduard Stonehearts unteres rechtes Augenlid zuckte wieder unkontrolliert. »Wie kommen Sie darauf, dass ich den Schlüssel hineingetan habe? Schließlich habe ich nichts mit Emmas lächerlichem kleinen Krimi-Lesekreis zu tun. Warum sollte ich ...«

Er sprach nicht weiter. Stattdessen fuhr Ida fort: »Frau Brettschneider hat es vermasselt. Sie sollte Ihre Strohfrau sein, niemand sollte erfahren, dass Sie zurückgekommen waren und dass Sie sich kennen. Aber dann hätten Sie sich nicht mit ihr in der Öffentlichkeit zeigen dürfen. Das bleibt in einem kleinen Ort wie dem unseren nicht unbemerkt.«

Vor allem nicht so aufmerksamen Beobachterinnen wie Sofie, Ida und Frau Freitag, der Nachbarin, die das Paar vor dem Haus von Frau Steinhardt gesehen hatte, vermutlich kurz vor dem Mord an Frau Klein, der genaue Zeitpunkt würde sich nachprüfen lassen.

»Also mussten Sie einspringen, damit Frau Brettschneider ein Alibi vorweisen konnte.«

Eduard Stoneheart rückte auf seinem Stuhl nach hinten gegen die Lehne und trommelte mit den Fingern auf den Tisch. »Sie haben zu viel Phantasie, offensichtlich haben Sie zu viele Krimis gelesen, der Krimi-Lesekreis hat Ihnen eindeutig geschadet.«

»Frauen waren schon immer Ihre Schwachstelle, Herr Stoneheart«, erwiderte Ida. »Wären Sie nur nicht so eitel gewesen und hätten der Außenwelt ihre Eroberung zeigen müssen. Geschäftliche Verbindung und Liebesglück haben sich noch nie gut miteinander vertragen.«

Ida lehnte sich nach vorne, um wieder denselben Abstand zwischen ihnen herzustellen: »Sie haben einen Fehler gemacht. Sie sind im Hause Klein aufgetaucht und wollten persönlich die Anteile an der Vertriebsgesellschaft aufkaufen. Marius war noch zu Hause, damit hatten Sie so spät im Sommer wohl nicht gerechnet. Erst nachdem Sie des Hauses verwiesen worden waren, kamen Sie auf die Idee, Angelika Brettschneider vorzuschieben, die Sie über Ihre Mutter kennengelernt hatten, die sie wiederum über den Krimi-Lesekreis kannte.«

Ida hatte so viel geredet, dass ihr Mund trocken geworden war und sie einen Schluck trinken musste. Der Kaffee in der Tasse zu ihrer Rechten war erkaltet und schmeckte schlaff. Erst jetzt bemerkte sie, dass Sofie sie die ganze Zeit wie hypnotisiert beobachtet hatte.

Sie setzte Idas unterbrochene Rede fort, flüssig und ohne Umschweife, so als hätte jemand einen Schalter umgelegt: »Während Frau Brettschneider beim Notar war, machten Sie sich auf den Weg zum Gymnasium, parkten ihren Wagen auf dem Lehrerparkplatz am Haupteingang und näherten sich dem VHS-Pavillon von hinten. Dort lauerten Sie Frau Klein auf, die wie üblich das Fenster des Unterrichtsraums öffnete, und schossen den Giftpfeil mit dem betäubenden Medikament durch ein Pusterohr ab. Nachdem sie Frau Klein mit dem Muskelrelaktanz unbeweglich gemacht hatten, konnten Sie in das Klassenzimmer gehen und ihr die tödliche Dosis verpassen. Klug wie Sie waren, haben Sie selbstverständlich auch noch das Fenster geschlossen und die Heizung voll aufgedreht. Den Schlüssel zum Unterrichtsraum, den Sie von Angelika Brettschneider bekommen hatten, steckten Sie dann in den Briefkasten der VHS.«

»Allerdings war Ihnen nicht aufgefallen, dass inzwischen Ihre Mutter aufgetaucht war und den Schlüssel, der auf dem Pult von Frau Klein gelegen hatte, weggenommen hatte«, setzte Ida nun wieder ein. »Oder vielleicht wussten Sie es ja doch und Ihre Mutter hat Sie stillschweigend gewähren lassen. Womöglich hat Sie sogar auf Ihre Anweisung hin das Gift in der Apotheke besorgt, damit man die Spur nicht zu Ihnen zurückverfolgen konnte. Wir haben nämlich im Haushaltsbuch Ihrer Mutter einen Eintrag gefunden, dessen Summe nicht mit einer Quittung belegt war, was angesichts der Sorgfalt, mit der dieses Haushaltsbuch geführt wurde, ungewöhnlich ist.«

Nun zuckte Eduard Stonehearts Augenlid so stark, dass er mit der Hand über das Auge fahren musste, damit es aufhörte. »Es reicht mir!«, brauste er auf. »Ich habe genug von Ihren Diffamierungen!«

»Uns reicht es auch«, stellte Ida befriedigt fest. Sie holte ihr Handy hervor, das sie griffbereit in der Hosentasche bereit gehalten hatte, und schickte Kommissar Klaus Gastner eine Textnachricht, so wie sie es vorher besprochen hatten. Er war die ganze Zeit in erreichbarer Nähe gewesen und hatte nur auf ihre Mitteilung gewartet.

»Ein Geständnis werden wir von Ihnen wohl nicht erhalten, Herr Stoneheart, aber dafür ist auch die Polizei zuständig. Mir war es eine Genugtuung, Sie zu überführen.«

Zusammen mit einem Kollegen und zwei uniformierten Polizisten betrat Kommissar Gastner das Lokal. Die Verhaftung verlief erstaunlich unspektakulär und Ida und Sofie waren fast ein wenig enttäuscht, dass Eduard Stoneheart nicht wenigstens einen Fluchtversuch unternahm. Aber er sowie seine Komplizin Angelika Brettschneider waren so erstaunt, dass sie anscheinend gar nicht mehr reagieren konnten. Sie waren sich ihrer Sache zu sicher gewesen, hatten geglaubt, niemand würde ihr so sorgfältig strukturiertes Komplott aufdecken.

»Sie haben uns unterschätzt«, zwinkerte Ida ihrer Freundin zu, die ob ihres Mutes immer noch etwas blass um die Nase war.

Unter den stummen Blicken aller Beteiligten wurden die beiden Täter abgeführt. Klaus Gastner nickte Ida auf dem Weg nach draußen nur kurz zu. Dankbarkeit sah anders aus.

Epilog

»Also hatte Eduard Stoneheart im Hintergrund die Hände im Spiel«, stellte Sofie fest.

Sie saßen endlich wieder in ihrer Küche, vor ihnen einen Teller Kekse und eine volle Kanne Kaffee. Die Schreibblöcke hatten sie ebenfalls auf dem Tisch liegen, aber im Augenblick hatten sie nicht das Bedürfnis zu schreiben. Ihre Köpfe waren leer und sie fühlten sich leicht und befreit. Gelöst.

»Sein Sohn war ihm behilflich gewesen, wahrscheinlich ohne dass es ihm wirklich bewusst war«, fuhr Sofie fort. Sie hatte immer noch Sympathien für Oliver. »Aber Frau Steinhardt war auch nicht ganz unbeteiligt. Deshalb lag ich mit meiner Anschuldigung nicht vollständig daneben. Sie hat Oliver im Oktober angerufen und über mögliche Gifte aus der Tiermedizin ausgequetscht, die man auch auf Menschen anwenden könnte. Sie hat ihm auch das Buch gezeigt über die Mayas, das sie von Herrn Feinstein ausgeliehen hatte. Dort hat sie erfahren, wie man mit Giftpfeilen die Opfer betäuben beziehungsweise töten kann.«

Oliver hatte ihr bereitwillig Auskunft gegeben. Frau Steinhardt hätte die erworbenen Kenntnisse, wie man einen Menschen umbringt, möglichst ohne Spuren zu hinterlassen, auch in die Praxis umgesetzt, wenn Eduard ihr nicht zuvorgekommen wäre. Der Eintrag ohne Quittung, den Sofie in ihrem Haushaltsbuch gefunden hatte, belief sich tatsächlich über die Medikamente, die auf Frau Klein angewendet worden waren, um zuerst ihre Muskeln zu betäuben und sie dann zu vergiften.

Sofie schüttelte nachdenklich den Kopf. »Gibt es so etwas wie Missbrauch durch *Über-Behüten*? Wenn ja, dann hat Frau Steinhardt einen solchen Missbrauch an ihrem Enkel Oliver begangen.«

»Durch Beeinflussung und Manipulation, Entfremdung von der Mutter und dem Stiefvater«, ergänzte Ida. »Sie säte Zwietracht und das Kind Oliver musste sich für eine Seite entscheiden. Gegen seine Mutter, für die Großmutter Steinhardt.«

»Was für Schuldgefühle musste das in ihm erzeugt haben, was für widersprüchliche Empfindungen. Und wie erging es Marius dabei?« Sofie konnte es immer noch nicht begreifen.

»Frau Klein lebte nur noch für ihre zweite Familie, für Johann und ihren Sohn Marius, der ihrer ganzen Zuwendung bedurfte und der gegenüber dem herrischen großen Halbbruder beschützt werden musste. Oliver war ein schwieriges Kind, ein komplizierter Jugendlicher. Frau Klein wurde mit ihm nicht fertig. Sie war verzweifelt und gab ihn schließlich auf, überließ ihn der Großmutter«, resümierte Ida das Gespräch mit Marius.

»Herr Klein hat seine Frau wirklich geliebt«, überlegte Sofie laut. »An dem Sonntag im Park dachte ich, dass Herr Klein seine Frau beschützte, weil seine Geste darauf hindeutete, tatsächlich aber war es Frau Klein, die ihrem Mann geholfen hat. Sie wollte sogar von dem letzten Geld, das ihr noch blieb, die Bürgschaft für ihren Ehemann übernehmen, um die Geschäftsübernahme durch Eduard Stoneheart und Angelika Brettschneider zu verhindern.«

»Das war schließlich der Auslöser für die Tat. Oder das Motiv, wenn du so willst.«

»Warum sind die Täter so skrupellos vorgegangen?«, konnte Sofie nicht verstehen.

»Das Imperium von Eduard Stoneheart wächst. Er hat vor Jahren schon sein ursprüngliches Pharmaunternehmen an einen Konzern in den USA veräußert und sich nun ein neues Betätigungsfeld gesucht. So spezialisierte er sich auf Medikamente *aus der Natur*, die er den Einheimischen aus aller Welt gestohlen hat. Uraltes Wissen als moderne Heilmittel und leistungssteigernde Medizin verkauft. Dadurch will er sich einen neuen Markt erschließen und expandieren, passend zu unserer Leistungsgesellschaft. Es gibt genügend Gutverdienende, die dafür ihr Geld ausgeben.«

Sofie schüttelte nachdenklich den Kopf. »Ich kann immer noch nicht verstehen, dass er dafür unbedingt das Vertriebsunternehmen von Herrn Klein übernehmen wollte.«

»Als mittleres Familienunternehmen ist es gerade richtig, weil es nicht zu auffällig ist. Aber vielleicht haben ihn insgeheim auch noch Rachegelüste gegenüber seiner Ex-Frau getrieben.«

Ida nahm sich einen von Sofies köstlichen, krümeligen Keksen. »Eine Verknüpfung von wirtschaftlichen Machenschaften und privaten Beziehungen ist eine ungesunde Mischung.«

Sie ließen ihre Gedanken noch eine Weile frei fließen, bis es schließlich an der Tür klingelte. Es war Klaus Gastner.

»Ich dachte mir, dass ich euch beide hier antreffe«, lautete seine Begrüßung. Sein Blick tastete sich zu Ida vor, fragend, so als bewegte er sich auf unsicherem Boden und wüsste nicht, ob sie ihm noch freundschaftlich gesonnen war.

»Wir sind gerade dabei, einen Rückblick auf unsere Ermittlungen zu werfen. Setz dich zu uns, dann kannst du daran teilhaben«, forderte sie ihn auf und schob ihm den Stuhl hin, der neben dem ihren stand.

»Wenn Sofie nichts dagegen hat«, erwiderte er.

Statt zu antworten stellte Sofie eine Tasse vor ihn hin. »Wie sind denn Ihre Ermittlungen verlaufen, Herr Kommissar? Und wann hatten Sie den großen Durchbruch?«

Sie setzte sich ihm gegenüber an den Küchentisch und beugte sich gespannt vor. Zuvor aber holte sie ihren Schreibblock hervor und zückte den Bleistift, bereit, die ganze Geschichte aufzuschreiben.

Freu dich schon auf die zweite Kriminalgeschichte mit
Ida und Sofie, die demnächst erscheinen wird:

Eiszapfenworte

Weitere Informationen findest du unter:
https://www.clarajournot-literarisches.com